朱寨●著

记忆依然炽热
——师恩友情铭记

中国社会科学出版社

图书在版编目（CIP）数据

记忆依然炽热：师恩友情铭记/朱寨著.－北京：中国社会科学出版社，2011.2

（风景文丛）

ISBN 978-7-5004-9415-7

Ⅰ.①记… Ⅱ.①朱… Ⅲ.①散文－作品集－中国－当代 Ⅳ.①I267

中国版本图书馆 CIP 数据核字(2010)第 255396 号

丛书策划	王 磊 晓 颐
特邀编辑	毛晓平
责任校对	张玉霞
装帧设计	每天出发坊
技术编辑	张汉林

出版发行	中国社会科学出版社		
社　　址	北京鼓楼西大街甲 158 号	邮　编	100720
电　　话	010－84029450（邮购）		
网　　址	http://www.csspw.cn		
经　　销	新华书店		
印　　刷	北京新魏印刷厂	装　订	广增装订厂
版　　次	2011 年 2 月第 1 版	印　次	2011 年 2 月第 1 次印刷
开　　本	960×650　1/16		
印　　张	23.75		
字　　数	258 千字		
定　　价	49.00 元		

凡购买中国社会科学出版社图书，如有质量问题请与本社发行部联系调换

版权所有　侵权必究

目 录

炽热的记忆（代序） ……………………………………（3）
领袖与人民 ………………………………………………（10）
雨的记忆 …………………………………………………（18）
历史的丰碑 ………………………………………………（21）

茅盾先生的延安情结 ……………………………………（27）
殚精竭虑做公仆
　　——从一个月的日记看茅盾先生 …………………（35）
周扬的独语 ………………………………………………（40）
延安"鲁艺"的大管家宋侃夫 ……………………………（44）

记忆依然炽热

应该给予胡风恰当的历史定位 …………………………（58）
从胡风的日记看当时对胡风的批判 ………………………（83）
俞平老的"书生气" …………………………………………（91）
俞平伯《红楼梦》研究"自传说"辨正 ……………………（96）
走在人生边上的钱钟书先生 ………………………………（100）
自嘲自谥"钱文改公" ………………………………………（112）
蔡仪印象 ……………………………………………………（116）
旧文不旧
　　——钱谷融的《论"文学是人学"》 …………………（119）
"李广田老师"
　　——李广田先生与"时代青年" ………………………（125）
急促的脚步
　　——何其芳素描之一 ……………………………………（138）
脑力劳动者
　　——何其芳素描之二 ……………………………………（146）
顽强地航行
　　——何其芳素描之三 ……………………………………（159）
荒煤二题 ……………………………………………………（170）
追思光年同志 ………………………………………………（185）
韦君宜和她的《母与子》 …………………………………（190）
向时间透支了生命的钟惦棐 ………………………………（198）
重情爱才的冯牧 ……………………………………………（204）
平易近人的许觉民 …………………………………………（209）
"好同志"葛洛 ……………………………………………（214）

目 录

怀念井岩盾	(221)
诗人、"生活干事"自评	(226)
勿忘他	(234)
写给戴明	(240)
一副光辉的笑容	(244)
原来是他——罗世文同志	(251)
人梯	(257)
我所了解的汪浙成、温小钰	(261)
文心的探寻者何西来	(270)
心灵的烛照	(275)
刘士杰印象	(279)
钻探与思辨的何火任	(281)
意外的机遇	(284)
人到无求品自高	(288)
"江枫渔火"质疑	(290)
喜读《湘泉之友》	(293)
文学的旅行	(297)
"文革"中文学所的一些人和事	(301)

饮不尽的苦酒	(315)
背负着家园	(320)
桥儿沟的星辰	(324)

记忆依然炽热

重晤鲁艺 ································· (338)
廊桥遗笑 ································· (341)

朱寨先生访谈录 ····················· 白烨 (353)
朱寨散文的文士情结 ················ 阎纲 (366)
后记 ····································· (371)

炽热的记忆(代序)

是1943年还是1944年,已记不准确了。反正是延安整风转入审干阶段的那一年。我被学校组织上调出来,参加了一部分工作,主要是"跑材料"。因为这个工作的机缘,我见到了刘少奇、周恩来和胡乔木同志。

这是一个格外炎热的夏日。至今,虽然隔开十几年了,可一翻起这埋藏在心里的记忆,还有一种炽热的感觉。

早晨,我从校部拿着三封介绍信又出发了。走在几乎天天都在来回走的一条大道上。但这次,我却像带着命运的信令,踏上革命中一段重要的历程。一路上我兴奋、激动,而又胆怯、惶恐。

走进杨家岭(中央机关所在地)人们最崇敬的山沟的大门以后,心中的激动和忐忑不安反倒平息下来,像临考的学生步入考场反倒镇定了一样。

收发同志仔细地看了我的介绍信,认真地打量了我一眼,然后抓起桌子上的电话耳机,问了些什么,又把电话耳机放回原

记忆依然炽热

处,像完了事一样,仍去看铺在他面前桌子上的当天的《解放日报》。过了一会儿,不是任意估计的一会儿,而是一段准确的时刻,他站起来,对我说:"来吧。"

他在前面,把我径直领向山沟。两面山上都是一层层成排的窑洞,给人一种街道的感觉。我看见了那建立在山脚下的两座灰砖楼(这是延安唯一的楼房建筑),有一短短的天桥,与山上成排窑洞连接成一体,它给人一种奇特的立体感。当想到我要见到的人就在这座楼中时,还对它产生了一种神秘感。

收发同志拉开底层的正门,让我先进去。进门一看,是一间与其说宽大不如说空旷的大厅。墙上没有任何字画装饰,大厅里也没有什么摆设。靠近门口是一个粗笨的乒乓球案子,再往里面是几张摆开的餐桌。餐桌周围摆着一些凳子,中间是一片很大的空场。看来既是游艺室,又是餐厅。我们进去时,空气中还有未散的饭菜气味,几个负责同志还聚在餐桌边。看情况他们是刚刚吃过"早饭",一方面继续谈述着昨天夜里会议的话题,一方面用饭后的闲话趣谈驱散一夜过度紧张的疲劳。有时爆发出的哄笑,是那么酣畅爽朗。

一个高个子、高鼻梁、身材瘦削的同志,一转身望见我们,带着微笑迎过来。他那神态显然是主人来迎接客人。"这就是刘少奇同志?"我心里揣疑不定。收发同志迎过去递上介绍信,回头来悄声对我介绍说:"这就是刘少奇同志。"

本来我准备好见了少奇同志时,我要告诉他,我是旧社会受屈辱的贫苦青年,加入革命队伍不久的新党员,他的《论共产党员的修养》我读过不止一遍⋯⋯可是,这些话都一下子烟消云散

炽热的记忆（代序）

了。我手足无措，直到少奇同志看过介绍信，亲切地称呼着我的名字，主动来跟我握手，我才被动地伸过手去。

他没有马上开始与我谈话，让我就近在乒乓球案前的一把椅子上坐下，他把信放在案子上，然后又走回去。这时，那些聚谈的同志都已散去。我观察着他走去的背影，猜想他大概是去取放在那里面的烟卷火柴，哪里想到原来是给我这位小小的客人取茶水。当少奇同志一手端着茶壶把，一手按着壶盖，亲切地给我倒茶的时候，我更加局促不安。

其实我的问题没有必要非少奇同志回答，少奇同志看了介绍信也会了然。但他依然认真地接待了我。他就问题的轮廓作了简要的介绍和说明，然后说："如果要详细具体了解，我介绍你去找这里的另一位负责同志。"说着他抽出笔，在原介绍信上给那位同志批了几行字。然后像迎接我时那样微笑着把我送出门，指点给我到那位同志那里去的路线，再亲切地与我握手道别。我因为这不必要的打扰感到过意不去，他倒对我流露着歉意。

周恩来同志刚从重庆回到延安不久，听说可能很快又要离开。所以周恩来同志这里早有不少抓紧时机来访问的人了。

我在秘书的窑洞门口，一面等候，一面欣赏着秘书和公务员两个青年人在院子里忙碌种植的情景。虽然一切播种的时令都过了，别家窑洞门前的西红柿秧已经扎上了架，南瓜秧也爬出了蔓须，他们仍满怀信心地刨土、担水、播种。有时两人意见分歧，认真计较，还让邓颖超同志来参加意见裁决。这番抢种的心情，一般人是不能理解的。这是双重意义的播种。他们要在离开延安

记忆依然炽热

去大后方之前，抢时间播下对延安的深深留恋和怀念。看他们那兴致和情绪，我真担心他们会不会把我忘了。

秘书同志张着两只泥手跑来，对我说："你去吧。"

周恩来同志刚送走了在我前面来访的人，还没有坐下，就迅速地接过我的介绍信。他顺手做了一个让我坐下的手势。他站着看完介绍信，发现我还在站着，责问说："怎么不坐？"他不知道我访问少奇同志得到的经验，如果没有必要，就不想占用这些领导同志的宝贵时间。

他让我在他的对面坐下，中间只隔一条长方形小茶几。他把介绍信平铺在面前，对我说："你把这位同志的详细情况介绍介绍。"

我把这位同志的全部历史、问题背述了一遍，又把要来了解的问题作了详细的说明。他都凝神听着。我因为怕讲的时间过长，又觉得讲得啰唆不得要领，不由得有些急促慌张。这时他便把眼睛眯一眯，昂起脸，频频点头，意思说："慢慢地讲，需要详细，不要慌。"他耐心听我讲完，提出了一系列的问题，并问我和我们单位组织的认识、分析、判断。

他提问得这样仔细具体，我想他对我要了解的情况一定都知道得很清楚，但他却声明对这方面的具体情况并不清楚，不过可以帮助了解。接着他站起来去摇那安装在墙上的电话机。

很长很长的时间，他在电话里与对方（不知是谁，他用一个代号称呼对方）交谈着有关的情况，交换着意见。然后他坐下来，按我要了解问题的顺序作了详细的回答。中间他常为了把一个情节、人名核对准确，几次起来去摇电话，向人询问，交换意

炽热的记忆（代序）

见。同时，直率地指出我们的有些分析和判断片面、不正确，说时甚至有些激动。我紧张地记录着。当邓颖超同志进来找什么东西的时候，我更低下头，担心周恩来同志收拢不住他那激昂的情绪，在第三者面前受到难堪的苛责。但出乎我的意外，周恩来同志在邓颖超同志进来的时候突然停顿下他那高昂的声音，转脸低声对邓颖超同志说："把咱们带回来的糖拿来给客人吃。"

那时延安是买不到糖的。糖被隔绝在重重封锁线以外。当时我吃没吃却记不清了。因为"客人"两字的滋味胜过糖的甜味，而且甜入心坎。而周恩来同志这种严肃、认真、负责精神更使我感动。

显然，他接待我的时间超过了预定的时间，山下大卡车的喇叭连连地叫着，秘书两次进来催请周恩来同志。我便赶忙把记录送过去，请他审阅签字。他那一笔连下来的遒劲潇洒的签名，至今记忆犹新。

停在收发室门口的那辆敞篷大卡车，在当时是唯一的一辆最先进的交通工具。车上面已经站着半车厢人，都是中央一些负责同志。等周恩来同志顺着山路跑下来，坐进留给他的司机篷内的座位，车就开走了。

车向着枣园的方向开去。

我又沿着印有卡车轮印的大道来到枣园的胡乔木同志处。穿过那片茂密的果林，就到了山脚下。爬上一段不长的山路，就是一个自然的坪坡。在这坪坡上，坐落着一个陕北山村普通的农家院落。院内院外长着参差不齐、疏疏朗朗的各种树木，仍是一副古朴的农家风貌。院门前的一棵大树下，还保存着长年拴牲口留

记忆依然炽热

下的痕迹和气息。如果不是有人领着，真会疑心自己走错了路。而走进院子后便感觉到另一种肃穆气氛。

一走进院子，就听见了只有一道矮墙相隔的隔壁院子里传来的开会的声音。插话、哄笑、辩论，而且又听到了周恩来同志那高昂爽朗的声音。从听到的片言只语，也能推知这里讨论的问题关系着辽阔地区的人民命运。原来从杨家岭坐车来的那些中央负责同志正在这里开一个重要会议。我像突然领悟了什么秘密，默默向自己证明那位最敬爱的人就住在隔壁，现在就坐在会场的中心。心里一个幸福的声音说："现在距离他多么近！"另一个声音又说："这样机密的环境不应久留。"我仓促完成调查任务，站起来准备离开。乔木同志却一定要我在他这里吃过午饭再走。我站着，讷讷地推脱说回去能吃上饭（自然是撒谎），乔木同志否定地笑了。这时公务员已把饭打来放在桌子上。

虽然我像客人一样坐在了他的对面，尽量坐得自然些，心里却很窘迫拘谨，以致盛饭时把一团大米饭撒在桌子上。没有到过延安的人，不能体会到粮食的珍贵，何况又是平时吃不到的大米饭！但我想，像乔木同志这样身份的人对这点大米饭是不会在意的。我也故意做出满不在乎的样子，继续盛饭。没料到乔木同志接过勺子盛饭的时候，随手先把我掉在桌子上的饭团拣到自己的碗里，连散落开的一颗颗饭粒也拣起来，既认真，又丝毫没有什么不自然。

"你看到了吧？我也是刚收到。"他一边盛饭，一边指着身旁墙上挂着的古元新创作的一套套色木刻。由这很自然地开始了我们餐桌上的话题。他一面思考着，一面仔细地分析着每幅画。他

炽热的记忆（代序）

很赞赏古元的这一新的努力：采用陕北民间剪纸的形式反映陕北群众的生活。他感慨地谈论着创作为群众喜闻乐见的艺术作品的意义，举述中外文艺史上的例子，真切、平易，邀对方共同进入话题，作互相平等的对话，即使水平悬殊，也并不使你自惭形秽，只能聆听教诲。因为他平易近人，我自然而然也敢于发表自己的意见。

饭后正是毒日当头，他邀我到院外，在树荫下盘桓了一会儿，游戏地攀扶着树枝，采摘着树叶，随便拣拾着身边的一些琐细话题，意思是要我躲过晌午最热的那阵时刻再走。而隔壁院子的那个会议还在热烈地进行。正是这种情谊和气氛，使我甘愿去迎受骄阳炙烤。

我走出茂密阴凉的果林，踏上归程。太阳像喷撒着火焰，庄稼低垂着头，山村沉寂着，漫长的大道上不见行人，整个空间像一个大蒸笼，蝉叫出炽热的声音。我却觉得唯有这样的温度才能与我心胸中的炽热相适应。我有时奔跑，有时跳跃，一路上哼着自编的歌，反复唱着一个意思：我和中央同志们平等地工作。

1957 年 6 月

记忆依然炽热

领袖与人民

延安时期，人们见到毛主席是很容易的。艾青的诗《毛泽东》开头两句就是：

> 毛泽东在哪儿出现，
> 哪儿就沸腾着鼓掌声。

当时这种场面太多太平常了。可以肯定，当时的延安人都曾有过这样与毛主席欣逢的机会。据我所知，不但鲁艺的教员，一般工作人员和学员，也都曾与毛泽东同志有过这样的接触。

毛泽东是延安鲁艺发起人之一。鲁艺开始在城外山沟上，那幅主席穿着双膝打补丁的裤子、站在一排窑洞前、对着坐在平台土地上的青年人讲演的照片，据说就是当时在鲁艺拍摄的。后来鲁艺移址到远离城区的桥儿沟。这里虽是一个小山沟，却有一个20世纪20年代西班牙传教士建造的歌特式天主教堂，

领袖与人民

庭院内洋槐成行，花圃多是丁香，把这山沟点缀得颇有些异国情调。著名木刻家古元当年是美术系的学生，他的第一幅木刻创作，刻画的是校园内的学习场景，标题好像就是《鲁艺的学习生活》，比较平实，经文学系诗人天蓝建议，才改换成画龙点睛的标题：《圣经时代过去了》，标志着一个新时代的开始。

从桥儿沟进城开会（这是常有的），快步奔走也要一个多小时。晚上我们进城看《雷雨》演出，看完回到学校，已是第二天清晨日出。因此大家调侃说：去时看《雷雨》，回来看《日出》。杨家岭离桥儿沟比延安城还远，而住在杨家岭的毛主席，却多次到鲁艺参加舞会，观看演出。因为鲁艺是延安文艺工作者集中的单位，从下面这个数字也足以说明：当年出席延安文艺座谈会的人员，除了中央领导，共96人，鲁艺的教职员就占45名。会后不久，毛主席应邀到校讲演，他结合鲁艺的实际，具体生动地阐述了座谈会的精神，把生活与艺术作了形象的概括，提出了"大鲁艺"、"小鲁艺"的概念，号召大家走出"小鲁艺"，到"大鲁艺"。他听说一批师生要到工厂、农村、部队去体验生活，特意前来为大家壮行。他讲演生动风趣，在引用"黔驴技穷"成语时，不仅转述了柳宗元的《黔之驴》，并用形体模拟驴子的可笑动作，引得全场大笑。至今流传，成为脍炙人口的佳话。

并不是只有鲁艺才享有这样的殊荣。当年毛泽东同志经常以同样的姿态出现在抗大、陕公、女大等学校校园和广大群众中。他曾亲自为抗大学员讲授唯物论辩证法，后来的《实践论》、《矛盾论》即脱胎于这时的讲稿。当年武汉出版的《七月》

记忆依然炽热

中《毛泽东论鲁迅》一文,就是当时在陕公的讲演,由听众中的有心人名大漠者,记录整理后寄给《七月》的主编胡风公开发表,这是毛泽东关于鲁迅的第一篇公开发表的文章。除了这样的集体场合,毛主席与鲁艺的一些普通员工师生还有过个人交往,例如,美术系的一对教员夫妻,竟不惮冒昧,请毛主席为他们刚出生的女儿取名,毛主席果然为他们的女儿命名"安娜"。文学系的一位同学回忆说:一次有事到城里,遇上大礼堂演出,他很想进去看,但没有票。他正在焦急犯难,望见毛主席一行人走来,他便迎上去向毛主席求助,主席便让他随着一起进入礼堂,而且坐在主席的身边一直看完演出。另一个例子,说来并不愉快,但同样感人。我们系的洪禹、叶茵夫妻,在"抢救运动"中作为重点审查对象,受到严重伤害,因此洪禹同志径直写信给毛主席,说明原委,申诉冤情。洪禹很快就收到了毛泽东同志给他的一封亲笔回信,对他们的遭遇深表同情,并予以道歉,对于运动中出现的问题,承担责任。身为党中央最高领导,对于一个素不相识的普通学员,作如此推心置腹的对话,确实令人感动。

即使毛主席不在身边,人们也会感到他的关注。常是容易被人忽略的人物,不被人注意的萌芽,都被他及时发现,予以扶植推广。孔厥的成名之作《折聚英》,主人公折聚英是当时边区著名的妇女英雄,是陕北农村妇女翻身的典型。作者用人物自己的语言,叙述了她从奴隶到社会主人的苦难战斗的一生,特别是那地道浓郁的乡土语言,读来格外形象生动。而最先注意到这篇作品并加以推荐的则是毛主席,因而广为流传。黄钢

领袖与人民

的报告文学名篇《雨》，也是毛主席最先发现的，称赞说"写得好"，而引起广泛的注意和充分肯定。冯牧生前曾津津乐道，他在《解放日报》当编辑期间，最为得意的一笔，是他编发的一篇并不起眼的短稿，作者是当年无名的青年童大林，竟引起毛主席的注意和称赞。连当时的墙报《轻骑队》，也都受到毛主席的关注，并将有的文章予以翻印推广。

以上仅是我个人有限的见闻。即使从这挂一漏万的事例上，也可以看出和感到毛主席与人民群众的密切联系：不是偶尔的，而是经常的；不是象征性的，而是切实的。后来人恐怕难以体会想象。

我也曾近在咫尺的距离内听过毛主席的讲话。那是1945年"8·15"日本正式宣告投降以后，根据形势的需要，延安的干部纷纷被派出到新区开辟工作。我们那批去山东的干部大队，是最早的一批。行前在中央党校礼堂集会，请毛主席作报告。前来听报告的不只我们要走的人，整个礼堂都坐得满满的。彭真同志主持会议。一一五师是山东抗日根据地的最初创建者，一直是那里的主力部队。作为一一五师师长的林彪，也将重返山东，作为被欢送者坐在讲台上。我有幸坐在会场的最前排，讲台伸手可及，台上的毛主席近在咫尺。虽然我的眼睛高度近视，仍然看出他的唇颏上有稀疏的胡子。这出乎我的想象。后来从画像、摄影、舞台、屏幕看到的面容，都是十分光洁，因此我对自己当时的视觉是否准确也怀疑了。而从近年一些真实的回忆文章中得到证实，那时毛主席常因工作忙碌，顾不上剃须理发，因此我相信我的印象不会失实。他的衣着虽然已不再

记忆依然炽热

是打着大补丁的裤子，却也是普通的干部服。他的长篇报告，既没有讲稿，也不正襟危坐，而是很随便地在台上走来走去，不时回头征询彭真、林彪的意见，笑谈几句。整个报告风趣生动，亦庄亦谐。当他嘲讽"蒋委员长"要"下山"抢夺抗战胜利的果实时，作猴子摘桃的样子，引得哄堂大笑。当他义愤填膺，大义凛然，提高声音，伸出手臂，郑重宣告我们的方针是"针锋相对，寸土必争"时，会场上是暴风雨般的掌声。这就是后来收入《毛选》的那篇《抗日战争胜利后的时局和我们的方针》。我当时并不完全理解报告的意义，却牢牢记住了"为保卫人民的胜利果实，针锋相对，寸土必争"的誓词。（"寸土必争"后来在形成文件时被略去）这成为我们行进的旗帜和目标。

我们行军到太行山屋脊麻田时，茫茫平原已经在望，将是东下太行，重亲乡土，重晤亲人。而这时接到中央来电，一律转赴关外。同时，前往抢占人民胜利果实的敌人机群，频频从头顶掠过，我们便日夜兼程，用两腿与敌人飞机赛跑。

出了边区，过了黄河，是另一天地。经过日寇"三光政策"烧杀淫掠过的国土，怵目惊心，大片的村庄只剩下烟熏火燎的墙壁框架。我们一路行军借宿的人家，大都男人参军，只有妇女在家。有的年轻主妇，把丈夫参军前用过的枪，挂在炕头墙上，寄托对他的思念。对于我们这些过路者充满亲情。我们到达冀中时，正是秋收季节。而在地里收割庄稼的都是老年人，在村里打场的全是妇女。面对眼前战争的废墟，人民经受的灾难和牺牲，再重温毛主席的报告，才深切地体会感受到其广泛、深刻的意义。那洪亮的声音、坚决的手势，又重新响在耳边、

领袖与人民

出现在眼前。那是时代的号召、历史的抉择。

我们离开延安便失去了时局消息的来源，连毛主席赴重庆谈判这样的重要新闻都不知道。这消息是在行军的中途，在一个叫做甘谷驿的小镇上知道的。我在当时的行军日记上简略记录，当地群众，正在互相转告，纷纷议论。一方面钦佩毛主席为实现人民的和平愿望，不惜身入虎穴；另一方面，为主席的安全提心吊胆。但此后再没有听到这方面的消息。一直到行军到冀中平原，在路过一个村庄时，看到村内墙壁上新刷的大字标语："我们来唱歌，毛主席回来了！"这才知道主席已安全地返回延安，舒解了大家的心结。如果那条老百姓自己题写的标语原样保存下来，将是一件珍贵的历史文物，折射着当年领袖与人民的关系。

关于抢救运动，不应该回避毛泽东同志应负的责任，主要是对于整个敌情估计的夸大化："特务如麻，原不足怪。"这是我当时亲耳听到的正式传达，据说后来的正式文本"特务如麻"改为"特务之多"，基本意思未变。这与当时作为党中央社会部部长的康生提供的假情报和他亲手制造的"红旗党"等冤假错案，有直接关系。抢救运动也是由康生的《抢救失足者》报告煽惑发起的，从始到终，都是在他的直接控制下进行的。毛泽东同志在运动开始，就提出了"一个不杀，大部不抓"等正确指导方针，即使对国民党的特务，也采取教育转变的政策，甚至说，转变过来，可以做我们的保安工作。这样就避免了历史上曾犯过的人头落地的历史悲剧。后来毛泽东同志曾经不止一次在大庭广众向被伤害的同志赔礼道歉，请求原谅。但是从未

记忆依然炽热

听到康生有过什么检讨道歉。

对于历史应还原其本来的面目。不应把当年人民对领袖的衷心爱戴，与"文革"中的造神崇拜混为一谈。当年那首《东方红》的作者是陕北一个普通农民，是他的亲身感受，是发自内心的歌赞。因为表达了群众的普遍心声，而广为流传。这与后来"文革"中造神运动的颂谀根本不同，后者完全是政治野心家的强迫愚弄，其实是对人民领袖声誉的败坏亵渎。最近读到一篇文章，把当年的"抢救"与"整风"完全混为一谈，又与后来的"反右"、"文革"相联系，最后得出这样的结论："并从此建立起了有关知识分子改造的创造性的'毛氏模式'。"如此推断、拼凑历史，未免太离谱。

毛主席与人民群众的关系，我还是援引艾青《毛泽东》诗中的诗句来结束：

"人民的领袖"不是一句空虚的颂词，
他以对人民的爱，博得人民的信仰。

请听当年陕北人民在"信天游"中是怎样歌唱的：

十一月，是冬天
江西上来个毛泽东，
毛泽东势力重，
他坐上飞机在天空
后带百万兵。

领袖与人民

> 十二月,整一年,
> 毛泽东计谋大,
> 他把中国都弄平,
> 全国联合打日本,
> 人人都赞成。

对此,不能作刻舟求剑的考究,它超越于史实,是历史的升华,也是历史。

(原载《中国社会科学报》2004年1月15日)

雨的记忆

这原本是在国外听到的一则关于雨的笑话,却给我留下了刻骨铭心的感伤记忆。

那是 1976 年访问阿尔巴尼亚的时候,主人陪同我们去其国土最北端的城市斯库台参观。据主人介绍,这个城市多雨,常年阴雨连绵。果然,一路行来,本来都是朗日晴空,要到斯库台了,天气突然转阴,飘落起雨点,前望更是雨雾迷茫。

进入斯库台,便进入一个雨的世界,雨丝不绝如缕,淅淅沥沥的雨声,便是这城市的喧嚣了。雨水冲洗着街道,反射着光亮,往来如织的各色各式雨衣雨伞,把城市装点得五彩缤纷。

整个城市清洁而安静,秩序井然。临街有些通幽的小巷,像我国的南方,不由得使我想起戴望舒的诗《雨巷》。斯库台地处边境,与邻国隔湖相望。另外还靠近通外的海港,出外谋生的国人,从这里登程起航,正是产生离愁别绪的地方,有着别样《雨巷》的愁怨惆怅。

主人向我们介绍斯库台这雨城的特点的时候,讲了一个笑话:一个斯库台人旅居国外多年,遇见家乡来人,他问:"我离

雨的记忆

家时的那场雨停了没有?"说完他笑了。

我们却笑不起来。因为这使我们联想起自己国家的血雨腥风。"文革"已经连续了十个年头,至今还不知道怎样才算"到底"。当时又是灾难深重的1976年,新春伊始,总理逝世,国家大厦折梁断栋,举国哀痛;"四五"清明节的花潮诗海,一夜之间被摧残凋零,群众义愤遭到血腥镇压,又是万马齐喑。

后来很久才知道,当届联合国秘书长为周总理的逝世建议各国降半旗致哀。因此,有的国家驻联合国代表提出质疑:为什么他们国家的总理逝世时不如此?秘书长回答说:周恩来无子女,无家产,在国家总理和国际事务上鞠躬尽瘁,死而后已。如果你的国家或其他国家的总理是这样的,也会受到同样的礼遇。此公默然。而在我们自己国内却禁令降半旗及其追悼仪式!虽然当时并不知道,但从接待我们的主人言谈表情上,仍能感觉到他们对我们国家总理逝世的哀思。

就在我们访问期间,又传来朱德元帅巨星陨落的噩耗。原定主人为我们举行晚宴,我们因此准备辞谢。未等我们提出,主人便主动地告知因此改期。

"文革"已经十年,一些旅居该国的同胞见到我们,首先问起的就是国内的"运动"怎样了。像那位羁旅异国的斯库台人问候家乡的雨是否停了,关切着"文革"这政治淫雨,因为敢怒不敢言,只能隐约其词。所以,在我们听来,那不是一个轻松的笑话,在我们的想象中,那连绵的阴雨,一直在那个斯库台人心里未停,甚至浑身淋漓,乃至我们也仿佛就是那雨中人。

此事说来已是几十年前的旧话。"文革"浩劫早已过去。时

记忆依然炽热

过境迁,晴空丽日。正如有人所说:"但是在晴雪明朗的时候,人们的心里也会有雨天,而且阴沉的期间或者更长久些。"(周作人《雨天的书·序》)怀远忆旧,可以成疾。而沉疴莫过于家国的忧患。

(原载《热风》2001年第7期)

历史的丰碑

1979年举行的第四次全国文代会是中国当代文学史上的历史丰碑,邓小平同志的"祝辞"具有划时代的意义。

在进入正题以前,我想讲一个关于邓小平同志的传说。当年在延安革命队伍里流传很广,连我们普通的年青学员都知道。抗战时期,八路军一二九师战斗在抗日最前线。师长是刘伯承,政委是邓小平。一次,刘伯承同志要率领部队去完成一项战斗任务,行前,师长征询政委还有什么指示?邓小平同志说:"按照唯物辩证法办就是。"当时我们很年轻幼稚,并不理解传说的含义。后来随着对小平同志更多的了解,特别是目睹了他在"文革"中大起大落的表现,亲身感受到他的理论和战略决策带来的社会变化,使我重新回忆起这个传说,略知邓小平同志那时已经铸就了彻底唯物主义的品格,因而这个传说作为佳话流传在革命队伍中间。这段插话与我下面要说的内容不是没有关联。

时间与实践对于任何人都是最客观最公允的评判,伟人也不例外;或者说更是如此。随着时间的推移和改革开放的社会发展

记忆依然炽热

实践，越来越证明邓小平同志的承前启后的历史地位和邓小平理论的深刻指导意义。这同样体现在文艺方面。

邓小平同志1979年在第四次全国文艺工作大会上的祝辞，今天看来，更加显示出我国当代文艺史上的划时代意义。第四次全国文代会是在"祝辞"的思想指引下召开的，总结过去，开创未来，在我国当代文艺史上具有里程碑的意义。通过这次会议在文艺上有重大调整。我个人认为主要有两点。

一　关于文艺的总口号

长期以来，我们文艺的总口号是"为工农兵服务，为无产阶级政治服务"，从第四次文代会后调整为"为人民服务，为社会主义服务"。当然，两者并不矛盾，基本精神是一致的。如果认为这仅仅是词句文字上的微调，那就低估了其重大意义，无视了其中包含着丰富的历史经验的总结，深刻历史教训的汲取。譬如关于不再提倡为政治服务，就是吸取了这方面的历史教训。长期以来，我们文艺创作上普遍存在着概念化、公式化的弊病，用丁玲同志的话说已成"顽疾"。为什么？追究其根源，小平同志一针见血地指出在于"为政治服务"。

记得法国著名作家纪德曾应邀到苏联访问，他从当时苏联文学创作中看到的"严重危机"是"普遍的正统概念"，也就是概念化。他说这"使艺术陷入保守主义"。他根据文学史得出的结论是："作品中符合某种学说的东西，从来不会使艺术作品具有深刻的价值，也不会使它长久存在，哪怕那种学说最健全，最颠扑不破。使作品经久不衰的,恰恰是它提出的新问题。"可见邓小平同志这一针见血的针砭切中要害,符合文艺规律,具有普遍的理论意义。

二　关于创作方法

长期以来我们遵循的是"社会主义现实主义创作方法"。创作上的公式化,与奉行一种创作方法不无关系。后来用"革命的浪漫主义与革命的现实主义相结合"(简称"两结合")的创作方法取代。这主要出于当时中苏关系龃龉和"大跃进"年代的双层政治背景。"社会主义现实主义"来自苏联,不宜再提,而须自提口号;当时"大跃进"年代,所谓"两结合"其实所强调的是革命浪漫主义,当时颇为流行的一种说法是"没有浪漫主义的现实主义是自然主义"。"两结合"创作方法取而代之后,凡有关文件,重要的文艺会议和重要的文艺报告,无不强调推行。而在第四次全国文代会上却未再提及。另外也没有提新的创作方法。这绝非是无意的疏漏。

最近有人在旧货市场地摊上,发现和收购了一份周扬同志的手记。周扬是第四次文代会报告的起草人和报告人,根据分析判断,这是他在起草报告过程中所作的思考笔记。其中就有关于"两结合"的一段:"创作最不能有框框,有公式,'两结合'也不应成为公式。"这也是一个证明。

而在大会上就创作方法问题作出果断的结论的是小平同志的"至于写什么,怎样写,应该由作家自己去决定,不要横加干

记忆依然炽热

涉"。真是掷地有声。这在广大文艺工作者中产生了强烈的共鸣。如果沿用过去"解放文艺生产力"的说法，那么，这是对文艺生产力的最大最彻底的解放，彻底解除了对创作者头脑和手笔的束缚。后来文艺创作上五彩缤纷的繁荣，对此作了充分的证明。

　　以上两者的调整具有方向性和原则性的意义，为我国的文学艺术开创了无限广阔的前程。严格说，文学的"新时期"历史纪元，应从此开始。因此，邓小平同志的《祝辞》是划时代的历史文献；第四次全国文代会是中国当代文艺史上的里程碑，是历史的丰碑。

茅盾先生的延安情结

纪念《在延安文艺座谈会上的讲话》发表60周年之际，唤起我一些有关的沉思联想，首先想到的是茅盾先生。虽然他未曾参加延安文艺座谈会。

茅盾先生1940年从新疆脱险到了西安，然后跟随朱德总司令转赴延安。从当年5月26日到达，至同年10月10日离开，在延安居留只有四个半月。由于时间的短暂，人们往往忽略他这段生命里程的意义，以及他对延安的精神奉献。甚至误以为他到延安不过是过路顺访。这也难怪，茅盾先生本人就这样写的："一九四〇年之五月，我从新疆迪化去四川内地，经过西安的时候，就打算在延安去参观，刚好有便车，五月二十四、五，到了延安，六月初，借寓于'鲁艺'所在地的桥儿沟的东山，一住四个月，双十节始离延安南下至重庆。"（《记鲁迅艺术文学院》上）

要知道，这段文字是写作、发表在40年代国统区，为了遮

记忆依然炽热

掩敌人耳目，不得不作这样的曲笔。1979年他在第2期《新文学史料》的《延安行》中才披露了实情：他携家带口，从新疆经西安，趁朱德总司令回延安的机会，子女化装为随员，他与同行的张仲实，以知名人士的身份伴行。其实是专程赴延安，而且准备长住。

虽然首次到延安，这里对他并不陌生。这里有他的故交文友，众多的读者。他乘坐的汽车还没有抵达延安，在郊外七里铺就受到了人们的热情迎接。他最先认出来的是张闻天。他们都曾是"五四"新文学运动的前驱，高举"为人生而艺术"的"文学研究会"的创始人。因为七八年前曾见过一面，所以互相一眼便认了出来。他的夫人孔德沚高喊着"闻天，闻天！"跑向前去，他们互相紧紧握手问候。还有老相识陈云，当年曾在上海商务印书馆供职，1925年大罢工时，经常见面。当时陈云还很年轻，后来被派往苏联，一别14年，见面时只觉得面熟，已叫不出名字。陈云哈哈笑着自我介绍：我就是虹口分店的廖陈云！到延安后的第三天，延安文化界在文化俱乐部举行欢迎他和张仲实的座谈会，会上又见到了吴玉章、艾思奇、丁玲、周文等。他与当时任鲁艺院长的吴玉章，早在1926年，在大革命策源地的广州就相识。其他更是在上海亭子间共患难过，曾在"左联"并肩战斗。后来还见到博古，他们1925年都曾在上海国民党左派市党部负责宣传工作，那时博古叫秦邦宪，是宣传部的干事……

他下榻交际处后，毛泽东曾亲来看望问候，并赠送刚出版的《新民主主义论》一书。他与毛泽东也非一般的关系，都是建党

茅盾先生的延安情结

初期屈指可数的最早党员,大革命时期均在国民党宣传部任职共事。他们交谈很久,共用便饭。关于他的今后工作,毛泽东建议他到鲁艺去,并说:"鲁艺需要一面旗帜,你去当这面旗帜。"他虽然自谦"不够资格",也没有到鲁艺就任领导职务,但采纳了毛泽东的意见,把女儿送入"女大",儿子送入"陕公",他与夫人便搬到鲁艺居住。鲁艺的副院长是周扬,与他更是有着师友之谊,特意为他在鲁艺的东山安排了安静舒适的新居。

这岂是一般意义上的行旅羁留?这是历史的衔接,革命的会合。对他来说既是归宿也是重新出发。他随即融入了革命大家庭,投入革命的洪流。

当时延安高层正在举行关于中国历史问题、哲学问题和《联共(布)党史简明教程》的座谈会,可以说是"边区文化协会"第一次代表大会的延续和深入。早在1937年1月22日成立的"中国文艺协会"会上,毛泽东就发表讲话说:"过去我们都干武的。现在我们不但要武的,我们也要文的了,我们要文武双全。"把文化工作提上重要日程。同年11月成立了陕甘宁边区文化协会。1940年1月4日在延安"女大"礼堂隆重召开第一次文协代表大会,出席会议的代表和各方有关人士有五六百人,历时九天,会场上悬挂着毛泽东、张闻天、吴玉章等的题词,毛泽东的题词是:"为建立中华民族的新文化而斗争,鲁迅的方向就是中华民族新文化的方向。"张闻天的题词是:"政治抗战军事抗战文化抗战的三条路线。"从题词就可知会议的内容及其重要意义。毛泽东带病在大会上作了题为《新民主主义的政治与新民主主义的文化》的讲演,即后来成书的《新民主

记忆依然炽热

主义论》。洛甫以中央书记处书记和中宣部部长的身份，在大会上作了《抗战以来中华民族的新文化运动与今后任务》的主题报告。会议分别由范文澜、艾思奇、张闻天主持，出席会议的还有朱德、任弼时等。《联共（布）党史简明教程》学习讨论会，则要求在延安的中央委员都要参加，由"讲解员"作主要发言，博古就是"讲解员"之一。（以上均见艾克恩《延安文艺运动纪盛》一书）茅盾先生到延安后即被邀参加。三个座谈会每周至少一次，他都按时出席。

当时他的党籍还没有恢复，还是一个所谓的无党无派社会知名人士，但他并不把自己当作客人。他每周至少三次"进城"开会，从桥儿沟到城里有十多里路，必须骑马。开始还要"小鬼"牵马陪同，后来便独自来往。从桥儿沟到城里，需要穿越空荡的飞机场，路过清凉山、王家坪，涉水过河，他津津乐道，并自豪地说："我的骑术因而也大有进步。"已是骑士征程的情怀。

他虽然没有在鲁艺正式任职，却应师生们的要求，专为文学系开了一门《中国市民文学概论》课程，听讲的当然不只是文学系学生。"市民文学"实际内容是关于中国小说的历史乃至中国文学史的源流传统问题。他每次讲课都有油印的讲义，后来装订成册，俨然是一部专著。当时"文抗"组织的各种会议和文艺活动，凡需要他参加的，从不缺席。当时延安出版的大型刊物《中国文化》及通俗普及的《大众文艺》《中国工人》，都有他的文章。对于业余文学青年的辅导，更是尽心尽力。当时他写的《关于〈呐喊〉与〈彷徨〉》，自己也认为是继1927年

茅盾先生的延安情结

《鲁迅论》之后对鲁迅的又一次认真评论。他指出一些评论文章对《彷徨》的"彷徨"和作者的"悲观"有误解,从而对鲁迅误认为从《呐喊》到《彷徨》显示了作者的"悲观思想愈加浓重了,而《彷徨》是悲观思想的顶点。"他驳斥这种观点,并对"彷徨"作了中肯独到的论断。他并不讳言作者"悲观思想"的流露,但那是对资产阶级代言人所企望的目标的悲观,怀疑其实现;而不是对中国人民大众的终将得到解放的悲观。《彷徨》卷首所引的《离骚》的句子,正是鲁迅"渴望"的暗示,应该看作是《呐喊》的发展,是更积极的求索,而不是什么"悲观思想更浓重了"。同时又与另一极端观点——不承认鲁迅有思想上的发展、转变——不同,指出当时的鲁迅,"虽然看见革命的力量,却还没有看见革命的人物",还不知道革命斗争的"武器"是什么。恐怕只有熟知鲁迅、深入研究过鲁迅创作的人才能如此切中肯綮。不妨说是又一"鲁迅论"。

对文学青年写作的辅导,也不是粗浅的老生常谈,而是有针对性的,并凝聚着个人深切体会,是精湛的诤言。他发现一些文学青年习作的普遍毛病是不注意"炼句",而写了一篇《一点小小的意见》的专文,说明炼句并非咬文嚼字,而是表现"意象"的方法和过程,目的是使句法"有变化,不至于呆板";使文章的"韵调(气韵、格调)互相配合",从而达到"构成生动活泼的形象"。并进一步指出,不仅对业余作者,对任何一个写作者,"炼句"的修养,都是"终身的一刻不能疏懈的工夫"。

他在延安和离开延安以后,写了不少介绍延安文艺界情况和描写延安生活人物的散文。前者如《杂谈延安的戏剧》,题为

记忆依然炽热

"杂谈",内容却是当时延安戏剧团体、创作、演出等,"亲见耳闻"的全面系统的介绍,是那段真实历史的记录。《记鲁迅艺术文学院》(上、下)无论关于校址环境的全景描绘,还是关于校园师生教学生活的翔实生动的写照,连我们一些从中生活过来的人,在回忆那段生活的时候,也要借助其中的描写。《马达的故事》、《记冼星海》,以及其他鲁艺教员的描写,从不同的角度和方面,描写了在延安的环境里如何充分展示出他们的艺术个性和才华。当时教员们集中居住的"东山",也是茅盾先生居住的地方,他在不同的文章中曾多次描写到。他对那里的自然和人文环境,都充满着浓郁的眷恋之情。

他在延安定居下来以后,本"不打算再出去"。而且他还有一个殷切的期望,就是恢复自己的党籍问题,这是他"十年来的心愿"。与他同路来延安的张仲实,也是失掉了党的关系,后来"兴冲冲地跑来"告诉他自己的党籍问题解决了,催促他也争取早日解决。但是他尚未找到合适的机会提出。突然一天,"张闻天到桥儿沟来看我,他拿出一封电报,原来是周恩来从重庆打来的",希望他到重庆去工作。张闻天补充说明当时国民党"日趋反动",国统区的工作越来越困难,蒋介石下手谕逼第三厅全体人员加入国民党,还策划把郭沫若调离第三厅。"恩来想请你去重庆,就是考虑到你在国内外的名声,在那种环境里活动比较方便,国民党对你也奈何不得。"不过,同时说明"如果你实在不愿意,也不必勉强"。这"弄得我措手不及","局促"、"沉默"。张闻天见状说:"你和德沚姐商量商量,过两天再听你的回音。"他立即说:"不必商量了,既然那边工作需要,我听从分配。"在

茅盾先生的延安情结

送别张闻天的路上，他才说出"十年来的心愿"。后来"闻天来看我们，他告诉我，中央书记处认真研究了我的要求，认为我留在党外，对今后的工作，对人民的事业，更为有利，希望我能理解。"（见《延安行》）

他安排好留下的两个孩子，"再三叮嘱他们应注意的事情"。辞别鲁艺，向延安的老朋友及毛主席一一辞行。很快便随董老的车队离开了革命的心脏延安，重返国统区，仍以无党籍的身份肩负党员的任务，忠诚履行党的使命，直到全国解放。

从以上种种，可以想见他与"革命的心脏延安"有着怎样的情结。最能体现这一情结的是他离开延安以后写的《风景谈》和《白杨礼赞》。这是已经载入现代文学史，公认的充满诗情画意的散文名篇。《风景谈》中那些生动绚烂的画面，都不是想象虚拟的幻景，而是立于自己庭院，晨昏远眺仰望、日常观察所得，如剪纸雕塑，如牧歌晨曲。其中着墨最多的是那所谓"风景区"的"桃园"。其实，这里根本谈不上什么自然风景，人们来到这里不是为了休闲、享受，而是精神的聚会。男女相伴，有坐，有蹲，争论哗笑，以书掩面假睡思考……写的是"人创造了第二自然"的美景。《白杨礼赞》写作于《风景谈》之后，更是家喻户晓，脍炙人口。"白杨"已经成为崇高精神品格的象征。两者虽然风格不同，依然是对"西北"那片风景的回顾遥望，后者进而提炼升华为"白杨"这一"意象"。两者是出自同一情结的姐妹篇，同根的并蒂花，都是对那片革命圣地的最好"礼赞"。

最后，应该交代一句：他走后留在延安"女大"的女儿，因

记忆依然炽热

难产,限于医疗条件的极端匮乏,不幸英年早逝,永远留给了那片土地。

(原载《文艺报》2002 年 8 月 24 日)

殚精竭虑做公仆

——从一个月的日记看茅盾先生

在中国作协第六次代表大会上，与会者都得到华宝斋馈赠的一份礼品《茅盾手迹精选》，其中有文稿、书信、日记、读书笔记的手迹，会议期间我没有顾上启封，回家后才得以从容欣赏拜读。

"出版说明"介绍说，茅盾先生的手迹经历劫难而保存下来约300万字，《茅盾手迹精选》从中选取包括不同文类、不同字样的手迹，目的是为了"向世人展示"茅盾先生"隽秀、飘逸的书法艺术的魅力"。虽然我是书法门外汉，不能从书法上品味其魅力，然而正如常人所言："字如其人。"从这些墨迹上可以看到其人，于是其生前独具魅力的柔韧身姿，严谨婉转而幽默的谈吐，又亲切地活现在眼前。而且从这些未曾公布过的书信、日记、文稿中，看到了更内在的一面。特别是其中1960年5月份从1日到31日的全月日记，逐一读来，仿佛进入了他的内室，目睹

记忆依然炽热

了他的生活起居，感觉到他的心绪脉动。

茅盾先生的日记是严格意义上的日记，完全是写给自己的独言自语。在这月9日的日记中有这样一段："昨真正入睡时间实为今晨二时左右，但今晨六时许即醒，不能再睡，此因德祉规定早餐在七时，至时我若仍睡，她将唠叨半天，彼盖不知失眠症者之难。"完全是一个人独处时的自语。

当时茅盾先生身任文化部长、作协主席，此外还有不少社会兼职，他都一丝不苟地尽职尽责。因此日记除了关于每天天气变化的记录外，就是没有变化的"阅参资、日报，复信、批公文等"，节假日也不例外。来往于机场迎送外宾，设宴招待，是常有的"差使"，他都严肃对待。如5月29日日记所写："下午有到机场接客的差使"，因为"时间未定，或云二时，或云三时"，虽然"今晨六时即醒起身，昨夜只睡二小时"，"头晕，口苦"，也"未能午睡"，"幸而十二时已知飞机将于三时二十分到，于是开了闹钟睡觉，大约于一时后入睡，二时闹醒，换衣后赴机场。四时许离机场返，先到北京医院吊唁当天逝世的林老（林伯渠），后回家，甚倦，休息，一小时许，又要到北京饭店举行欢迎丹麦宗教大臣之宴会。我为主人，共三席，九时宴会完毕，即返家，服药一丸，阅书，于十一时入睡"。这一天的劳累，可想而知。岂止这一天？

他每日的"复信"，像"批公文"一样，成了天天日记的一项内容。但未写出复何人的信及复信内容。像他这样身份地位的人，来往信函频繁，可以想见，并可猜想多是他的知交旧友。但从他致老友诗人臧克家先生的信中得知原不是如此。他们知道他

殚精竭虑做公仆

公务在身，反而为了珍惜他的时间，只在像春节这样的节日赠诗问候，一般很少写信。他每天的大量复信，原来是写给一些素不相识的求教者。在致"克家兄"的信中他写道："有些青年教师钻研鲁迅著作，热情可嘉，但他们误以为我有不少若干鲁迅的秘闻，时常来信询问，或在鲁迅作品中不得解时又来信询问，其实我也不能解答，凡此种种都不能不写回信，特别是来信一定很长（虽然问题少而小），字又写得小又难认，颇费精力。最近有两个青年老师极力想证明鲁迅的某首旧体诗是悼念杨开慧烈士的，屡次来信，希望我支持他们的论点，但我却以为他们的论点不免穿凿。我近来就为这些事忙，实在啼笑皆非。"即使对于一些令人"啼笑皆非"的信，他都一一认真作答。

其时他年已64岁，又疾病缠身。可以说是满负荷地尽职于人民的公仆。

同时，他还兼着中国作协主席的职务，从日记中可以看出，除了出席作协的例会，作协党组书记邵荃麟经常"来访谈工作"，并为作协起草报告。本来一般起草报告，都是带上助手，住进宾馆，专门操作，而他却是利用公务活动以外的时间，亲自苦心经营。这是对一个时期来的全国文学创作进行梳理总结，作出理论的概括，是耗费体力和脑力的双重劳动。

为了起草报告，他阅读了大量作品和论文。而且作了笔记，有的笔记无异于一篇成文的作品评论，如后来公开发表的读马烽的《太阳刚刚出山》、林斤澜的《一瓢水》，就是其中的两篇笔记。他"因为白天仍有杂事须处理"，"主要在晚上读"，有时因为劳累一天，"精神实在不支"，以致"书籍自手掉落数次"。

记忆依然炽热

报告的起草开始于上月的8日，5月份内"续写"几乎无一日中断。5月21日"算是写完了"。"总共四万字"，"约一百十余小时，平均每小时只写成三百字而已。至于阅报（读）之作品，论文，共约千万字"。接着是"校改"誊清，油印成初稿后，对"不周不密"之处进行修饰，有的部分还要重写。"看来此一部分还是删掉将来补充扩大另外发表，因为'报告'总是总结性质（空洞无碍），而此一部分则为学术研究性质也。"直到5月31日"下午三时赴作协书记处讨论我起草的报告，七时始返家"。

当然，起草报告不是常有的，而类似的阅读和写作则是不断的。这种思想学术上的呕心沥血，殚精竭虑，似乎与公务无关，其实，这正是一个忠诚于人民的公仆应有的自励。这也许是政治家与政客、人民公仆与官僚的区别所在吧？至于"不读书不看报"，终日沉迷于酒色的腐败分子，更不在话下。

由此想到，有些并不大的官，开会讲话都要手下人写成讲稿，届时照本宣科。据说因此竟闹出这样的笑话：因为要先后出席两个会议，口袋里装了两份讲稿，临场讲话时，因错拿了另一会议的讲稿，结果牛头不对马嘴，使与会者莫名其妙。这并非说一切报告都应由报告人亲自起草。有些报告，甚至署名的重要文章，需要集体创作，需要写作班子的草拟，"秀才"的润饰。但是主要的思想观点乃至文字语言风格，应该是报告者本人的。郭小川同志生前说，他曾为当时的中宣部长陆定一同志起草过文稿，但是，经过本人亲自修改定稿后，只保留了他拟稿中八个字。人们都知道毛泽东同志的"八大"致词，是秘书田家英起草的，其中那句名言："虚心使人进步，骄傲使人落后"，在会上曾

殚精竭虑做公仆

赢得热烈鼓掌。毛泽东同志却当场声明这是出自一位年轻秀才之手。这不仅丝毫未损伤领袖的声誉威望，反而令人更加敬仰。

最后，不能不交待一句：从茅盾先生的日记看到，他每天就眠都靠服安眠药，常是一次无效，继续服二次，药水药丸并用。虽然从这一月日记看不出他的失眠症始于何时，从已成顽症来推断，岁月不浅。因此，那绵软宣纸影印的手迹，既飘散着沁人心脾的墨香，同时也隐含有苦涩的安眠药味，其况味难言。

（原载《南方日报》2002 年 5 月 9 日）

周扬的独语

2004年6月中旬一期《中华读书报》上发表的《周扬为起草第四次文代会报告的提纲》，据该文作者徐庆全在文章中说明他是从旧货市场的旧书摊上发现购买了这一"提纲"的。这确实是一件珍贵的史料，竟未被化为纸浆，或拆散流失，真是值得庆幸。这里首先应该感谢作者的发现、辨认、收藏和公布。

这一所谓"提纲"，是作者给予的名称。它原本是写在"中国社会科学院情报研究所"（当时周扬任社科院副院长）七页十六开稿纸上的文字，没有标题，没有属名，内容"比较凌乱，一时看不出头绪"。因为作者熟悉周扬的笔迹，"从字迹上看，应该是周扬的亲笔"，便初步肯定出自周扬之手。事后又征得周扬女儿周密和秘书露菲的确认，这已毫无疑问。至于根据内容，他认为"原来这是周扬为第四次文代会所作报告写的一个提纲"！而从作者"照录"的原文来看，可以肯定地说：不是。

与报告文本相对照，二者内容相去甚远。笔记中所写的许多内容，在报告中没有提及或体现。其头绪的凌乱，根本算不上有

周扬的独语

条理的"提纲"。但这并不减低其价值；相反，如果真是报告的提纲，既然已有报告文本，这笔写的提纲也就仅有手迹的价值。事实并非如此。

根据周密和露菲的辨认记忆，这份手稿可能写于1979年7月前后。第四次文代会是该年7月召开的，正是第四次文代会筹备阶段。当时耀邦同志决定由他主要筹备，"搞一个大会报告"。他与周密闲谈时，曾谈及其事。"也谈起了筹备小组成员之间的争论"，由争论"他谈到了文艺界的整个状况。"

此类大会报告从来都是由"起草小组"集体捉刀。而周扬向来"不是照本宣科念报告的人"，事先与起草小组成员一起"务虚"，然后提出自己的意见。他们认为这"应该是他为起草小组谈话时准备的"。当然，也只是推断。不过，其背景和主题是明确的：在历史转折关头，为筹备第四次文代会和起草大会报告，围绕着"对三十年如何估计"和"对当前文艺形势的估计"的思考。思考的范围和内容远比报告广泛深入，不过，尚不系统，只是临时的备忘录。其中不少重要观点和内容未见之报告文本中，也就是说一些观点和内容报告中没有，而完全是属于他个人的。这也正是手稿的价值所在和可贵之处。

其中一些观点我认为很重要可贵，未曾有过文字的公开的表述，特意在此引出：

关于《讲话》："有一种错误说法，《讲话》就是规律，你还要去讲什么规律，那就是搞修正主义。《讲话》够我们用一辈子了。"对此，他说："《讲话》讲了文艺工作的规律，但重点是讲文艺工作和一般革命工作的关系，没有充分展开讲艺术创作本身

记忆依然炽热

的规律。"

关于"两结合":"创作最不能有框框,有公式,'两结合'也不应成为公式。"

关于这两者,在报告中根本没有触及。

关于"文革"(1966—1976)与"十七年"(1949—1966):"文化大革命十年,好比桥身,五七年后的十年,就是岸上与桥身相连的引桥。"

这些都是应该深入思考、展开讨论的根本原则问题。而以往历次对《讲话》的纪念,主要是隆重的歌颂。像他这样重新认识、深入思考,并正面提出自己观点的,至今仍少见。"两结合"主要在一定的政治背景下,为了取代"社会主义现实主义"而提出的。文艺界则从文艺规律和文艺理论上予以阐述,认为是对文艺规律的高度科学概括,奉为圭臬。此后的文艺大会报告和文件中无不强调。其效果如何,有事实为证,有目共睹。只有第四次文代报告中未再提及。虽然报告没有说明,邓小平同志在大会祝辞中明确提出:"作家写什么,怎样写,应该由作家自己决定。"这受到了与会作家们的普遍欢迎和强烈共鸣。如果沿用"解放文学生产力"的说法,这是最大的解放。周扬的观点与此吻合:"创作最不能有框框、有公式",给予了文艺理论的命题。关于"文革"与前十七年"左"的错误之间的关系,虽然不少文章已有论证,一致认为其间有着恶性发展的因果联系,周扬则把前者比作"引桥"。这个比喻既形象又恰当,使人唤起联想,其中包含着他自身的体会和反省,使人对之感到亲切。

周扬长期担任文艺领导,自称毛泽东文艺思想的宣传者,而

周扬的独语

"四人帮"又诬蔑他是文艺黑线头目,两面派,他要作出上述的反思和结论,恐怕需要克服比一般人更多的思想顾虑和障碍。

关于"当前形势",首先是政治形势,他在笔记中充满高昂的政治激情。其中写道:"没有四月的鲜血,也就没有十月的胜利。'四五'运动是实现四化的起点线,满目疮痍的民族就要起飞了。""天安门诗歌,也是从文艺方面打开缺点(口),敲了四人帮的丧钟。"等等;不一一枚举。不是作为旁观者的评说,而是与群众贴近的切身感受。如此诗句般的文字表述,在他以往的文章中是少见的。

关于当时文艺形势的看法,当时文艺界存在着尖锐的分歧。他在笔记中表述的一些观点,今天看来已不觉稀罕,而在当时却是难得的卓见,而且曾遭到非议。所以文字里都带有辩论的语气。关于"文艺工作的新气象",他说:"不能说是文艺复兴;但预示着这种复兴。不但突破了'四人帮',也突破了十七年。应该充分地加以肯定。""主要不是混乱,而是活跃。""不是彷徨的一代,而是思考的一代,战斗的一代。""伤痕文学,不等于伤感文学。"等等。这些文字即使今天读来仍掷地有声。

一个时期曾有人对周扬复出后的这种表态不以为然,甚至怀疑其动机。从这不准备给第二人看的手稿,可以证明他是真诚的。这份手稿应该说是周扬的独语,使人可以零距离地接近他,看到一个更内在的周扬。

延安"鲁艺"的大管家宋侃夫

一

延安"鲁艺"于1938年4月10日正式成立，开始只有戏剧、音乐、美术三系，没有文学系，所以校名是"鲁迅艺术学院"，校址在延安城关。当时的学制带有短训班性质，学员经过短期学习训练，即派赴前线从事实际工作，称为"实习"。虽然规定实习期满后仍需返校续读，实际上大多数学员从此留在前线，成为其他方面的实际工作者。"鲁艺"真正成为学院应该说是从1939年迁址到延安的桥儿沟，正式任命周扬为院长、宋侃夫为总支书记（即党委书记）开始。

新校址是原来的天主教堂，是一个理想的校园。学校门口正式树起毛泽东亲笔题写的校牌："鲁迅艺术文学院"并题赠校训："紧张、严肃、刻苦、虚心。"放大后镌刻在校内影壁上。从此有了沙可夫作词、吕骥谱曲的"鲁艺"校歌。当时周扬为"鲁艺"起草制定了《鲁艺订艺术工作公约》，可以说是当时教育方针和

延安"鲁艺"的大管家宋侃夫

学风、作风的具体化。当年"五四"新文化运动提倡白话文时,胡适曾有过"八不主义"的主张,"公约"采用同样句式提出"十不"。从"不违反"的"方向"、"立场"、"原则",到学风的"不放松"、"不间断"、"不满足"的要求,以及"不流于"、"不轻视"的警戒都作了具体的规定。"公约"成为全校师生的座右铭,深入人心。类似这样的句子:"不满足自己的即使是最大的成功;不轻视别人的即使是最小的努力。"当年"鲁艺"的同学们,多少年后再见时谈起来,还能朗朗上口。关于"鲁艺"的政治工作,宋侃夫提出了"政治与艺术统一"的原则,而且身体力行。他还兼管教务、行政的领导,正如"鲁艺"人所说的,他是"鲁艺"的"大管家"。

从此,"鲁艺"由原来短训班性质成为正规学院,明确宣布办学宗旨是:不仅为当前的抗日战争培养人才,而且也为未来的建国准备人才。学制改为三年。学生入学必须经过严格考试,课程设置除各系不同的专业课和共同大课外,都必须选修一门外语。大课有"中国现代革命文学运动史"、"党的建设",分别由周扬、宋侃夫亲自担任。教师队伍也相当可观,如音乐系的冼星海、贺绿汀、吕骥、向隅、李焕之等,戏剧系的张庚、塞克、田方、于敏等,美术系的江丰、蔡若虹、王式廓、张仃、力群等,文学系的何其芳、周立波、陈荒煤、严文井等。还有外聘齐燕铭、何思敬来校,分别开设"中国文学史"和"美学"课。茅盾先生在"鲁艺"居留期间,为文学系开设了"市民文学"一课。各系附设有研究室或实验剧团,也集中了不少人才,如文学系的研究室就有李雷、颜一烟、王季愚、林山、天蓝、鲁藜、孙犁、

记忆依然炽热

孔厥等。从下面的数字上可知，当时"鲁艺"集中了多少人才：艾克恩根据当年出席延安文艺座谈会的全体合影照片，一一调查核对，列出一个名单，出席会议的文艺工作者共96人，其中"鲁艺"45人，将近半数。

当时除了系统的课堂教学外，还结合教学进行艺术实践，如文学系的创作实习，美术系的写生，音乐、戏剧系的排练演出，都是在教员指导下或到农村，或到工厂，作短期实习。文学系的"创作实习"，由何其芳、陈荒煤、严文井亲自担任。所以，当时文学系一些学员在学生阶段已经在延安的《解放日报》、大后方的《文艺阵地》、《七月》、香港的《大公报·文艺》等报刊上发表作品了。还是美术系学生的古元的木刻，在重庆展出时，受到徐悲鸿的高度评价，赞叹说："中国出现了一个大艺术家。"戏剧系排练演出了曹禺的《雷雨》、契诃夫的《婚事》、苏联大型话剧《带枪的人》，音乐系曾创作演出由吕骥作曲的大型音乐合唱《凤凰涅槃》、向隅的《红缨枪》，公演后受到普遍好评。

当年古元曾创作了一幅表现校园风景的木刻，原题是"鲁艺的学习生活"，后经文学系青年诗人天蓝的建议，改为"圣经时代过去了"。这一标题可以说是画龙点睛：在旧址上开始了新时代。

当时的学员，除个别是大学生，其他都是中学水平的青年，他们在这里受到了革命理论和文艺方面的系统教育和训练而成为革命文艺工作者，有的成为文艺界的著名人物，如音乐方面的刘炽、黄准；戏剧方面的于蓝；美术方面的古元；文学方面的贺敬之、冯牧等。

延安"鲁艺"的大管家宋侃夫

但是，后来在整风运动中，被批判为"关门提高"，而予以否定。周扬、宋侃夫为此承担了历史的责任。不过，历史还应该由历史来验证。《讲话》发表后，他们率领全校师生创造了新的辉煌：开创了新秧歌运动，深受群众欢迎，被亲切地称为"鲁艺家"的秧歌。其中一些歌曲，至今脍炙人口，流传不息。在此基础上，又创作了歌剧《白毛女》这一红色经典。试问：如果没有当年强调政治与艺术统一并进的提高，会有后来的辉煌吗？

周扬与宋侃夫的名字是与"鲁艺"分不开的。不过，因为宋侃夫做的是幕后工作，外界人士并不知，所以提到"鲁艺"的时候，往往只提周扬，而忽略了他。他是不应被忽略的。

二

宋侃夫是中国共产党早期的党员，经历过长征，新中国成立后曾长期担任中共武汉市委第一书记。"文革"后到北京，任全国总工会副主席、中央顾问委员会委员，是有着不同寻常的革命经历的老一辈无产阶级革命家。

宋侃夫原籍江西萍乡，13岁随在外谋职的父亲移居浙江杭州，在杭州学校读书时加入中国共产主义青年团，任共青团杭州工专特别支部书记，成为杭州革命学潮的骨干分子。1926年，宋侃夫由共青团员转为中共正式党员。1927年2月，受党组织派遣，赴武汉中共中央宣传部任职。当时的宣传部长是蔡和森，顾问是共产国际的代表米夫，秘书长兼鼓动科长是王明，他任秘书兼鼓动科干事，负责党刊《向导》的印刷出版。他曾亲历并记录

47

记忆依然炽热

了当时党内关于湖南农民运动问题的激烈论争。

后来，宋侃夫又被派回白色恐怖下的杭州工作，不幸被捕入狱，后因病保释在外。恰在此时（1930年3月），其家乡萍乡前往湖南衡山南岳进香的乘船在湘江遇险，多人身亡。他利用这个机会，让家人谎报他也在其中，买得一具尸体，并大张声势，装殓埋葬。他本人乘机潜回上海，出任中共上海法南区委秘书长、组织部长。真可谓是"死里逃生"。

1931年初，宋侃夫被调到中央特科学习无线电技术，学成后被派往鄂豫皖苏区红四方面军负责筹建电台，从此开始了他长征路上的电信工作。他仅凭着四个电报密码本，一部手摇发电机，一部缴获来的电台，开始组建了红四方面军的第一部无线电台，与党中央及其他苏区取得了电信联系，使各革命根据地之间可以及时互通信息，配合作战。后来，又由原来总部的几部电台，发展到每个军部都有了电台。他还主持开办了无线电训练班，培训了一批无线电工作骨干。接着转向对敌电信的侦破。他曾先后破译了四川各派军阀的密码。当四川各军阀集中110个团20万兵力要对红四方面军发动六路围攻的时候，由于我方电信的"耳聪目明"，不但使敌人的阴谋破产，而且取得了歼敌8万人的胜利战果。中央红军长征到湖南，处境十分困难，他破译了敌人的密码，把情报源源不断地发送给中央红军，才得以及时摆脱了敌人的围追堵截。后来毛泽东在延安见到宋侃夫时称赞说："你们四方面军电台的同志辛苦了，有功劳呀！在我们困难的时候，是你们提供了情报，使我们比较顺利地克服了困难。"

1936年10月，红军一、二、四方面军在甘肃会宁会师，改

延安"鲁艺"的大管家宋侃夫

编为西路军,开始西征。宋侃夫携带电台跟随总部,是唯一与外界联系的渠道。虽然狡猾的敌人经常变换密码暗号,但都被他一一破译。因此,敌人特别下令搜寻宋侃夫。

西征是血染的征程。由于敌强我弱,力量悬殊,特别是敌人的强大骑兵,给我军造成极大的伤亡。一次战役,不但红五军军长董振堂壮烈牺牲,同时牺牲的还有政治部主任杨克明、十三师师长叶崇本。宋侃夫因在炮火下收发电报,手被炮弹炸伤;警卫员张厚元为了掩护他而中弹牺牲。他拿着警卫员的枪继续与敌人战斗。经过这次惨烈的血战,两万多人的西征军只剩下两三千人。因为形势严峻,必须轻装,军政委员会决定只留下一部电台,其余全部砸掉。电台同志们为之痛哭失声。最后,甚至连这一部电台也不能保留,只保留下一本密码本,同时还准备了火柴,必要时连密码本也付之一炬。

西路军在选择最后突围路线时,根据宋侃夫掌握的情况,军政委员会决定的路线是一条危险的路线。他一再建议改变路线,结果无效,他便直接找到领导人李先念,当面慷慨陈词,才使他的意见得到采纳。结果与带领着汽车、衣服、武器前来接应救援的陈云和滕代远会师,而使部队没有陷入绝境,死里逃生。因此,他与李先念同志结下了特殊的友谊,这友谊一直延续到晚年。

宋侃夫就是带着屡屡"死里逃生"的经历,来到了"鲁艺"。

宋侃夫几度"死里逃生"的革命经历,当时大家并不知道。由于有着这样的亲身革命经历,他在上"党建"课的时候,常引用一些实际的事例,例如西征中董振堂同志的牺牲,就是在一次

记忆依然炽热

"党建"课上讲的：当敌人逼近扑来时，他为了不当俘虏，喊着"共产党万岁"！用最后的一颗子弹，结束了自己的生命。至于当时他自己怎样，却只字不提。"党建"是全校的一门政治大课。这样的课程，很容易流于抽象空洞的政治说教，他却讲得有声有色，令人动情神往。

宋侃夫除了亲自给学员上"党建"大课，还利用他个人的关系，请到一些中央领导同志来校作报告。例如陈云同志曾来校大礼堂向全体师生作过"怎样做一个共产党员"的报告，来作过报告的还有任弼时、博古等中央领导同志，博古不止一次来校作关于苏德战争形势的报告。王明也曾来校作过讲演。当时王明是中共南方局的领导人，常驻大后方重庆，偶尔才回延安，机会难得。而且此后不久就从政治舞台上消失了。王明确实有人们所传的演说口才，同时他的"哗众取宠"也令我们这些学子有所领略。像这样的中央领导人的报告、讲演，除了政治思想内容，还给大家留下了历史人物的生动记忆。

当时大家并不知道主要是宋侃夫的关系，才请到这些难得的教员，报告多是他亲自主持，而他也像我们台下的听众一样，聚精会神，表现不出他与这些领导同志有什么个人的特殊关系。

三

宋侃夫在"鲁艺"的主要贡献是政治工作。他像当年探索电信的秘密和破译电信密码那样，探索和寻找政治工作与艺术教育的关系。正如他在"鲁艺"建校一周年总结中所总结的："强调

延安"鲁艺"的大管家宋侃夫

政治与艺术的统一","尊重和爱护艺术人才,充分发挥他们的才能和积极性"。长期在他手下工作的"鲁艺"老人王康深有体会地说:"可以说创造性地探索出关于开展思想政治工作和党支部活动的若干适应'鲁艺'特点、行之有效的具体方针和工作方法。"

首先宋侃夫在政治干部的人选上,就注意"政治与艺术的统一"。全院的干部处长是一重要的政治职位,除了他亲自兼任处长,还调戏剧系的张平任副处长,管理这方面的日常工作。张平来延安前已是党员,在上海电影界已经是知名的电影演员,后来更是以演革命英雄形象而享誉影坛。一般人只知道他在银幕上的正面角色,不知道他当年在这实际工作岗位上,曾给人树立了良好的榜样。教务处长安波也不是一般的行政干部,而是音乐方面的突出人才。他就是后来秧歌剧《兄妹开荒》的主要词曲作者,戏剧音乐家。教务处的工作人员,也都是原来的高材生,如浪淘、叶克、胡征等。组织全校时事学习是教务处的一项主要任务,如指定学习参考文件,出讨论题目等。当时的学习讨论,不是简单地统一大家的思想认识,而是结合实际,开展自由的讨论。记得在学习毛泽东《〈农村调查〉的序言和跋》的时候,出的讨论题目是:"为什么说'群众是真正的英雄,而我们自己往往是幼稚可笑的'?"大家各抒己见,互相争辩,不强求一律。即使对于中央领导同志的报告,在讨论时,也可以发表不同意见。那种自由活泼的气氛和局面,至今记忆犹新,永怀难忘。

当年被宋侃夫选拔在"鲁艺"院部作专职党的工作的毛星,就是后来人们所熟知的著名文艺理论家。当时毛星那简朴的衣

记忆依然炽热

着,艰苦的作风,给人以典型的党的工作者印象。他抗战开始就到了延安,经过了党校学习,来到鲁艺。他到"鲁艺"的目的是研究文学。正是这一点,被宋侃夫所看中,把他留在院部任干教科副科长。而在业余时间毛星并未中断文学上的苦读。另一位专职党的工作者王宗一,原在院部工作,后委任文学系协理员,即专职党支部书记,协助系主任何其芳工作。他是一位年轻的老党员,抗战前已入党,比何其芳入党还早,但他对何其芳非常尊重。当时他业余时间曾用林昭的笔名在《解放日报》上发表文章,就某文学问题与欧阳山商榷,一般都不知道林昭是王宗一。解放后,他长期担任中央宣传部宣传处副处长,经常参与为中央起草文件的工作。通过这两个事例也说明宋侃夫以政治与艺术统一的标准选拔干部。他们不仅为宋侃夫所赏识,而且在他们身上也能看到宋侃夫的影子。

院部设在校园内的半山腰上,一排劈山挖成的旧窑洞,是一个有院墙的独立小院,院部办公的地方,宋侃夫本人也住在这里。像这样领导机构所在地,容易让人望而却步,从这里走出去的工作人员,容易令人敬而生畏。而这个院落却是学员喜欢经过时出入的地方,这里的工作人员与一般师生来往相处,密切融洽,毫无两样。如果说有什么不同的话,那就是总带有像宋侃夫那样对人关切的微笑。

当时"鲁艺"的青年教师和学员,绝大多数是从大后方或敌占区初到延安,都是非党员,宋侃夫十分注意从中培养和发展新党员,蔡若虹、向隅、华君武等都是经他培养发展入党的,有的入党介绍人,就是宋侃夫本人。后来"鲁艺"的党组织是一支相

延安"鲁艺"的大管家宋侃夫

当大的队伍,可以说都是在宋侃夫任党总支书记期间发展壮大的。

当年鲁艺的政工人员,与一般学员之间的融洽关系,互无猜忌的坦诚相见,共苦乐的,同生活情趣,对今天的人说来仿佛是童话。不,那确实是事实。

一个冬天的黄昏,我们文学系的几个同学,照例相邀到延河边去,以散步消磨没有灯油的长夜。在路经老乡居住的山下时,发现垃圾堆中有一只被老乡遗弃的死小猪。长期不知肉味的我们,不由得眼睛一亮。大家经过悄悄商议,互相掩护着弄回宿舍,企图以解饥馋。但是缺乏褪毛解剖的工具。正在大家手足无措的时候,院部的干教科长王康,这位不速之客出现在面前。他曾是文学系的学员,党组织未公开前的党支部书记,公开的身份是协理员,后来调到院部任干教科副科长。虽然他仍像以往那样经常来系里与大家闲聊,而他这时的出现,却令大家十分难堪。虽然这事经过大家的思考斟酌,并不违犯群众纪律;但这行为本身并不光彩。偏在此刻,让作为干教科长的他遇到,大家都一时不知所措难堪。经过大家说明情况后,他不但没有板起面孔批评说教,而是跟大家一起想办法。最后他以自己的名义,派一位同学到院生产科,谎报理由,去借刀具,并与大家一起操作饕餮。生产科的人不明底细,借给的工具是整套的杀猪器具。因此,第二天全校传开了一大新闻:昨天夜里文学系全体杀猪会餐了!我们听了都暗笑,不敢声明,他也跟大家一起挤眉弄眼地哑笑。

另一件趣事是一年夏天,全校师生上山收割,天气酷热,因

记忆依然炽热

为当时没有女同志参加，于是有人提议脱掉衣服操作。结果酷暑下的劳作，变成欢快的游戏。虽然是在四顾无人的高山峻岭，终究是光天化日之下，这种创世纪的裸体，未免自由放纵得没有禁忌，像一幅恶作剧的漫画。而始作俑者正是漫画家华君武。他不但倡议，而且带头。不过，后来当人们再提起这件事的时候，他总是用食指堵口，悄声说："不可声张！"

四

宋侃夫对"鲁艺"的师生都十分关怀。即使在整风抢救运动中，一些过分粗暴的做法，虽然他未能抵制，不能不照例响应执行，但不火上浇油，落井下石，而是尽可能给自己的师生以照顾。所以，当年"鲁艺"的师生，在运动中也曾经历过同样的磨难，但对领导人周扬和宋侃夫并没有个人的积怨。我记得，在一次抢救大会上，我们系的一位同学被当场检举揭发为特务，他大喊冤枉，走到大会主席台，当场向周扬、宋侃夫抗诉。他们不但没有拒绝喝斥，周扬还认真地对他说："我们还要调查。"宋侃夫知道这位同学身体虚弱有病，特示意积极分子不要对之采取粗暴行动。这一细节给我留下了难忘的印象。研究人员黄钢的父亲是革命烈士，母亲仍在沦陷区湖北家乡。当王震将军将率部队到那一带去开辟新区时，宋侃夫得知后特意找到王震同志，希望他去后设法找到黄钢的母亲，予以慰问，并告诉她，她的儿子在延安很好。虽然当时黄钢还在受审查，没有最后结案解脱。

在宋侃夫的心目中，"鲁艺"师生不是抽象概念，笼统群体，

延安"鲁艺"的大管家宋侃夫

而是一个个具体的人。他知道鲁艺的每个人的姓名,了解他们的历史现状。即使远离多年以后,仍能记得。例如上面提到的王康,后来是中宣部干部处副处长,在审查"胡风案件"时曾任专案领导小组的办公室副主任,因为对胡风案定性反革命,认为证据不足,提过不同意见,被撤职并给予党内严重警告和行政降职的处分。他因此情绪十分颓唐,拒不见人。当时宋侃夫在武汉任市委第一书记,不知是怎样知道的。他借来京开会的机会,想去探望王康,恐怕伤害其自尊心,先通过曾是"鲁艺"学生的王康的邻居了解情况,然后婉转转达看望之意才登门探望。王康求之不得,当然欢迎。他们相见后,长谈很久。虽然外人不得而知,但明显看出,从此王康不再消沉,仍如不曾受过处分那样恢复常态。后来他被贬到中国科学院哲学社会科学学部某所任职,档案上注明"不得重用",而我还以为是派他来加强领导,因此我与他见面时,常拿"加强领导"开他的玩笑,他也以玩笑搪塞,毫无怨恨无奈的表示。他像以往那样,含笑健步,照常工作。20年后,直到胡风冤案彻底平反,王康的冤案才随之平反。最后的平反结论需要本人签名认可。这时候他才痛哭流涕,在签名的同时,他挥泪写下了"中国共产党万岁"!我曾看到过这复印件。在那笔迹泪痕中,我首先想到的是宋侃夫。

当年我在"鲁艺"是文学系的一个普通学员,与宋侃夫不曾有过个别的接触。离开"鲁艺"后,再没有见过面,相隔天南海北,没有任何联系。上世纪70年代末,宋侃夫调来北京任全国总工会副主席,已是时隔30多年,几经人世沧桑变化,而他居然还记得我这个学生。一天,突然有人带话给我:宋侃夫同志要

记忆依然炽热

我到他那里去一趟，没有说为什么。去后才知道，"鲁艺"校友会计划编辑出版一本关于"鲁艺"的史料，决定收录他纪念"鲁艺"一周年的文章，要我帮助他看一看，有无需要修改的地方。其实，在北京更能胜任此事的当年老师辈的人很多，而不去找他们，显然是不想劳驾于他们，才想到了我这个当年"鲁艺"文学系的学生。

宋侃夫居住在北京西城区一个背静的胡同内。既不是富贵人家的四合大院，也不是高墙深院的豪宅，而是比一般宅院大一些的独门独院。门口没有警卫，关闭的大门却需要按铃、通报姓名、说明来意才有人开门引进。院内只有一排平房，没有其他房舍亭台，院内只有树木，其简朴很像当年"鲁艺"的院部。因为他的夫人和子女等家属，已经在武汉扎根，他身边只有一位男服务员照顾，整个庭院显得有些冷落。

后来，我与鲁艺的同学鲁果，又去过他那里一次。两次的交谈，除了正题，谈的都是"鲁艺"的当年。我原以为他能记得我这个"鲁艺"的普通学员纯属例外，不料，其他同学的名字，一些往事，我们一时都记不起，他都记忆准确。因此当年的一些人和事，又重现在面前。当我们告辞离开的时候，不再觉得这院子寂寥，室内庭院，似乎都有当年师生的身影，陪伴在他身边。而且，鲁果悄声告诉我：身为国家主席的李先念同志在休息散步的时候，常信步光顾这庭院，共忆当年战友，无所不谈。

宋侃夫离开"鲁艺"后，与文艺界便缺少联系。其实在他晚年任职于全国总工会副主席时，还做了一件与文艺直接有关的大事。话剧《于无声处》原是上海职工的业余创作，胡乔木同志观

延安"鲁艺"的大管家宋侃夫

看演出后,认为应该调来北京公演。当时全国还处于"文革"的余悸中,又有"四人帮"余孽的牵制,于是他找到互相了解熟悉的宋侃夫,由他以全国总工会的名义名正言顺地调来北京公演。《于无声处》在北京的公演,不仅轰动京城,而且轰动全国,在万马齐喑的无声中,引爆了惊雷。这是人所共知的,但一般人并不知这一内幕。

十分遗憾,宋侃夫在北京期间,我到他住处只有这两次,他去世时也未能与他见上最后一面,俯首致意。宋侃夫走得悄悄,不过未免过于悄悄。然而在悄悄中是人们对他深深的怀念和记忆。

(原载《传记文学》2010 年第 4 期)

应该给予胡风恰当的历史定位

一

恐怕没有哪一位中国现代文艺理论家和哪一个文学社团，能赶上胡风及其"集团"的名声煊赫了。当然是负面的。而且由于这个"反革命阴谋集团"的被"发现"、"揭露"，而引发了一场全国范围的"肃反"运动，因之更是家喻户晓，妇孺皆知了。当时出现在报纸上的胡风漫画像，是一个口衔五把刀子的匪首，其散布之广，不下于当年蒋介石的漫画像。这个极端被扭曲的政治形象，从50年代一直保持到80年代，直到这一重大历史冤案平反，才在人们的心目中得到纠正。至于胡风的文艺思想如何评价，却留给了文艺界自己来讨论解决。但关于胡风文艺思想的讨论，一直停留在从政治上辩驳"不是"什么；而缺乏从艺术上论证"是"什么。这首先遇到的问题是：是否维持或者说回到40年代和50年代批评的结论上？

翻阅中国现代文学史，"文革"前出版的不用说，"文革"

应该给予胡风恰当的历史定位

后八九十年代出版的新著或旧著修改本,据我所见,除了杨义的《中国现代小说史》在"七月派小说"一章中涉及有关问题,给予了肯定的评价,其他仍依其旧,基本是批判性的。1980年12月出版的唐弢、严家炎主编的《中国现代文学史》(三)公认严谨,论述客观稳妥,没有断章取义,或攻其一点不及其余的流弊。例如对《论主观》,不因其已成众矢之的而抹煞其一切,肯定地指出"这篇文章在批评教条主义方面有若干合理生动的论述";指出"论争的部分文章带有程度不同的教条主义、洋八股或党八股的缺点,相互交锋中具体分析和针对性不够强"等,特别是指出后来把胡风等人的文章"一律当作反动的文艺思想加以批判,从根本上混淆了思想、理论问题与政治问题的界限,从而产生了严重的后果,使不少文艺工作者误把提倡现实主义的道路视为畏途,影响了现实主义传统的继承和发扬"[1],是切中时弊的。但总的立论不能不受当时政治环境和主导思想观点的制约,对于胡风文艺思想难免先有成见,论证中同样有巧取对方文句得出并不符合对方原意或全意的结论,例如这样的结论:"胡风把作家在体现生活过程中的所谓'自我扩张'看作'艺术创造的源泉'。"[2] 这很容易使人将其与经典文献关于"源泉"的观点联系对照,难免产生蓄意对抗之想。果真如此,那问题就严重了。

---

[1] 唐弢、严家炎主编:《中国现代文学史》(三),人民文学出版社1980年版,第412页。

[2] 同上书,第400页。

记忆依然炽热

胡风确实十分强调文学创作中作者的"自我扩张"和"自我斗争",也就是作者的"主观战斗精神"的作用。同时还强调现实对象"也要主动地用它底真实性来促成、修改、甚至推翻作家底或迎合或选择或抵抗的作用"①。强调的是主客体的统一,主观战斗精神与客观真理的结合或融合,两者的"相生相克"。目的是"使文艺的认识对象更广茂更凸出,创作底追求力更能够向人生更深地突进"②。他是在这样的意义上得出"创作的源泉"的结论。原话是:"经过了这样的自我斗争,作家才能够在历史要求的真实性上得到自我扩张,这是艺术创造的源泉。"③ 此言没有什么不妥。何况关于"创造的源泉"在同一篇文章中还有这样一段话:"旧的人生的衰亡及其在衰亡过程上的挣扎和苦恼,新的人生底生长及其在生长过程上的欢乐和艰辛,从这里,伟大的民族找到了永生的道路,也从这里,伟大的文艺找到了创造的源泉。"这里的"源泉"不正是经典文献中"源泉"的意思吗?

胡风又常常被指责反对世界观的指导作用,轻视思想立场。其实他反对的是创作"从一种思想出发",而要求作家的思想立场不能停止在逻辑概念上面,须得化合为实践的生活意志。"伟大的思想总是人生发展方向底综合或提炼",文艺作品的思想应该是"从人生底现实深处出发因而放散着作为思想的人生真理底

---

① 《胡风评论集》(下),人民出版社1985年版,第20页。
② 《胡风评论集》(上),人民出版社1984年版,第320、322页。
③ 《胡风评论集》(下),第20页。

应该给予胡风恰当的历史定位

芳香"①，使思想内容得到"最尖锐的最活泼的表现"。关于思想立场的重要性，他在《财主的儿女们》的序言中讲得最明确，"没有对于生活的感受力和热情，现实主义就没有了起点，无从发生，但没有热情和思想力量或思想要求，现实主义也就无从形成，成长，强固的"。在一部作品的创作过程中，"这三者总是凝成了浑然一体的、向人生搏斗的精神力量，而这里面的思想力量或思想要求的成份，开始是尽着引导的作用，中间是尽着生发、坚持的作用，同时也受着被丰富被纠正的作用，最后就收获了新的思想内容的果实"。"如果对于生活的感受力和热情不是被一种深邃的思想力量或坚强的思想要求所武装"，是不能承受起和完成创造的。三者的"一同存在"，互相"拥抱"、"培养"、"武装"，作者才能"从生活实际里面引出了人生的悲、喜、追求、搏斗和梦想，引出了而且创造了人生底诗"。这与流行的被简单化、绝对化了的"唯一源泉"说相对比较，胡风的"源泉"说确实不同。生活是文学创作的源泉，但源泉不能自动或直接地自流成为文学作品，需要通过作者这一中介。作者不是平面镜子，对事物只作原形反映，作者不是传声筒，直接传送某种声音。但长期以来却流行着"群众出生活，领导出思想，作者出笔"的口号，甚至被吹捧为"三结合创作方法"。作者进入创作时也要创造自身，也就是胡风所说的"自我斗争"、"自我扩张"，也就是自我升华。苏联美学家巴赫金对于创作过程有精细的研究分析，其传记的作者概括他对创作过程把握上的"独到之处"不在于强

---

① 《胡风评论集》（下），第19页。

记忆依然炽热

调"自我/他人"即作者与对象的"二分性",而在于"二极"即两者的"交互作用,同时又保持了双方的差异"。认为"创作者不是一个单一的、固定的存在者,而是一种能力,一种活力。这样,作家、创作者不同于作家本人"①。巴赫金甚至举"自画像"为例说明。"创作自画像的艺术家,其首要任务就是净化映象面孔上的种种表情;要达到这一点,需要作家在自己身外占据一个坚实的立场,找到一个有权威性的、有原则意义的作者;这是作为作者的艺术家,他战胜了作为个人的艺术家。""作为艺术家的作者"不等同于"作者本人"②。高尔基在关于列夫·托尔斯泰夫人的文章中写道:"一个伟大的艺术家只有在他秘密地而且奇迹般地创造他的精神事物的时候,他才是真正伟大的。"在日常生活中"他也会像普通人那样地发脾气,并且他也会像一般人那样毫无理由地发脾气"③。这里说的托尔斯泰,恐怕也有高尔基本人的体会。

  胡风在创作上强调主观战斗精神的同时,明确反对两种现象或偏向:一种是"偏于主观精神底发扬的现象",主观精神失去了"现实的精英,流于空灵",成为抽象概念的冷冰冰的"绘图演义";另一种是"偏于追随生活浮沤的现象",主观意志"被对象所吞没","没有思想力底光芒",形象平庸④。前者即他所谓的

---

  ① [美]凯特琳娜·克拉克、迈克尔·霍奎斯特:《米哈伊尔·巴赫金》,中国人民大学出版社1992年版,第102、111页。
  ② 《巴赫金全集》第1卷,河北教育出版社1998年版,第130页。
  ③ 高尔基:《索菲娅·安德烈耶夫娜·托尔斯泰夫人》,《高尔基选集·回忆录选》,人民文学出版社1959年版,第138页。
  ④ 《胡风评论集》(下),第20、18、19页。

应该给予胡风恰当的历史定位

"主观公式主义",后者即所谓的"客观主义"。他把主观精神和客观真理的结合或融合所产生的"文艺底战斗的生命",也就是"对生活的感受力"、"热情"和"深邃的思想力量"三者的"浑然一体",称为"我们的现实主义"。

是否可以用今天流行的"主体精神"或"主体意识"来代替或概括胡风的"主观战斗精神"?我认为不可。因为后者所指和强调的是主体一方;而前者所指和强调的是主客体两者的融合统一。后者是哲学概念;前者是美学范畴。对于一般读者来说,流行的概念听来顺耳,容易接受,因此也就失去了原来的精义。如同盐水和糖水,虽然仍有咸味和甜味,却消失了盐和糖的晶体,失去了晶体的荧光颖锐,消解了"主观战斗精神"创作美学的原义。以往的教训告诉我们,对于创新的个别,往往不是视为异端,就是化解为古已有之的一般。应该如鲁迅先生那样,敢于肯定和称赞第一个站起来的人,第一个"吃螃蟹的人"。

二

胡风不仅是一位文艺理论家,而且是新文学领地的开拓者,披荆斩棘的治林人,为中国的新文学大军引入和扶植了一大批文学新人,这就是所谓的"七月派"、"胡风集团"。

1937年8月13日,华北卢沟桥上的战火,延烧到黄浦江边,上海军民奋起,进行了著名的"八一三"抗战,由于战争,原来上海的一些大型文学期刊被迫停刊。胡风与萧军、萧红、

记忆依然炽热

艾青等"同道伙友"创办了文学期刊《七月》。《愿和读者一同成长》的"代致词",旗帜鲜明地宣告了办刊的宗旨和战斗方向,认为抗日战争不是"一个简单的军事行动",而是将"抖去阻害民族活力的死的渣滓,启发蕴藏在民众里面的伟大力量"的民族解放战争,从而向"意识战线"提出了相应的历史任务,《七月》的诞生就是出于这种"信念"和本着这样的"一瓣微忠"。在创作上提出"文艺作家不应只是空洞地狂叫,也不应作淡漠的细描,他得用坚实的爱情真切地反映出蠢动着的生活形象"。而且提出"源源地发现在实际斗争里成长的新的同道和伙友",即发现和扶植文学新人,壮大文学队伍。《七月》上发表的作品和作者阵容极突出鲜明地体现了宣言的宗旨。《七月》从创办到1941年9月终刊,前后达四年。它与茅盾先生主编的《文艺阵地》、全国"文协"的机关刊物《抗战文艺》,都是抗战期间最有影响的文学期刊。而《七月》又独具个性,深受青年读者的拥戴欢迎。

战争年代,人们特别关注前线的战斗,读者急需反映前线战斗的特写报道。《七月》及时发表了反映上海"八一三"抗战的特写:S.M的《闸北打了起来》。这是第一篇具有震撼力的战地特写,已被载入文学史册。作者是现役军官,亲自参加了闸北前线的作战和指挥,他就是后来广为人知的作家、诗人亦门——阿垅,"七月派"的主要成员。但人们不会,也不应该因此淡忘S.M这个笔名。另外,有着长期革命经历和文学生涯的丘东平、彭柏山,也都是在抗日前线的实战者,他们同时也写作了不同凡响的报告特写。如东平的《第七连》、《一个连长的战斗遭遇》,

应该给予胡风恰当的历史定位

柏山的《一个义勇队员的前史》等，被认为是"英雄诗篇"[1]。曹白曾是亲受鲁迅先生教诲的木刻工作者，同时从事文学写作。抗战开始从事难民收容工作，后来转入江南游击区在新四军军部工作。他更是《七月》的"伙友"，甚至有一种"不肯向《七月》以外的地方投稿的固执癖气"。他那些发表在《七月》上书信体的通讯散文，读来格外亲切。他深情地写出了所在敌后的艰巨和苦战。正如胡风所说的：作者不事虚伪的叫喊，不掩饰自己"感情的丝缕不免常常牵连着已逝的寂寞"，而他笔下的战斗环境和人物，"正在跃动的生命"，却"被作者本人的情绪活了起来，好像呼吸在我们的眼前一样"。当然，"阴凉的"心境不应该肯定，但"真诚的叹息也未始不能引起对于残酷现实的憎恨和对于光明来日的追求"。因而曹白成为读者"最爱读的一个"[2]，他与《七月》的名字几乎连在一起不可分。

诗歌是时代的号角，理应对时代作出最敏感响亮的呼应。《七月》创刊第一期（上海版的旬刊），打头的一篇就是诗，而且始终把诗发表在突出显要的版面，并非因为胡风本人是诗人，对诗歌情有独钟；也不是故意标新立异，与讥讽新诗的"诸君子"为难；而是因为"无论是时代底气流或我们自己底心，只有在诗这一形式里面能够得到最高的表现"[3]，诗歌是时代和人民的诉求。试回想当年群众沸腾的抗战激情不正是突出地表现在沸腾的救亡歌声和激昂的诗歌朗诵上吗？同时诗歌本身也得

---

[1] 杨义：《中国现代小说史》，人民出版社1988年版，第165页。
[2] 《胡风评论集》（中），人民文学出版社1984年版，第162页。
[3] 同上书，第345页。

记忆依然炽热

到时代阳光、战斗生活沃土的哺乳。艾青与田间虽早在抗战前就已是成名的诗人，但在抗战的时代风云和战争旋涡中，他们的诗歌创作才达到自己艺术的巅峰。田间被闻一多先生称誉为时代的"鼓手"。艾青可以说是向着太阳迎接黎明的"吹号者"，即时代的号手。艾青、田间与胡风都有旧缘。他们都被视为"七月派"的主将。当然，艾青应该说是民族诗人，不是哪个流派所能范围的。但是他抗战时期脍炙人口的重要诗篇，都是最初发表在《七月》上。《七月》和"七月诗丛"，造就了一大批诗人，形成中国现代文学史上重要的"七月"诗派。

应该特别指出《七月》的鲜明的政治倾向。作为文艺刊物却发表当时在重庆的中共负责人关于时局的讲话，继之发表了《毛泽东论鲁迅》。后者是毛泽东1937年10月19日在延安陕北公学鲁迅逝世周年纪念大会上的讲话记录稿，由大漠笔录并投寄给《七月》的。这可以说是后来《新民主主义论》中关于鲁迅评价的先声。胡风深为毛泽东对鲁迅的"恳切的同志感情和高度评价"所感动，便很快在1938年3月第10期的头条地位上发表了。还发表了白危的《毛泽东片断》，刊登了季米特洛夫的《反法西斯主义斗争的文学》的译文等。最早描写投奔延安和延安生活的通讯报告如《走向战斗着的黄土层上》（骆方），延安印刷厂工人集体写的《我们怎样生活的?》以及作家聂绀弩、黄既描写延安生活的作品，都是最早出现在《七月》上。被毛泽东称之为"昨天文小姐，今日武将军"的丁玲，"七七"抗战后，她率领"西北战地服务团"开赴前线，奔走于硝烟中，她的名字和作品经常出现在《七月》上，如《到前线去》、《一

应该给予胡风恰当的历史定位

颗未出膛的子弹》等。虽然当时延安有自己的文艺刊物,由于物质条件困难,人工刻写油印不但印制粗糙简陋,印数也有限,其影响未超出不多的作者们的狭窄范围。真正有影响的文艺刊物是后来周扬主编的《文艺战线》,只出版了不多的几期。延安的小说家柳青、孔厥,诗人鲁藜、天蓝、贺敬之、侯唯动等,他们都是通过《七月》而为读者所知。读者通过他们的作品而知道了延安。特别是鲁藜的诗《延河散歌》,是最早把具有象征意义的延安窑洞的灯火,诗意浓郁而亲切生动地呈现在大后方读者眼前,更加激励了他们对革命的向往,助燃着他们心灵的圣火。在此应该提及鲜为人知,未曾见到有人提及的两位延安作者。一是蔡若虹。人们早已知晓,当年《七月》上的少年诗人艾谟即贺敬之,但曾在《七月》第五卷第二期用来打头的那首长诗《母亲》的作者雷蒙,恐怕知道是延安的美术家蔡若虹者不太多。二是在《七月》上发表小说的张潮。他是延安鲁艺文学系的高材生,后来是《人民日报》的著名记者和编辑。在《七月诗丛》和《七月文丛》中出现的延安作者还有诗人胡征,小说家晋驼。当然,茅盾先生主编的《文艺阵地》,杨刚主编的香港《大公报》副刊《文艺》,靳以主编的重庆《国民公报》副刊《文群》,也都发表过延安作者和反映延安生活的作品,但都不如《七月》这样突出集中而为社会瞩目。

对于今天的读者说来,这些陈年旧账,不足为奇,甚至觉得不足挂齿。要知道,当时虽然已是国共合作共同抗日,但国民党并没有放弃仇视共产党的根本立场,仍处心积虑地"反共"。在国统区的大后方,"中共"、"延安"仍是被禁忌的字眼,

记忆依然炽热

不能公开表露于言辞。敢于公开发表中共言论，刊登延安方面的作品，需要大的政治勇气。因此也就不难理解，为什么《七月》在进步青年学生中拥有那么多忠实的读者，每个进步的"读书会"都把《七月》作为必读物，视为良师益友。

《七月》被认为是一个同人刊物。胡风也曾自称是"半同人杂志"，那是因为在当时迎着战火创刊，困难无助，并不是为了发表几位同人的稿件。当时人们面对伟大的时代，责问为什么没有伟大的作品？为什么新作家出现这么少？胡风则认为伟大的战争年代，火热的现实斗争，必将产生相应的作品；时代的洪炉，现实的旋涡，必将陶铸出文学新人。正如他在《七月》的代致词中热情洋溢、充满信心宣告的："工作在战争怒火里吧！文艺作家不但能够从民众里面找到真实的理解者，同时还能够源源地发现在实际斗争里成长的新的同道和伙友"。在《七月》上刊登过诗作的39位诗人中十之七八是第一次和读者见面，胡风根本不认识，主要是由于他们各自从生活的深处唱出了真诚的声音，反映了时代和人民的心声。他与这些不相识、不知名的作者的关系，用路翎的话说是"实际扶植者"、"导师和朋友"。他那种爱护的拳拳之忱，令人感动。我在这里举两个鲜为人知的例子。全国解放后胡风到了北京，友人和读者去看望他。美术家王朝闻也曾在《七月》上发表过文学作品。王朝闻夫人解驭珍同志告诉我，她随同王朝闻去旅馆探望胡风的时候，他从一只皮箱里拿出一份底稿交给王朝闻。这使王朝闻大为吃惊。这是他早年投寄给《七月》的一篇作品的底稿，他本人早已忘记，胡风却还为他保存着。另一位是白原同志。白原

应该给予胡风恰当的历史定位

是著名记者,其实他更热衷于写诗。在延安鲁艺文学系学习期间曾用钟逢美真名在《文艺阵地》上发表过长诗的一章,大约同时曾用白原的名字投寄过诗稿给《七月》,但未见发表。也是胡风到了北京后,他随同一位"七月"诗人前往胡风下榻的旅馆拜访。胡风对他这位陌生人的名字却不觉得陌生,很快便从一只箱子里翻出一份诗稿,正是他当年投寄的那篇诗稿。虽然没有发表,胡风却一直保存着。由此可见胡风对投稿者作品的珍爱。在这里还应该重复一提:毛泽东在延安写给丁玲的那首《临江仙》的词原件,是胡风代丁玲保存下来的珍贵文献。当年是战时环境,胡风一家像所有流亡者一样,居无定所,流徙于重庆、桂林、香港之间,随身只能携带必要的衣物。特别是日军逼近香港紧急撤离的那次,在东江游击队的掩护下涉渡海湾,通过敌占区,所带行李限制到最低的限度,连必要的随身衣服都精减掉了,而那只装着别人稿件的箱子,却始终保护在身边。这岂不令人感动?

胡风并不是要求别人都像自己,按照自己的艺术模式塑造新人。除坚持现实主义,他另外也没有提什么艺术主张,标榜什么流派,而是充分尊重和发扬作者的艺术个性,给予理论上的启发指引,"爱护不流为示恩乱捧","严格不流为抹杀和摧残"。《在混乱里面》一书中那组关于诗歌创作的文章,除了《四年读诗小记》一篇是"序言",其他五篇都是与人谈诗的书信。不过只有一封写明收信人姓名,其他都用"×××先生"或"××兄",一般不知是谁。其中那封"关于题材,关于'技巧',关于接受遗产"的复信,根据内容,我可以肯定收信人

记忆依然炽热

"××兄"是我所认识的侯唯动。当时他是延安鲁艺文学系学生。信中"学院"就是指的鲁艺。侯唯动曾在《七月》上发表过诗,从此与胡风经常有通信联系。当时我们是同学,所以知道。从这个具体例子也可以看出,胡风与投稿者之间有着怎样的联系和交流,例如作者寄去的"订成了一厚本"的叙事诗,未予发表,回信说:他相信这些叙事诗题材都是"耳闻目见的,小民小兵们的英勇的故事","尽管题材怎样好,怎样真有其事","如果它没有和作者底情绪融合,没有在作者底情绪世界里面溶解、凝晶","既不能够把握它,也不能够表现它"。因为"对于客观事物只有的理解和发现需要主观精神的突击","客观事物只有通过主观精神的燃烧才能够使杂质成灰,使精英更亮,而凝成浑然的艺术生命"[①]。这既是严格的要求,又是谆谆教导。

这并不意味着《七月》上发表的作品都是艺术精品。客观地说,在总的艺术水平上,恐怕不及《文艺阵地》,没有发表像姚雪垠的《差半车麦秸》、张天翼的《华威先生》那样的名作。特别是早期的一些通信报道,主要以内容的新颖取胜,艺术上比较肤浅粗糙。胡风自己也说:"这些先行者们的开路工作,不过为我们的新文艺打下了薄薄的基础","对大后方的人们是有教育意义的"。他所以如此热情郑重地编发推荐这些作品,首先是"表白了对健康的或英勇的人生的礼赞"。他认为"足健者是能够从这里飞跨一步"的。《七月》本身就是从这里飞跨的,成为独具一格的"七月派"。后来以《白色花》为书名的"七月派"诗集,

---

① 《胡风评论集》(中),第362页。

应该给予胡风恰当的历史定位

如绿原所说,那歌声"有些破裂和沙哑,但那炽热的诗情诗意,却刻骨铭心,炙口烫手,将永远留在历史的音程上"①。有的诗人诗作虽不多,如郑思、化铁各自只有《秩序》、《暴雷雨岸然轰轰而至》,那分量和力度,即使只有一篇作品,也不愧称诗人。

三

路翎被认为是"七月派"小说创作方面的代表,胡风创作理论的典型例证。他的某些作品,特别是他的中篇小说《饥饿的郭素娥》,是众口一词的名篇。胡风在该书序言《一个女人和一个世界》中评价说:"新文学里面原已存在了的某些人物得到了不同的面貌,而现实人生早已向新文学要求分配坐位的另一些人物,终于带着活的意欲登场了。……路翎君替新文学的主题开拓了疆土。"继之受到荃麟、李健吾资深批评家的关注和好评。荃麟在1944年《青年文艺》上发表评论认为:这部作品"可说在中国的新现实主义文学中已经放射出一道鲜明的光彩",作品"充满一种那么强烈的生命力!一种人类的呼声,这种呼声似乎是深沉而微弱的,然而却叫出了许多世纪来,在苦难传统磨难下的中国人的痛苦、苦闷与原始的反抗,而且也暗示了新的觉醒的最初的过程"。李健吾的文章题目是《三个中篇》,是与其他两篇作品一起评论的,指出他们都是"希冀对于时代的积极的使命能够有所为力",援引了胡风和荃麟的意见后说,郭素娥"为人性

---

① 绿原:《白色花·序》,人民文学出版社1981年版。

记忆依然炽热

发出基本的强烈的呼号"。从作品的艺术特点上让他感到作者身上有两股互不"妨害"的力量:"冲劲"和"倔劲",两股力量合成一个"高大气势",如"长江大河,旋着白浪,可也带着泥沙","恰如胡风先生所指:'生活的洪炉养育了'他的倔强的心灵"①。

这些评价都不是一般的称赞,而是指出作者笔下劳动人民的形象有新的面貌,新的觉醒,为新文学"开拓了疆土","放射出一道鲜明的光彩","对于时代的积极的使命有所为力"的表现。胡绳《评路翎的短篇小说》对路翎这方面的作品,作了较全面的审读,析理周详②。虽然文章主旨是批判所谓胡风错误文艺思想对路翎创作的消极影响,但也不能不充分肯定他在描写工人生活方面有很高的成就。这些评价也适用于路翎的其他小说创作。

但是,在这里不能不令人惋惜地指出,路翎小说创作最高成就的长篇《财主的儿女们》,除了胡风,未见他人给予关注和评论。解放后他还创作了反映抗美援朝战争的短篇《初雪》、中篇《洼地上的"战役"》,大约在此之后,他又创作了一部反映朝鲜战争的长篇小说《战争,为了和平》,尚未出版,手稿便随同作者本人一同进入监狱,直到 1985 年才得出版问世,至今未引起关注。

《财主的儿女们》80 万字。描写的是南京名门望族寓居苏州的财主蒋捷三一家的盛聚衰散。正面写到的人物有蒋捷三的妻妾

---

① 《李健吾文学评论选》,宁夏人民出版社 1983 年版,第 174 页。
② 胡绳:《评路翎的短篇小说》,载《大众文艺丛刊》(香港) 1984 年第 1 辑。

应该给予胡风恰当的历史定位

奴仆、儿女媳婿及幼子，共70多人。主要人物是蒋捷三的两个儿子蒋少祖、蒋纯祖。这个家庭不同于巴金的《家》所描写的典型封建家庭，而兼有工商资本家的成分。这个家庭的最早背叛者蒋少祖，早已冲出家庭藩篱，在十里洋场上发迹，取得了可靠的社会地位，而且开始在时代的激流面前倒退复古。类似《家》中觉慧、《雷雨》中周冲的蒋纯祖，他的人生命运是与这个家庭离散后在时代的激流中开始的。孤身一人，在流离逃难中经受磨炼，在扑朔迷离中追求时代的理想。与其说他是旧式家庭的浪子，不如说他是时代的流浪者。故事的时间从1931年上海"一·二八"事变开始，1942年苏德战争爆发，主要的时代背景是抗战时期。这期间的重大政治事件，直接间接地作了反映。方志敏北上抗日被杀；毛泽东当年创办农民讲习所……都被提及。还写了汪精卫、陈独秀这样的重要政治人物。

应该特别指出作品描写的那些平凡朴素的人物，虽默默无闻，却都默默地支撑着一片生活天地，虽不是时代激流的浪花，却是激流中的砥柱。财主儿女中最为寒微无权无势的女儿女婿（蒋淑珍、陆牧）对家族对祖国作出了悲壮贡献。他们的儿子陆明栋向着光明之路直线突进。蒋捷三财主的最后一个姨太太，地位卑下，带着孩子孀居镇江娘家，靠缝补佣工为生。女儿蒋秀芳，只身逃出敌占区，一路艰辛到了大后方，童年"后花园"的梦幻破灭，坚定地走上自立的生活道路。此外如从前线撤退下来的伤员"团长"，路见散兵歹徒欺诈奸辱农家妇女，出于责任感，而与之搏斗，以致与随身的卫兵一同丧命。演剧队里的"总务和秘书"沈白静，语言面貌都不惊人，却是队里"最动

记忆依然炽热

人,最深刻的存在",年轻人对他充满"最坦白的爱慕"。小说描写的石桥场是战时四川乡场的缩影。在这里创办小学的校长张春田,教师孙松鹤,为家乡教育默默贡献出自己的一切。青年女教师万同华,在恶劣的家庭和社会环境中,出污泥而不染,默默坚定地开拓着纯洁的"精神园地"。这一切都交织在时代环境和人物关系的描写中,并与青年主人公蒋纯祖的冲动狂躁形成对照,而影响着他的生活和心灵历程。

作品从淞沪抗战描写开始,依次写了抗战爆发、南京溃败、武汉撤退,直到陪都重庆和大后方的战时社会人生,具有广阔的社会时代性,涉及广泛的思想文化内容。从儒家思想到近代民主,从文艺复兴到中国"五四"运动;世界文学名著几乎都被提及,是人物间展开讨论的话题。书中的人物应该说是时代的儿女们,胡风在序言中给予"史诗"和"中国新文学史上一个重大的事件"的高度评价并不是凭空的。当然,作品也存在比较明显的缺陷,主要是对中共党组织和党员描写过于灰暗;主人公蒋纯祖追求的所谓"时代理想"颇为玄虚,青春的热情有些盲目躁动等。李健吾先生上面的那句话也可以移用于这部作品:"长江大河,旋着白浪,可也带着泥沙。"作品的内容和规模与当前王火的《战争与人》相近,所不同的是:王火主要致力于历史事件、现实生活、人物面貌的真实描绘和刻画;路翎主要追求时代精神的把握,人物灵魂的讴歌和鞭挞。

《财主的儿女们》长期以来一直被冷落是不应该的,这主要是政治的原因。可以这样推断:曾对路翎的中篇小说《饥饿的郭素娥》惊赞不已的荃麟、李健吾,如果抛开政治的因素,读过这

应该给予胡风恰当的历史定位

部长篇，除非特殊原因，是不会保持沉默的。

路翎的另一部重要长篇《战争，为了和平》，是继《初雪》、《洼地上的"战役"》之后创作的反映抗美援朝战争的长篇。尚未来得及面世，就开始了"肃清胡风反革命集团"的政治运动，作者被捕入狱，这部手稿也被查抄封禁。得以出版面世时，真是"换了人间"，向来以作品题材和时效为重的文坛风气，因时过境迁，无人问津，也就不足为奇了。

该作品不企图以题材取胜，与所有反映朝鲜战场生活的作品着力于战役和作战行动的描写不同，而是描写作为战士的人。作品里的中朝官兵，不过是穿着相同军服，战斗在同一战壕里、战场上，来自不同地域、不同职业，身份各异的人。他们的战斗激情和勇敢，无不与个人的生活经历和命运相关，充满对国土、家乡、亲人、战友的责任关爱。在战火暂停的战壕或掩体中，可以听到他们有趣的交谈；在生死之间的关键时刻可以听到互相的嘱托和激励。关于朝鲜人民战时生活的描写，不单是支前作战，以往的历史在这里并没有中断，被推倒的统治者仍趁机借势蠢蠢欲动；失散的亲人没有因战争隔断音讯。人们除了支前作战，仍须耕耘收获，战场也是农田，硝烟中仍有袅袅炊烟。军人不是单色的，战时的生活也不是单色的。整个作品主要在战斗过程中写人，而不是战斗过程和作战行动本身，写出来的是战争中立体的人和生活。作品刻画的师团连排的指挥官和不同兵种的战士、通讯员、伙夫……都能给人留下各不雷同、清晰生动的印象。特别对师团连的几个主要人物，不仅写出了他们英勇的外在形貌，更主要的是写出了人物的深沉的思想感情。在这部作品中同样表现

记忆依然炽热

出作者驾驭重大题材的娴熟从容,对生活底蕴的透视和展示。作者的激情和诗情,更为深沉醇厚。就作品的内容和规模,可以与魏巍荣获茅盾文学奖的《东方》媲美。

四

胡风的文艺思想和创作理论,是与"七月派"的创作一道成长的。但胡风所关注的并不局限于"七月派",他对老舍和曹禺的创作同时也倾注了关怀,给予了恳切的分析评价。他的《我与老舍》,虽然是"为老舍先生创作二十年纪念写"所写的纪念性文章,但没有虚辞客套,十分真诚感人地写出了作家老舍的"真"。"要他卖力的时候他卖力,要他挺身而出的时候他挺身而出,要他委曲求全的时候他委曲求全……"但"在他的方寸里面保持自己的权衡","保持着一定的限度","那就是为民族解放的文艺界团结的立场,为新文艺争得发展的工作立场"。老舍虽然"欢喜交友,最能合群",但同时也是"富于艺术气质,能够孤独的人"。在文艺见解上虽有"参差之处",互相都能坦诚相见,老舍从不敷衍的意见、态度,他说"常常引起我的感激的心情"。他对老舍在文学上的贡献给予了充分的肯定。他写道:"单就我三四年前读过了的《骆驼祥子》说罢,如果有真实的批评来照明,新文艺传统里面失去了它就会减轻一份质量的。"[①] 这完全是肺腑之言。

[①] 《胡风评论集》(下),第86、87页。

应该给予胡风恰当的历史定位

《〈北京人〉速写》、《论〈北京人〉》和《〈蜕变〉一解》是针对当时关于曹禺新作评价上的分歧和误解而发的,是对曹禺新作的肯定和维护。《蜕变》全文九千字,是胡风评论单部作品中少有的长文。关于创作"心理状态"、"寓意"、剧本主题、人物情节,都作了细密的分析,对于评论中提出的五个具体问题,也都一一作了解答。他指出作品的主要缺点和原因是:"社会学上的内容底不足就不能够得到艺术学上的力量底强大。"究其原因,是由于作者对于社会的认识力量不够,还是由于作者有话说不出的苦衷?他认为是后者而不是前者。提出分析作品时"不能也不应该忽略了作者的创作意图和社会环境的相互牵制这一方法论上的要点",指出作者的"艺术才能"是"和现实主义理论相合","决不使他的人物丧失了自己,决不使他的人物成为概念的留声机"。即使不得已也能"具有真实性的人物的假象","这是艺术家最宝贵的才能,值得我们认真学习"。剧本《蜕变》,"作者企图用受屈者和救难者二重性格来创造出"一个"爱国主义者"的肯定形象,实现"蜕"旧"变"新气象的主题。这一企图是失败的,但胡风没有附和众议,而从积极方面给予充分肯定:"只有在这里,他的肯定的人物才站在作品构成的中心里面,而更重要的是,只有在《蜕变》里的肯定的人物,才正面的全面的和现实的政治要求结合,或者说,向现实的政治要求突进。"不但对作品作了充分的肯定;并为作者设身处地地设想:"他经验了苦痛,兴奋和希望,这淤积起来就使他有了创造梦境似的心情。""梦,也是好的,因为它是希望底变形。"只是要求作者"从梦里醒来","更坚定地对待赤裸裸的现实的人生",写出由现实到梦的

记忆依然炽热

道路①。真可谓知音之言。对照对"七月派"作者的评论,岂不是同样情怀?胡风的文艺思想和理论是放眼中国新文学创作的整体和全部历史进程,从新文学实际中产生、发展和形成。在为现实主义开拓前进发展的披荆斩棘中,也有所误伤,如对沙汀的作品,贬以"客观主义"。除此,胡风所坚持的现实主义原则,提倡的创作精神,不应受到怀疑责难。以"实践是检验真理的唯一标准"来检验胡风的理论,"七月"派的诗歌和小说创作,是检验其理论的试金石。这些富有艺术生命力的创作,印证着富有艺术生命的理论。

胡风的文艺思想和理论是系统的,是以马克思主义的文艺原理为指导,广泛汲取了世界经典文艺思想理论的成果,主要是19世纪俄国以别林斯基为代表的进步文艺理论,特别是他终生钦敬的鲁迅先生战斗的现实主义精神,密切结合文学创作实际,作出了自成体系的贡献。虽然胡风没有一部从ABC基础讲起,从古希腊罗马、先秦诸子溯源迤逦而下,洋洋洒洒,分卷分编分章分节,铺陈旧说多于新见的"理论巨著",但不能因此说他的理论没有系统,不成体系。

胡风在中国文艺理论界也不是孤高不群。冯雪峰、吕荧是他理论上的长期战友。荃麟、乔冠华在40年代虽然都曾参与了对他的批判,但他们互相一直友好尊重,并有着理论上的共识。后来"大连会议"上荃麟关于"现实主义深化"的发言,就被指为与胡风理论同调。秦兆阳的《现实主义——广阔的道路》

---

① 《胡风评论集》(中),第399-402页。

应该给予胡风恰当的历史定位

也被归入胡风文艺思想理论范畴。这正说明他在文艺理论界的广泛影响。文艺理论界也确实有个"七月派",众所周知的方管(舒芜)、方典(王元化)都曾是著名成员。还应该列入著名翻译家满涛。50年代满涛翻译出版的果戈理等著的《文学的战斗传统》一书,在我国文艺理论界有广泛的影响,这些"严肃切实的文章"的共同的特色是"强调学习古典文学的人民性,反对庸俗社会学把复杂的文艺思想问题给以简单化图式化的解决"。译者是从理论意义上选择这些文章的,"想通过这些文章,对庸俗社会学'理论'进行反击,帮助我们具体复杂地去理解些文艺问题"[①]。每篇译文后的"译者附记",都是一篇篇针对我国文艺实际的短小精悍的论文,不逊于长篇大论。他后来又系统地翻译了《别林斯基选集》三卷。他是把别林斯基的文艺理论系统地翻译介绍到我国的第一人。对于收入三卷中的43篇不同的论文,满涛都作了"题解",扼要地介绍了论文的背景和意义,画龙点睛地指出文章的要点和意义,发展的脉络,并联系我国实际,作了要言不烦的发挥[②]。胡风作为马克思主义文艺理论家,当年在国统区大后方文艺界的影响和声望,相当于全国解放后的周扬。"七月"流派不是一般的同人社刊小集团,而是中国新文学大军中的一支劲旅;在中国现实主义文学的壮阔江河中,是一支激进的中流。由于客观环境的局限,未能像"讲话"后解放区文学创作揭开了历史新篇章。应该还历史以原貌,对于胡风也给

[①] 《文学的战斗传统》,新文艺出版社1954年版,第411、414页。
[②] 《别林斯基选集》第三卷翻译者辛未艾的题解,系按照前两卷满涛的体例撰写的。

记忆依然炽热

予应有的历史定位，不应该停留在政治上辩驳"不是"什么；而应该进一步从文艺思想、理论、创作上论证"是"什么。

五

范际燕同志在湖北大学前身武汉师范学院任教时，曾于80年代初在我们单位中国社会科学院文学研究所进修，后来又参加了由我担任主编的《中国当代文学思潮史》（国家社科重点项目）的集体撰写工作。虽然他并不负责撰写有关胡风问题的章节，通过大家集体讨论，互相都了解各章节的内容。大约从那时起就对胡风的文艺思想有所思考和关注。回校后便带领手下几个研究生正式开始了关于胡风文艺思想的课题研究，孜孜不倦，苦读钻研，即使在他担任副校长后，也没有放松这个课程，终于与钱文亮同志共同完成了这部专著——《胡风论——对胡风的文化与文学阐释》。我阅读过书稿，觉得确实是花费了工夫的扎实严谨之作。《胡风传》已有不止一种，而专门深入探究其文艺思想来源底蕴的"胡风论"，尚属首例。且不论其具体观点和学术成就如何，仅就其从"不是"什么到"是"什么，向前突进了一步，仅这一点也值得欢迎肯定。

由于与范际燕同志有过一段上述共事的缘故，所以他寄书稿给我征求意见的同时，提出希望我在书稿出版时为之写一序言。我经过慎重考虑，向他建议，序言最好请曾与胡风有过交往、共同过命运的亲友来写，因为他们的了解体会最深；再就是请青年批评理论家，他们没有成见，不受定格框框的影响束缚，会写得

应该给予胡风恰当的历史定位

有新意有锐气。范际燕同志采纳了我的建议，但经过一年的苦苦拜求没有结果。我又建议不必写序，为什么不能堂而皇之地直面读者？大概他误会了我的意思，以为我在推脱。他恼火了。他回信说：这些年带着研究生全力以赴，否则可以从容地写些时评方面的文章，既轻松又速见成效。他开玩笑说是我把他拉入"地狱"的，责问我不同他一起入"地狱"，别有何人？我不能推辞。但我知道敷衍塞责的应付文字不是他所要的；也不是我擅长情愿的，所以承当了下来，并且当作进一步了解和思考有关问题的机会。之所以写得这样拉杂冗长，还因为一些材料和事实激起了义愤和激情：范际燕同志与出版社联系交涉书稿出版时，都因是胡风问题而遭到婉拒。他的一位在出版社工作的好友，坦言相告，别的题目内容的书稿可以立即给你出，但这部书稿，爱莫能助。这使我想起化铁。我不认识此人，但知道他是"七月"诗人中最年轻的一位，路翎在给他的信上都称他"小刘"。但他的那首气势昂然的《暴雷雨岸然轰轰而至》令人震撼难忘。他年轻，经历单纯，解放后参军一直在一个保密性质的军事单位作技术工作，估计他不至于遭遇太惨，肯定早已平反，希望看到他有新作。一次开会的机会，与绿原同志同桌进餐，闲谈中便向他问起化铁，并表示了上述意思。他的回答却令我吃惊：胡风冤案平反后一直未能打听到化铁的下落，很久以后才知道，他被开除军籍后仍在"下放"劳动改造的某城市菜市场卖菜，他本人竟不知道平反！听后，一顿饭菜都变了味。更令人痛心的是路翎。当年的神采荡然无存。"目光痴呆，说话木讷。他并没有忘了自己是一个作家，还在写作，但与从前已面目全非，再不是以前的路翎。"他最后

记忆依然炽热

几年完成了几部长篇,编辑看到稿件后,"先是兴奋:路翎又写东西了!继而是疑惑:这是路翎写的吗?最后是失望和叹息:唉,一代天才……"① 胡风到底是如鲁迅所言"鲠直"、"有为的"强者,历经磨难,精神面貌未减当年。路翎恢复自由后,远在四川的胡风得到消息后,指派儿子带上礼物,代表他诚心诚意地去看望慰问。他切切嘱咐:"要帮助把他的血液温暖过来,把他的灵魂唤回来。"② 可惜胡风未等到路翎血液被温暖过来,就去世了。他也未能等到路翎的《战争,为了和平》出版。随后,路翎也带着没有温暖过来的血液,化碧九泉。这些事例使人怎能不感慨系之?不论是去世的还是健在者,他们虽然都已从政治冤狱中解脱,但他们的艺术灵魂尚未完全从放逐中返回自己的精神家园。我愿与书的作者一起,发出安魂的呼唤。

1998 年 8 月 5 日完

(原载范际燕、钱文亮著《胡风论》序,1999 年 5 月)

---

① 朱衍青:《名家简传书系·路翎》,中国华侨出版社 1997 年版,第 162 页。
② 同上书。

从胡风的日记看当时对胡风的批判

1952年7月,当时胡风家居上海,7月6日的日记写道:"上午,与M(梅志,抄者注)参加所谓'文艺朝会'","会后与贾植芳在小馆吃饭",后"与M到书店选书",友人"柏山来"。与以往日记大致相同,内容多是日常生活,友人来往。唯当日接着写道:"得周扬信,约到北京去。""我们将讨论你的文艺理论问题"云。

7月17日离沪,19日上午到京。不过,此前一段日记的内容,除了友人来访,便是"查阅"他过去的著作,他是否已意识到将对他的文艺思想有所批评?

7日:"查阅《文艺笔谈》。"

8日:"查阅《密云期风习小纪》和《剑·文艺·人民》。"

9日:"查阅《论民族形式问题》、《在混乱里面》。"

10日:"查阅《逆流日子》、《为了明天》。"

记忆依然炽热

12日:"重读《论现实主义的路》,未完"。

14日:"看完《路》(《论现实主义的路》),看《民主革命的文艺运动》,未完。"

中间11日"重写关于《希望》的报告"。"重写关于'舒芜'的报告",未完。"12日"写完报告稿"。显然,与舒芜的文章有关。

1952年6月8日《人民日报》转载了舒芜发表在5月25日《长江日报》上的《从头学习〈在延安文艺座谈会上的讲话〉》,文章检讨"自己和吕荧、路翎以及其他几个人'错误'"。当时胡风日记里没有反映,直到6月30日和7月1日日记里才有如下的记述:30日:"得绿原信,并附无耻(舒芜)给的信。"7月1日:"看无耻的《论主观》、《论中庸》。"(文章分别发表在胡风主编的《希望》1945年1月第1期和1945年5月第2期)《人民日报》在转载《长江日报》舒芜的文章时,加了"编者按",对舒芜的自我批评表示欢迎。日记对此没有反映。

1952年7月19日由上海到北京,"八时五十二分到前门车站,坐三轮车到文化部。周(扬)未见,由秘书杨昭腾引入东二楼415住下"。

7月28日:"周扬约谈话。""得周总理信。"29日:"开始写生活态度的检讨。"30日:"继续写生活态度的检讨。"8月1日:"草稿完。"8月2日、4日"补写",5日、6日"修改,完。"9日"斟酌",10日、11日"抄改",11日并"访周扬。"12日"抄完《态度检查》,交杨秘书转送周扬。"22日"重看《胡风文艺思想研究资料》。"

从胡风的日记看当时对胡风的批判

9月5日:"林默涵、严文井来,约定明天下午开会。并带来态度检查打字本,和无耻的《给路翎的公开信》的打字本。"原信发表在9月1日出版的第18号《文艺报》上。

9月6日:"下午二时半,到文联开会,开到近七时。发言者:周扬、丁玲、雪峰、何其芳、胡绳、王朝闻、林默涵。未发言者:严文井、袁水拍、陈企霞。"

9月9日:"下午林默涵、严文井来,说无耻已经来了,要来看我云。"

9月20日:"得林默涵信。""一天不能看,不能做什么","与绀弩小馆喝酒"。

此后的23、24、25、26日,都是"写提纲",未写什么提纲。27日开始写"关于《论主观》的报告",30日"修改",10月3日誊抄。10月4日:"写关于《希望》的报告",5日"抄收",6日"把关于《希望》和无耻的报告送出"。

10月22日"准备阿Q供词",指的是下面所说的《一段时间,几点回忆》。27日"开始写阿Q供词",从10月31日到11月4日都是"续写"或"修改",直到11月15日"写完"。16日天蓝、老谢(韬)来,"看了供状","提了意见"。17日"斟酌供状一次",18日"再斟酌供状一次,题为《一段时间,几点回忆》,送出"。后来30日又"着手再修改供状",12月1日"修改状完",2日"供状送出。"送到哪里未写。

11月24日:"默涵来信,约星期三,晚上开会。"26日:"晚七时半开会,(默涵)首先作了所谓'报告'。接着无耻报告,强调地提出了和他的'共同点'。"

85

记忆依然炽热

12月1日："夜，周扬、林默涵、严文井来，先谈理论，后谈鬼。提到工作。"12月11日："夜，开会。林默涵、冯雪峰、何其芳发言，唯心论（主观、客观）

小资产阶级

反毛泽东方向

世界主义"

16日："开会前林默涵来坐了一会，提到报告、小资之类。""约八时开会。发言者：胡绳、荃麟、田间、艾青、阳翰笙、何其芳、周扬。论点有：

态度第一，立场第二

小资革命性

自发性（以上胡［绳］）

现实主义

民族传统

对党的关系（以上荃［麟］）

小宗派主观唯心论（资）

否定人民性

和党有距离，抗拒（以上阳［翰笙］）

文风

诗的形式

不能认真谈问题（以上艾［青］）

路线分歧

1. 看不起人民

2. 不拥护《讲话》

从胡风的日记看当时对胡风的批判

  3. 脱离党的领导

  4. 要解决问题，得明确（周扬）"

  1953年1月27日："得林默涵信，说他的文章已完成，将发表，并催我的文章快些写出来。"29日："知道林默涵今晚向北京150名文艺干部报告胡风文艺思想问题。"31日：林默涵的《胡风的反马克思主义的文艺思想》在《人民日报》上发表。2月15日："听说何其芳的文章在这期《文艺报》上发表了"。23日："买到《文艺报》，其中有何其芳的'批评'了。"24日："看到《人民日报》文艺组的通报。"（可能是关于对他的批评）25日："杨昭腾来，劝我写文章表示态度。"

  胡风当时没有动笔。因为他正忙于准备搬家来京，找房子、看房子，物色家具，查看修理房子。从4月中旬一直忙到5月中旬。接着参加"归俘作家访问组"，去东北慰问被遣返的病伤战俘一个多月，6月30日回京，"即住入太平街房子"。7月18日去上海搬家，8月2日携家眷返京，住下后便是"布置家具"，"收拾书籍"，"修补房子"……

  8月23日"得胡乔木为文代会预备的报告草稿，要提意见"。以后连日"看胡乔木报告草稿"，"起草对于'报告'的意见"，8月28日"送出对乔木报告的意见和信"。

  后来便是第三次文代会和文协（即作协）会。参加了会议的全过程，以下都是与会的日记：9月23日"上午文代大会在怀仁堂开幕。下午，周总理报告。"24日上、下午，文代大会周扬报告。25日："下午，文协大会，茅盾报告。开始报告时即退席。"28日："上午参加小组会。拟发言提纲。"29日："上午，参加小

记忆依然炽热

组会，发言。下午，小组会，与田间对争。重拟发言提纲。"30日："上午，文协大会。下午，文协大会，发言约一小时。"10月1日："上午九时到二时过，观礼，在左台。"10月3日、4日：上午文协大会，下午文代会。"毛主席等来和代表们照相。"10月6日："上午文代会。选举等。下午，文代会。胡乔木报告。闭幕。"10月9日："上午，出席文联全国委员会，又出席作协理事会。都是选举主席等。"

从1954年3月15日开始，"对林〔默涵〕文做出提纲"，17日"对何〔其芳〕文做出提纲"。然后是"查阅材料"，"看参考书"。3月21日"开始写关于理论部分的'材料'"，4月7日"写完'材料'第一篇"。从此到7月上旬的日记都是"续写""整理""修改""复看"。6月8日"写完'问题'"，然后是"修改"，同时"修改'理论''简况'经过"，6月16日"重写给中央的信"，17日"开始写'建议'"。18、19日"修改给中央的信"，21日"改写成给中央的信"。24日"写完'建议'"，25、26日"修改'事实'"，27日修改完。经过"校改"于7月7日送出。

7月7日"把报告装成册子，共四件：1. 几年来的经过情况；2. 几个理论性问题的说明材料；3. 事实举例和关于党性；4. 作为参考的建议"。"寄出给习仲勋的信。""开始抄呈中央的信。"

1954年10月31日开始了对俞平伯《红楼梦》研究及对《文艺报》的批评，他出席了文联和作协主席团的扩大会议，并作了发言。11月5日："开始整理上次在文联会上的发言。"6日又"起草发言要点。"7日下午，"第二次文联扩大会，发了言"。

88

从胡风的日记看当时对胡风的批判

8日:"修改文联全委会的发言记录。"9日:"修改完发言记录。"10日:"写发言大纲(备用)。"11日:"上午,文联扩大会。补充上次发言。下午,文联扩大会。路翎发言。"17日:"上午,文联扩大会。黄药眠刺了我,康濯实际上是反对我的意见,罗荪、师田手、康濯否定了路翎。下午,继续开会。袁水拍、无耻轰了我(及亦门),吴雪、李之华攻击路翎,聂绀弩用无耻事攻我和路翎过去反党,现在反党。夜,周扬、林默涵来。"休会期间,他"改发言稿"。30日:"开始写《几个月来的简况》",12月4日写完草稿。12月8日复会,"上午,文联、作协扩大会。凤姐(丁玲)发言刺了我。下午,继续开会。周扬发言轰了胡风。"指周扬总结发言《我们必须战斗》中第三部分"我们和胡风先生的分歧"。该发言全文发表于12月10日《人民日报》。

从胡风的日记中可以看到,周扬的《我们必须战斗》发表后,胡风收到许多读者对他同情和支持的来信,"得知读者许多坚决反对对我的做法"。有的是集体来信,"得四川资阳丹山镇几个读者来信"。有的特前来拜访:"读者杜君夫妇来访","读者潘君来访"。

他从1955年1月7日开始"考虑'自我批判'",1月18日写成,19日:"寄'自我批判'给周扬。"后来又经过多次"研究"、"修改",到2月6日"抄完",7日寄给周扬。30日:"下午四时,到作协与周扬、邵荃麟谈话","我的自我批判暂不能发表"。

5月13日:自我批判在《人民日报》上加上按语发表,同时发表了舒芜的"材料"。接着日记写道:"区政府及军委工作组来

89

记忆依然炽热

量房子,要征用。"

此后两三天日记里记着上下午仍照常"练拳"、"会友"、"闲谈"、"打扑克",15日,日记戛然而止……

日记虽然简略,却写得具体,可供设身处地想象,给人以亲临其境的感觉。日记戛然而止,不明原因。显然与"按语"的发表,"区政府及军委工作组"前来查访"要征用"有直接联系。那戛然而止是被扼杀。可知从此日记作者突然失去自由,包括写日记的自由,身陷囹圄。

(原载《当代文学研究》2005年第5期)

俞平老的"书生气"

我们单位不大,却聚集了不少德高望重的学者。为表示尊重,我们一些后学都尊称他们为"先生"。唯有对俞平伯不称他为先生,而称呼为"俞平老"。因为他是一些先生的先生。这些先生见到他的时候,总是快步迎上前去,恭敬地问候,那互相握手问候的诚挚恳切,令人感动。

虽然他慈祥随和,衣着朴素(朴素得近于不修边幅),丝毫不显得有什么特殊。但总觉得与他有一种不能逾越的距离。因为往前推算,当我们这些其实并不年轻的学子还未出世的时候,他已经是"五四"新文学运动的著名作家。此后又在《红楼梦》研究上升堂入室,自成一家,而我们不过刚迈进文学研究的门槛。滑稽的是,"文革"使我与他竟成了并排而坐的"同桌"。

我永不能忘记"文革"给我的第一次震惊。突然通知全体集合,毫无道理地把几个所的领导逐个点名揪出来斗争。我几乎不禁要喊问:"这是为什么?!"正惊愕于别人的时候,自己也被突然点名"站起来"!接着便被戴上高帽,逐出会场,每人扔给一把扫帚,到大院去扫地。这一切突然得像做噩梦,想从梦魇中翻身挣

记忆依然炽热

扎呼喊声辩，回头一看，不少人络绎于后，也就哑然了。个个低头汗颜，似笑似哭，排在队尾的是俞平老。他却安然如素，移动着颤微的碎步，从低压在鼻梁的眼镜框上仰目东张西望。从此这些人便与"革命群众"隔离，集中到了"三楼"。

所谓"三楼"，是我们单位的特殊名称。在二层楼房顶上有一个方堡似的大房间，不知原来设计的意图，一直都是当仓库用，也只是堆放短腿缺撑的桌椅，废旧杂志报纸，没有正经用处，也没有正式的名称。因为要把我们这些人集中在里面，临时起名"三楼"。那时还没有创造发明出"牛棚"这个规范的名称，意思一样。谁若被揪上了"三楼"，谁便不再是"人"了，成了异类。

这间库房墙厚窗高，尘封蛛网。腾空打扫以后（当然由我们自己动手），沿着四壁，又把那些残缺桌椅摆了一圈，每人被指定给一个座位，即一把椅子和一把椅子宽窄的桌面。面向墙壁，互相不得来往交谈。专有一个临时女工监视看管。她的桌椅像教室的讲台，从背后可以看到所有人的一举一动。那时虽然还没有"牛棚"这个称号，却有十足牲口圈的味道。每天一早按时来到这里，放下饭盒，拿起工具，就赶快去完成规定的劳动任务。每当吃午饭回楼上时，个个都是风尘仆仆，汗渍满脸，疲惫不堪，完全像刚卸套的牲口。只是连牲口卸套后打滚撒欢儿的自由都没有。各自默默地回到自己的座位上，打开早上带来的饭盒，默默地嚼咽。那成排面壁背影，真像埋头在长槽中无言的牛群马群。

指定座位，显然是有意把互无干系的分配在邻近，因此，我与俞平老成了同桌。

俞平老的"书生气"

  我们其他人的劳动,都是在"三楼"外,扫院子,拖走廊,刷洗厕所……只让他一人留在楼上。并不是照顾他年迈,因为他实在不会劳动。刚被揪出的那天,也曾让他跟其他人一样去扫院子,他拿着扫帚不知怎样使用,像追赶小鸡一样,拿着扫帚追赶那些飞飘的树叶纸片。不论监管人员怎样训斥,怎样示范,都不管用。因此,只好让他单独留在楼上擦抹那些桌椅。他做起来倒是非常认真。他颤微着碎步,拿着抹布,在那些桌椅间蹀躞不停,必待其他人都回楼来喝水休息的时候,他也才回到自己位置坐下。他擦抹桌椅并不挨着次序,都是这抹一下,那擦一把,像在画布上涂彩抹改。抹布也很少敲洗。经他反复抹过的桌面,反而留下一道道污迹。他自己并未发现,别人自然也不在意。

  他在跟其他人一起休息喝水的时候,总要打开他的小饭盒吃点什么,边吃边把掉在桌面上的食渣,用手指蘸着放进嘴里。每次加餐不过猫食那么一点,水杯比酒盅大不了多少。他吃得像小孩吃甜食那么珍惜而香甜。做人的权利都被剥夺,这点生活享受,不应该珍惜?

  惩罚性的劳动使人疲惫不堪。但不让去劳动,在楼上静候听命,更加难受。这意味着,不是要拉出去示众,就是要有人来批斗。最难堪的是,每次示众批斗之前,都要命令戴上高帽,挂上黑牌,像出场前的演员,整冠缕绳,自己丑化自己。否则,会受到格外的惩处。这时,每人从别人身上都能看到自己,都躲避开视线,目不忍睹。

  随着大串联,这种坐待候命的次数越来越多。一天,在铅一般沉重的静默中,忽然楼道里传来杂乱脚步声,接着拥进来一帮

记忆依然炽热

年轻人。进门喝令:"牛鬼蛇神们都站起来!"又问,"谁是俞平伯?"他虽然跟随大家也站了起来,并没有听清他们嚎叫些什么。我悄悄碰碰他,向他示意,他才回转身答应着。

"《红楼梦》是不是你写的?"(确实如此提问)"你是怎样用《红楼梦》研究对抗毛主席?""低不低头认罪?"……七嘴八舌,一连串质问审问劈头盖面。他本来就耳背,听人讲话,总是用手拢耳侧近倾听,说话有时呵呵口吃,这时更加支支吾吾。因此惹怒了这些人,有的人竟怒不可遏地要动手。我从旁如实地替他解释,他耳背没有听清。他们却认为是互相包庇,不但没有缓和这些人的怒气,反倒成了火上加油。不容分说,便七手八脚,把他推拉到屋外楼顶平台,按倒在地。我也被拉出去陪斗。

经过反复踢打折磨,最后非让他自己承认是"反动权威"不可。但他承认"反动",却不承认"权威"。他坚持说:"我不是权威,我不够。"他说得非常诚恳。本来完全是出于虚心,却被看成是顽固。一直把他折磨得匍匐在地,可他始终没有承认自己是权威,仍说自己不够。

人们今天也许还会说:"当时承认了是权威不就结啦?真是书生气十足!"我也曾这样想过。但我陪跪在一旁,目睹了详细过程,却等于受了一次戒,领教了什么叫谦虚。谦虚原来不是随声附和,不是俯仰顺从,不是好好先生;而是理性的顽强。同时,对"书生气"也有了新的认识。

即使个人处于生死攸关的逆境,他对知识的崇敬追求之心也丝毫未懈。他对书籍有一种酷爱。当时一切书籍都被查封,他在打扫房间时,见到什么有字的纸片,都珍惜地拣起来阅读揣摩。

俞平老的"书生气"

在什么也不能阅读的时候,他便默诵思考。一次,我们这些人都被轰到楼下后院去捏煤球。当时已是初冬季节,早晚已有薄冰,却让我们坐在地上把一堆湿煤用手捏成煤球。这是故意的劳动惩罚。我们用手捏成的煤球并没有进炉膛,都被围观戏弄的人们就地踩成碎饼。因为这是"轻劳动",他也被命令参加。他手里团捏着煤,却仰望着天空在想什么,不时自语几句,谁也听不清说的什么,半天也捏不成球。他发现煤太松散,捏不成个,便吐上几口唾沫。这叫人忍不住暗笑,他自己并不觉得。这也成了他书生气的一个笑柄。

就是在这样的逆境中,他没有中断关于《红楼梦》的研究和思考。在"干校",他与老伴住在老乡家。老乡家院子里有一棵苦楝树。虽然他从书上早已闻知其名,这树却是平生头一次见到。他兴奋异常,特意写下了一则笔记。由这株苦楝树启动了他对《楝亭诗稿》、曹雪芹生平和《红楼梦》本身的继续探索思考。到晚年,当"红学"成为热门显学,《红楼梦》被推崇为至善至美的时候,他却发表了不同凡响的客观理智的意见。

这就是俞平老的"书生气"。在这里不能不提到我们单位与俞平老同遭此难的钱钟书先生,他那学术巨著《管锥编》,不少是在干校大集体宿舍的个人蚊帐里铢积寸累的。不正是这种"书生气"在延续着人类文化吗?如果再想到对"文革"死谏的邓拓、田家英,他们那"书生气",不是正如邓拓的谏诗所云:"莫谓书生空议论,头颅掷处血斑斑。"的"脊梁"(如鲁迅先生说的)精神吗?

1991年6月13日

(原载《随笔》1991年第6期)

俞平伯《红楼梦》研究"自传说"辨正

1986年在庆贺俞平伯先生从事学术活动65周年的会上，中国社会科学院院长胡绳同志关于50年代《红楼梦》研究批判运动，作了权威性的讲话(见《文学评论》1986年第5期)，他说因《红楼梦》研究而对俞平伯先生的"政治性的围攻，是不正确的"。至于俞平伯先生在《红楼梦》研究上的学术观点的是非，他说"只能由学术界自由讨论"，根据宪法规定和党的"双百方针"，"学术问题不需要，也不应该作出任何'裁决'"。因而学术上的错案并没有了结。

俞平伯先生研究《红楼梦》的学术观点是非可以讨论，至于他的学术观点是否如此，则是首先应该澄清的问题，这是讨论是非的前提。当时批判俞平伯先生研究《红楼梦》的主要错误观点，也就是主要罪状，就是坚持胡适的"自传说"。事实并非如此。令人痛心的是，以往批判运动中，常有这种可悲的现象：

俞平伯《红楼梦》研究"自传说"辨正

先是指鹿为马，然后发动对"风车"的进攻。事实是，他开始研究《红楼梦》的时候，确实受胡适自传说这一"中心观念"的影响；即使那时，他已"微持异议"。他在1923年发表的《红楼梦辩》一文中曾说："曹雪芹此书虽纪实事，却也不全是信史"，"虽然是以真事为蓝本，但究竟是部小说，我们却当他一部信史看，不免有些傻气。"1925年他在《〈红楼梦辩〉的修正》一文（《现代评论》一卷九期）中，便明确表示不同意胡适的"自传说"。他认为说《红楼梦》"取材"于曹家"可以讲得通"，若说贾宝玉即是曹雪芹，便说不通。进而质问把贾宝玉与曹雪芹一人一事的去附会，"这何以异于影射？何以异于猜谜？"指出这种研究方法实际上和"索隐派"用的"方法相似"。此后，他在文章中一再申述他的这一观点。在1952年10月《新民晚报》的《〈红楼梦〉的著作年代》中，他说："自1923年《红楼梦辩》出版以后，我一直反对那'刻舟求剑'、'胶柱鼓瑟'的考据法，因而我对这旧版自己十分不满。书中贾家的事虽偶有些跟曹家相合或相关，却决不能处处比附。像那《红楼梦年表》将二者混为一谈实在可笑，后来承鲁迅先生采入《小说史略》，非常惭愧。"他不仅在检查自己，也是对于"现在还通行的自传说"的批评，认为"实有重新考虑的必要"。他对于胡适的"自传说"，从开始"微持异议"，到后来一再明确表示反对，文章俱在。他是不是胡适"自传说"的代表，事实不是一清二楚吗？因此，仅就这一点来说，对俞平伯先生的批判也是一个错案。但至今还没有人（包括俞平伯先生本人）来予以澄清。

俞平伯先生本来受胡适的"自传说"影响开始研究《红楼梦》，

记忆依然炽热

后来对"自传说"开始怀疑，继而反对，其间分歧的由来除了用"自叙传"不能解释《红楼梦》这一事实之外，主要出于俞平伯先生这位"五四"新文学运动的先驱者对文学创作特点的体会和领悟，以及深厚的文学素养。他说："我以为文艺的内涵——无论写实与否——必须决定于作者生平的经验，同时，我又以为这个必非作者生平经验的重现，无论其作风偏于写实。"这里指出了文学作品与信史的区别。他说文学创作是经验的"重构"出于经验，又非经验的"重现"。经验在创作中是"复合错综的映现，而非单纯的回现"。一切文学皆为"新生的"，而非"再生的"。他认为这是"没一例外"的"通则"。这更是关于文学创作规律和特点的高度概括。所不同的是他没有用一般理论性的术语概念、定义，而在他独创的"重构"而非"重现"，"映现"而非"回现"，"新生"而非"再生"以及后面用的"冶合"这些概念，却包含着更为生动丰富的内容和深刻的创作体验。他是把这样的"通则"，应用于《红楼梦》的研究，所以认为《红楼梦》是"实将南北的人情风物，冶合为一个整体"的伟大文学作品(见《读红楼梦随笔》)。而胡适则把《红楼梦》看作是作者的自传，对作品的分析研究采取的是实证主义的考证。由于这种基本文学观念上的分歧，必然导致两人在《红楼梦》研究上的分道扬镳。

在这里应该顺便提到，俞平伯不久前，关于当前"红学"界对《红楼梦》与曹雪芹"有褒无贬"，"估价愈来愈高"，"一边倒的赞美"，提出了冷静的忠告，"若推崇过高则离大众愈远，曲为比附则真赏愈迷，良为无益"。同样表现出一个学者的不仰人鼻息，不趋时迎俗的严肃态度。

俞平伯《红楼梦》研究"自传说"辨正

当然，关于胡适的"自传说"不能完全肯定。但不要为了替俞平伯先生平反，而去称赞肯定胡适的"自传说"。过去把俞平伯先生与胡适捆在一起批判固然错误；今天又连在一起肯定，也不见得正确。

（原载《光明日报》1988年1月22日）

走在人生边上的钱钟书先生

钱钟书先生的一部作品书名叫做《写在人生边上》。你即使不读该书，根据他的其他作品，也可以推知，他所透视的绝不是人生的边角末节。而我所看到和接触的钱钟书本人，确都是行走在人生边上。

人谓钱钟书先生为"文化昆仑"，其本人不一定接受，却是很多人的共识。我对"高山"只能"仰止"。《谈艺录》、《管锥编》，我也曾经拜读，未能全懂。前者如蚕丛艺林，后者如知识的崇山峻岭，确实不易探幽攀顶。不过有幸与钱先生都是文学研究所的人，虽然不在一个研究室，又有着学术辈分与造诣上的间距，但算来已有三十八九个年头，日常生活中多少有些接触。尽管是些琐细小事，甚或默然一笑，举手流盼，一个远影……仍使我这个山下山外人，留下了难忘的记忆。

那就按惯例，从第一次见面说起吧。

走在人生边上的钱钟书先生

那是1958年秋季，当时文学所虽然已脱离北京大学归属中国科学院，而机关仍在西郊中关村。当年的中关村，真是名副其实的郊野。树木郁郁葱葱，田园绿茵，特别是夕阳余辉中，景色更是宜人。此时，钱钟书先生与夫人杨绛女士正在田间道路上并肩散步。我因家在城里，晚上要乘公共汽车回城，于是便偶然相遇了。我对他们早有所闻，便主动迎向前去招呼。未料，他们对我这个新来人似乎也有所闻，正因为是新来者的缘故，对我格外客气热情。相见之下，钱先生并不像他的名气容易让人设想的居高临下，反倒谦逊得有些拘谨腼腆。当我表示久仰的时候，他羞赧地抱起双拳，"呶呶呶……"地摇着头后退。本来杨绛女士仰着甜美的笑脸，还要询问恳谈些什么，也只好后退，催我去赶车："不耽误你回家。"他们并立，一定让我先行。就这偶然一回便熟了。

我站在公共汽车站站牌下等车，还能看到他们漫步的背影。可以看到，他们不仅对我，对其他路人也都客气谦让；即使路上没有其他行人，他们也都走在边道上。

后来知道钱钟书先生一生与人无争，与世无争，自称"书虫"，蚕叶吐丝。即使无奈荣任了中国社会科学院副院长，也未见他登台亮相，或乘专车来来往往，依旧一管一锥地窥天指地，营造他的"文化昆仑"。杨绛女士与他结伴偕行。

这第一次的面遇，不仅始终记忆犹新，而且具有一定的象征意味。

钱钟书先生的博闻强记，广征博引，可以说有口皆碑。早年令尊钱基博先生就曾给予这样的评语："才辩纵横，神采飞扬。"

记忆依然炽热

其实，他平素沉默寡言，即使在所里的会议上也很少见他发言；请他发言时常是抱拳低头恭谢。不过一旦必要，则义无反顾，语速极快，知识密集，妙语连珠，中外语言并用，颇有咄咄逼人之势。不过是对着问题而不是对人，对着辩论的权威，而不是对着在座的听众。一旦这番语言冰雹过后，如雨过天晴，他倒像是败下阵来的，向在座者表示歉意，摆手低头。

1979年4、5月间，他曾随同中国友好代表团访美，因为他的著作早已享誉海外，在美国学界引起轰动。他到加州大学伯克莱分校访问，有人记述说一时校园里纷纷传告："魔鬼夜访"的钱钟书先生来了(因为他的一篇作品题名《魔鬼夜访钱钟书》)！座谈会上，一人面对众多人的轮番问难，他如诸葛亮舌战群儒。两年后，我们到伯克莱访问，这余波犹在。曾接待过钱先生的东语系主任白之教授，在接待我们的第一面，很快便把话题转到钱先生两年前的来访上。他赞佩其学识，惊叹其纯熟运用西方几种标准语言……他笑道："使我们在座者都难以应付。"这是"文革"结束后，中国友好代表团第一次出访美国，身着中山装的钱先生，也为中国大陆人展示了应有的形象。

有人粗略统计，《管锥编》征引的中外典籍近万种，涉及的作者约四千人。一个小题目的短篇论文《诗可以怨》，密集了多少征引！人们定会设想他的藏书汗牛充栋，谁也不会想到他竟无藏书。因而，他的广征博引、博闻强记，也就成了一个谜。于是相传他有一个神秘的笔记本，一切都记在那上面。确实有，但不止一本，也不是神秘的"魔本"(当年法国人曾怀疑巴尔扎克创作出《人间喜剧》是因为有一根"魔杖")，不少人见过他的笔记。"他看

走在人生边上的钱钟书先生

书常做笔记"，有一次"费了两天工夫，整理出五大麻袋。"(杨绛)"书架书桌上是一摞摞的笔记，却不是抄引，只做一种别人看不懂的笔记，供自己著书时连类征引。"(郑朝宗)他对于自己的笔记也有错记的时候，"从笔记中抽出一本，一看，'哎呀'，打自己的头——记错了，摆进去，又抽一本。"(李洪岩)其实，其中谜底早在30年代他的一篇关于做学问的文章中一段话作了揭秘：

> 学问跟他整个心情陶融为一片，不仅有丰富的数量，还添上了个别的性质；每一个琐细的事实，都在他的心血里沉浸滋养，长了神经和脉络，是你所学不会，学不到的。(《谈交友》)

日常所见的钱钟书先生，总是衣冠楚楚，倜傥潇洒，面带微笑。有一帧《钱钟书先生写作》的照片，却照出了他日常难得见到的一面：伏案握管，蹙眉苦颜，孜孜雕琢，一副刻苦勤劳的形象。从中不难想见他的"晨读昏书"。虽然钱先生本人并没有藏书，却为文学所的藏书立下了汗马功劳。本来他在所内除了一级研究员不任其他职务，所长何其芳却坚持请他任图书资料委员会主任。这可以是一个顾问性质的虚衔，何其芳却赋予他实权，审定选购图书计划和审批购书经费。在此期间，他为文学所书库选购进大量珍贵的中外书籍(当时中、外文学所还在一起)。小小文学所的藏书，在全国学界也居先。不仅为文学所的学者学子们提供了丰富的知识资源，还有外地学者不断前来利用。他本人也是文学所借书卡片上留名最多的。只要在所内遇见他，他总是提着

记忆依然炽热

一装满书籍的旅行袋,借书或还书。"文革"后他不能亲自来所,便委托一位年壮的好友定期为他代劳。

何其芳本人也是个"书痴"。他上下班经常用手杖(一根助步的普通木棍)挑着一个大布袋,里面装的全是书。钱钟书提着旅行袋靠边行走,总是低着头,目不旁视,口里还念念有词,似乎仍在与提袋中的诸贤继续着秉烛夜谈。何其芳则是仰面朝天,步履蹒跚,如做白日梦。两人搬运知识的风采各异,却相映成趣,也是学部大院里为人所仰慕的有趣景观。可惜好景不长,到了"文革"时便告消失了。

钱钟书先生迎人的流眄言笑,独具魅力,亲昵、幽默、童稚、顽皮而又不失学人的大度。即使初次见面,也没有夸张的寒暄。顾盼之间便羞涩地收回目光,移向他处。而你会感觉到他的目光依然停留在对你的印象上,相会于心。他笑不露齿,而唇吻间却闪烁着洁白的光彩,化解着陌生和距离。后来经常相见,他见面时的表达就更加简略,不过是低眉顺眼默默一笑,抬手抿嘴示意……一切皆在不言中,从而与人搭起友情的鹊桥。而且比之其他学者专家,他跟所里的普通人员有更多的熟友。

我一直在琢磨他这独具魅力的微笑该怎样形容!看到柯灵先生的《促膝闲话钱钟书》,他形容为"如菩萨低眉,拈花微笑",觉得颇为形象生动。后来翻阅《管锥编》辨析陶潜《闲情赋》一节,在赏析其中"瞬美目以流眄,含言笑而不分"的释文中蓦然眼睛一亮:"口无语而目有'言',唇未嘻而目已'笑',且虚涵浑一",岂不正是他自己流眄含笑的真切说明和形容吗?

笑如植物的花,只开放在适宜的季节和气候。"文革"狂暴

走在人生边上的钱钟书先生

起,再也见不到钱先生的微笑。但我却见到过他的一次惨笑。那是"文革"批斗高潮。一天忽然一声令下,所有"牛鬼蛇神"都到学部大院里集合。于是大院里排起"牛鬼蛇神"长蛇阵,在光天化日之下,遭受暗无天日的凌辱。虽然我被推搡按头已自顾不暇,但那位造反疯婆(本来就是泼妇,此时又风云际会)的泼骂,伴以狠毒的耳光声,使我情不由己扭头偷觑。原来这一切都发生在钱先生身上。我与他相隔两人,扭头一瞬间,看到的是未曾见过的一脸惨笑,像被刀刻一样,血淋淋地刻在我记忆中。

客观地说,钱先生在"文革"中并没有遭受过像何其芳、俞平伯等那样多次残酷的批斗折磨。在"干校"的劳役中曾受到一定的照顾,开始烧开水,后来看管工具,这都是轻活。他自己却不安于这样优待。无奈他的开水常常供不应求,人们看着他在炉前烟灰迷眼、焦头烂额、不堪忙碌的样子,也就不再说什么,只是私下送他一个戏谑的绰号:钱不开。全连男女在空旷荒野"白手起家",和泥脱坯,夯基垒石。男同志个个都光腿赤膊,挥汗如雨。不过当时尚未到酷暑季节,野风依然料峭。工间休息的时候,有人忽然有所发现,便指给大家看:原来留守在"点"(基地)上看守工具的钱先生,形单影只,伫立在工具棚前,向着工地张望,竟也脱去上衣,像工地上的男同志一样赤膊。大家会意地笑了。一位女同志惊告说:"他这样会着凉的!"

钱钟书先生平素与人无争,在"文革"中没有贴过别人的大字报,也没有在会上批判表态。应该平安无事了吧?却有一张大字报骇人听闻地诬陷他诬蔑"毛选",如果诬陷得逞,当时可致死罪。他用一页纸的小字报,在一旁做了确凿有据的批注申辩。继

记忆依然炽热

之他的宿舍又被人鹊巢鸠占，夫妻二人只好避难到所里，在一间没有任何生活设备的办公室里栖身逾冬，这就是他在《老至》一诗里所写的："耐可避人行别径，不成轻命倚危栏！"当时，因为他被聘为毛泽东诗词外文译本最后定稿者，一时红人袁水拍也不得不屈尊时常乘车前来垂询。一次，一张红色大请柬，专人专程送到机关转交他本人，是请他赴国宴。这是政治殊荣，却需要保密。而这大红请柬飞降的消息已经不胫而走，只有个别知者"一骑红尘妃子笑，无人知是荔枝来。"钱先生却以身体不适推谢了。他当时居无室的生活困境，只要向上面有所请求或暗示，不难有所改善，显然他没有。是不是如他在《管锥编》中所说的"随遇而安"而不"求安"？"文革"后，人们常把当时的惨剧当作趣谈。有的人本来一直在"革命群众"队伍里未受冲击，也到处向人夸谈他当时"抵制"的英勇；有人出卖邀宠，红得发紫，曾猖獗不可一世，也逢场控诉。我却未曾听到钱先生关于自己的遭遇经历作诉说表白，虽然"迷离睡醒犹余梦，料峭春回未减寒"（《老至》）。那么，我所见到的他那惨笑，也就一时难于得到解说了。"也许要在几百年后，几万里外，才有另一个人和他隔着时间空间的河岸，莫逆于心，相视而笑"（《谈笑》），方能得到解答。目前我只能引用他在《围城》中描写那架老钟打点的话来形容了："深于一切语言、一切啼笑。"

几年前一个暑期，在厦门大学召开的一次学术研讨会上，与会者的兴趣往往在会外无拘无束的聚谈。一天晚饭后，在黄昏树荫下，不知怎么把话题转移到与会议内容无关的钱钟书先生身上，从学识到为人，各述所知所闻。最后集中在他的淡泊名利，

走在人生边上的钱钟书先生

不求闻达上，如传说当年国民党的宣传部长朱家骅曾亲自游说介绍他加入国民党，被他拒绝了；"四人帮"时期又拒赴"国宴"等。大家分析来研究去却得不出一个准确的答案。当时在场的刘梦溪同志开始笑而不语，随之胸有成竹地说：他在这之前一个晚上，曾拜访过厦大教授郑朝宗先生——郑是钱的知己好友。他曾就这个问题请教过郑先生，郑先生的回答是："你想，他已有了季康还企求什么？"郑先生的这个分析判断，使大家叹服。——"斯世得一知己足矣！"

　　我所看到的钱、杨两先生，都是形影不离，相偕而行。总是杨绛女士首先仰起笑脸迎对相遇的友客。同行时如遇障碍坎坷，也都是她抢步向前。即使"文革"中她自身难保，首先想到要维护的是钱先生。上面提到的那张辟谣辩诬的"小字报"，就是她夜间举着手电筒，帮他一起贴出的。还有上面提到的学部大院那次"大批斗"，她被剪成阴阳头，只好用假发遮掩。一次下班回家，在公共汽车上假发被挤脱，受到车上人的奚落侮辱。为了照顾钱先生的生活，紧缩路途上的时间，上下班仍冒险去挤车。他们间的恩爱，始终保持着青梅竹马般的童真童趣。我亲眼见到钱先生的一桩小事。那是三年困难时期，"外国文学名著丛书编委会"在东四某饭店开会设宴。这可是难得的饱餐解馋的机会。恰巧我与钱先生同桌邻座。别人都把自己的那份小点心吃光了，唯有他那份放在面前菜碟一动未动，到散席时，他用纸包好带走了。带给谁不言而喻。杨绛先生在《干校六记》中只记述了她与钱先生的菜园相会，苦中作乐地写道："远胜于旧小说、戏剧里后花园相会的情人。"她却没有写后来集中到明港军营抓"5·16"搞运动的时

记忆依然炽热

候，男女分别一律住集体宿舍，夫妻只有每天晚饭后类似"放风"的那点时间，才能相会。当时正值酷暑，此刻便会看到杨绛先生提着手绢里已经切好的西瓜，来找钱先生，要找一个共餐的地方，需要寻寻觅觅。真是"相濡以沫"！

他们精神上更是融洽无间。都早已知道，当年杨绛为了钱钟书创作《围城》，让钱先生辞去职业，家里辞退女仆，她亲自做"灶下婢"。不仅如此，杨绛不久前透露：《围城》中一位女性人物所作的诗，原来是钱先生托她代拟的。后来她创作《洗澡》时，在刻画一个人物时需要符合人物性格的一首古体诗，她央求钱先生帮忙，钱先生捉刀几首，任她排选。此外，更多的秘密，外人就无法知道了。不过，有一次我与他们夫妻同车，恰好我刚得到一本新出版的杨绛先生的《干校六记》，就便请作者签名留念。杨绛先生接过书后却悄声征询身旁钱先生："怎么写好？"钱先生略一思考，低声回答："就写'指教'吧？"这就是我手头这本书扉页上作者题签的原委。由此我设想：他们平素在创作、学术上的切磋会是怎样的呢？……在他们各自独具的成就中有多少是双方的爱助？这是一个有意思的课题。

钱先生生病已经住院逾年。这中间可以说是杨绛先生与他一起与病魔战斗。每天根据钱先生的胃口，她亲自配制食物，始终陪伴在床边。一次我在病房前走廊里见到杨绛先生，显然劳瘁，却依然笑脸迎人。她说："其实，我也没有比医生更好的办法，不过是每天来伏在他耳边跟他说话。我跟他说，'你觉得累了，或者不想听，你就闭上眼睛睡觉。'这会儿他睡着了。"她是趁钱先生熟睡的工夫，到走廊里活动活动。

走在人生边上的钱钟书先生

鲁迅先生在《伤逝》里，借着涓生手记写道："这是真的，爱情必须时时更新，生长，创造。"《伤逝》应该说是社会悲剧和爱情悲剧的双主题，这一至理名言，应该说是鲁迅先生对爱情真谛的深刻发现。虽然"这是真的"，却很难得。而钱钟书先生和杨绛女士却共同为爱情栽植了一株难得的常青树。

1995年11月出版的《记钱钟书先生》(大连出版社) 一书中收录了潘小松的一篇《钱钟书先生轶闻》，其中有一则关系到我，摘录如下：

> 七七年十月，钱先生曾有一函致朱寨先生，履行"涉外活动上报"的规定。略云：昨夜八时半有三十年前出国的女学生徐文湘携姐姐姐夫来访。徐从华君武家来，小坐约二十分钟。彼此问问健康情况并示家人照片。事出意外，特此上报。今读之，恍如隔世。余曾亲见此函，现不知下落。

对此我竟一无所知。作者潘小松同志我不认识，也未曾听说过，至今尚不知其具体单位，还未来得及拜访核对。但我相信这是真的，因为我当时是文学所的总支书记，钱先生写这样的信给我完全可能。可能因为此信是"履行"公事的"上报"，未经我手，便由负责"外事"的中间环节直接拆阅辗转上报了。在此应该感谢潘小松同志的细心，拾取了"现不知下落"的轶闻。另外我确实收到过钱先生从他的住处"三里河南沙沟六楼二门六号"邮递的一封信，也是唯一的信，时间是1982年6月，写信日子是"二十七日

记忆依然炽热

夜"。这也可以说是履行公务的公函，却完全像私信。先把原信照录，再作必要的说明。

　　寨兄文几：布拉格一会后，忽又月余。弟因事未能参加文联大会，又错过会面机缘。"人生不相见"，何待"隔山岳"？顷由所内转到惠赠大著两种，感谢之至！当细读以开拓弟老朽之心胸，先此谢谢！近作一文附奉指正（此系初本，《新华文摘》四月号所采乃增订本，然大意未改动）。专致敬礼！钱钟书敬上，杨绛同候，二十七日夜。

信开头"布拉格一会"，其实是戏言。那是指1982年，在捷克斯洛伐克驻华大使馆，驻华大使为该国访问学者安娜·朵莱然罗娃博士举行的告别宴会，我与钱先生同时出席。所谓"惠赠大著"，那是因为要评定职称，我也在由副研究员晋级研究员的评定之列，按规定须向评委提供成果，钱先生是评委，书是由所里统一分送的，"顷由所内转到惠赠"就是指此。他本可不必作复，其他评委就没有回复。而且随信还惠赠了他的《旧文四篇》一书和在香港《抖擞》杂志上发表的《汉译一首英诗〈人生颂〉及关二三事》一文。显然是出于礼节的反馈。"当细读以开拓弟老朽心胸"等不是客套，而是谦虚。全信充满平辈人间的私谊谐趣，如不加说明，外人不会看出其中的原委。从此也可以看出，他总是把自己摆在一个普通人的位置上与人平等交会。

"单纯、拙朴而自然流露，这是钱钟书一生都保持着的内在精神气质。"我赞同《营造巴比塔的智者·钱钟书传》的青年作者张

走在人生边上的钱钟书先生

文江君这一评语。而作为学人，他在世人心目中的形象，则是"文化昆仑"。

钱钟书先生去世了，终年88岁。"人生七十古来稀"，一般来说属于天年高寿，应该无憾。但是，对于一个始终充满着活力、勤奋、睿智、幽默、光彩照人的生命来说，这确是过早的陨灭。

正如他生前谢绝名利，对身后同样作出的淡薄抉择："遗体只要两三个亲友送送，不举行任何仪式，恳辞花篮花圈，不留骨灰。"他是在感觉着脉搏衰微中，由亲人杨绛先生帮他闭上的眼睛。

（原载《钟山》1997年第5期）

自嘲自谥"钱文改公"

最近读到《文学遗产》2006年第4期"《钱锺书手稿集》研究专辑"中的文章，颇受教益。同时，也引起一些联想。

记起1958年"大跃进"年代，我国学术界曾刮过一股"拔白旗"的邪风。钱钟书先生其时出版的《宋诗选注》，一时成为目标，主要因为没有选文天祥的《正气歌》，因此受到上纲上线的批判，而殃及全书和选注者本人。其实，这个选注本出版后，曾受到学术界私下的普遍好评，而且深得人们敬爱的元帅、外交家兼诗人陈毅同志的赞赏。他公开表示对于报刊上的"大批判"不以为然，还特意通过文学所索购一册，以备随时翻阅。国外当时也是好评，日本学者小川环树先生的评论文章《钱锺书与宋诗选注》就称赞为"可以说是迄今为止全部选本中最好的"。关于未选《正气歌》，他审慎地推测："会不会钱氏认为《正气歌》虽然沉痛，却还够不上算是好作品？这是个谜。"

《宋诗选注》选入文天祥诗共五首。依例附有作者小传和简

自嘲自谥"钱文改公"

介，对"这位抵抗外国侵略的烈士"文天祥评介道："他从元兵的监狱里逃了出来，跋涉奔波，尽心竭力，要替宋朝保住一角山河，一寸土地，失败了不肯屈服，拘囚两年以后被杀。"对于体现于《正气歌》中的烈士品格、情怀，毫无保留地全面充分肯定。至于其诗，则"绝然分成前后两期"，指出其后期作品"大多是直抒胸臆，不讲究修辞，然而有极沉痛的好作品"；前期作品"可以说都草率平庸，为相面、算命、卜卦人的诗，比例上大得使我们吃惊"。虽然没有说明为何未选广泛流行的《正气歌》，但应该看出他是有充分的根据。他对那些上纲上线的批判，一直保持沉默。杨绛先生在《我们仨》里提及此事，也只是说他"选诗按照自己的标准"，"不选文天祥《正气歌》，是很大胆的不选"，却未说明、说透。倒是本人在他当年回复国外友人的信中，作了点说明。1959年8月1日，在给日本学者荒井健先生（《围城》日译者）的回信中，关于不选《正气歌》解释说："排比近俗调，于石徂徕《击蛇笏铭》，尤伤蹈袭，诚未敢随众叫好，一笑。"1978年5月24日，在给《宋诗选注》责任编辑弥松颐的信中，也解释说："《正气歌》一起全取苏轼《韩文公庙碑》，整篇全本石徂徕《击蛇笏铭》，明董斯张《吹景集》、清俞樾《茶香室丛钞》等早言之；中间逻辑亦尚有问题。"在这里说明了他不选的"大胆"是建立在详细占有材料、握有充分证据和科学审慎的基础上，不是贸然、孟浪、武断的"大胆"。从中不难看出，他的"标准"是思想与艺术的严格统一、内容与形式的完美结合，不能"全取"前人"早言"，思想和艺术都应有所创新。

他对自己的文章著作要求同样严格。不但不"随众叫好"，人

记忆依然炽热

云亦云，也不满足于一般的"共识"，而且不故步自封，而是精益求精。所以，他总是不断地对自己的前作"增补"、"补订"、"补遗"。《手稿集》在这方面提供了大量例证。王水照先生在"《钱锺书手稿集》研究专辑"的一篇文章中，还提供了鲜为人知的例子。1959年钱先生为了答谢小川士觧先生"惠赐大文"，"奉遗"《宋诗选注》一册，除题签钤章，手书："非曰报也，以为好也，即请教正。"并在书上增改多处，共约三千余字。小川先生将此赠书题上"钱氏手校增注本"而加以珍存。王水照先生得到的是日本友人提供给他的复印件。这可谓独家新闻。他还披露钱先生曾自嘲自谥"钱文改公"。

这使我想到钱先生惠赠的《旧文四篇》一书。1978年该书出版后，我很荣幸地得到钱先生题签惠赠的一册，打开一看，对刚出版的书又有修改。在编该集时"改动最多"的第一篇上，又用端正楷书增改了九处。一处增加了两句约二十余字，在"它一方面把规律解释得宽"，"它"字后面，增加了"一方面把规律定得严，限制新风气的产生"，虽原来论点未变，却补充了新意，使论点更加周全。另一处，"都是说南宗禅不看'经'、省'事'"，将"不看'经'、省'事'"前后顺序作了调动。有的文句用标点重新断句，"另"字改为"也"字，还有标点符号更换等，真是精益求精，一丝不苟。重新拜阅，更加感叹折服。正如王水照先生所赞叹的："表示了前辈学者孜孜矻矻、永不停步的日新之功。""只要他的生命不息，他的著作永无'定本'。"

在此似乎应该提请注意，所谓"永无'定本'"和"文改公"，与没有定见，见风转舵，趋势逢迎的变幻不定，绝不可相提并论。

自嘲自谥"钱文改公"

他每有所修改,都作公开说明。例如,关于《织妇怨》"不敢辄下机,连宵停火烛"一联中的"停"字,最初在《宋诗选注》中注解为"夜里还不停止纺织",并引费昶《行路难》"贫穷夜纺无灯烛"诗句参证。后来,他根据多方考证,反复斟酌,在《管锥编》中改为"不灭火烛"的意思。又如收入《旧文四篇》的《中国诗与中国画》、《读拉奥孔》、《通感》和《林纾的翻译》,都是代表他艺术基本观点的文章,他在"卷头语"中说:"第一篇写于三十年前,第四篇的写作时期最近,也去今十五年了。这次编集时,我对各篇或多或少地作了修改,第一篇的改动最多,但是主要论点并没有变换。"他诙谐地说:"它们仍然是旧作,正像旧家具铺子里的桌椅床柜等等,尽管经过一番修缮洗刷以至油漆,算不得新东西的。"所谓"永无'定本'"、"文改公",只能从精益求精、力求完美的意义上来理解。

我想,收到过钱先生惠赠书文的肯定不止我个人,假若如此,等于明珠暗投。但至今未见别人提到,我所以公示,冀望能抛砖引玉。

(原载《文学遗产》2007年第3期)

蔡仪印象

蔡仪同志是国内公认的美学家,是美学上重要流派的奠基者、领衔人,有自成体系的系列著作做坚实的基础。至于流派,他并不是蓄意标新立异、强立门户,而是在美学领域研究探索、垦植建树、与人商榷论辩中自然形成的结果。

《新艺术论》、《新美学》是蔡仪同志开拓之作,是1941年他身处国统区的恶劣政治环境中,为了响应中共党组织"拿出坚实的论著与黑暗势力进行抗争"的号召,而完成的著作。当时作为进步文化界首领的郭老首先读到书稿,十分赞赏,亲自为之联系出版,向人推荐,很快在进步文艺界和进步青年中流传开来,产生了积极的影响。陆梅林、金维诺两位前辈学者说,当时他们曾亲历其境,受到过教益。当然,不少人在这方面也都有过不同程度的贡献,而像他这样成体系的学术研究著作,却是首例。这不能不说是开拓之作。

虽然是应时局之需、革命之命的著作,但并非急就章。早在

蔡仪印象

1933年蔡仪在日本留学时，他从日本出版的日文翻译的马、恩关于文艺问题的书信文献中，深受启发，便开始搜寻资料、思考研究。利剑须经十年锻铸磨砺。这是遇时应运脱颖而出。

他在治学上从不逢迎屈从，即使在外力的压力下，也不改变放弃经过深入研究而深信不疑的学术见解。这与所谓的固执己见是两码事。

关于这方面，有如下的例子。当时革命浪漫主义与革命现实主义相结合的创作方法已经提出，但尚未正式公布。这时，作协召集小型座谈会"吹风"并听取意见，蔡仪也被邀出席。因为与会者已领悟到问题的来头，大多都表示肯定赞同。当轮到蔡仪发言时，却提出了不同的意见。他以中外文艺史为据，说明浪漫主义与现实主义是两种不同的甚至相背离的创作方法，认为不能将两者结合。一位作协领导成员立即反驳，说面斥也不为过，认为这是学究迂腐之见。其言辞中不乏讥讽奚落。一时会场气氛颇为紧张。蔡仪却依然从学理上沉着阐发论证。直到会终，他都没有改变放弃自己的意见。后来"两结合"成了取代"社会主义现实主义"的创作口号，在"大跃进"和"文革"中更是高喊标举。而蔡仪始终默守自己的观点。最后，历史作了裁决，从第四次文代会后，不再提这一口号。

朴素诚恳。蔡仪对劳动和劳动人民是不事声张的尊重挚爱。他在干校时，曾被分配烧过茶炉，种过菜，虽然是作为体罚的劳动改造，而蔡仪对于这些劳动本身并不反感，而是十分投入。你看他在烟熏火燎中，被搞得焦头烂额，却面有喜色；在粪土泥泞的田畦中吃力地下蹲哈腰，护苗薅草，却念念有词，颇得其乐。

117

记忆依然炽热

回到北京后，他在自己宿舍的后院开垦了一片园地，不是为了赏心悦目，怡情安神，而是为了真正劳动。他每日都进行着从书案到园地的劳动转换。他女儿燕妮在回忆父亲的文章中举过这样的一件日常小事：每当家人出外买菜，他都嘱咐告诫不要跟地摊小贩讨价还价，斤斤计较，他说："他们都不容易。"这完全是私房话，出自内心，至真至深。

蔡仪夫人乔象钟同志的《蔡仪传》，翔实生动地介绍描述了蔡仪的一生，正如她哀悼夫君蔡仪的挽联中所概括的："是哲人是贤者更是斗士。"

人生有限，对于一般人，寿命的最高祝愿不过是"百岁"。人的血肉之躯都逃避不了死亡的淘汰。而人的精神寿命，时间有情，将会作出公正的筛选。蔡仪同志虽已走了十年，他的精神风貌如昨，依然生动地活跃在我们眼前，风范不减。

（原载《社会科学报》2002 年 5 月 23 日）

旧文不旧

——钱谷融的《论"文学是人学"》

"文学是人学"这个命题,在我国文学界流传已久,特别是新时期以来成了一面旗帜,一个口号,而且也都知道首倡者是高尔基。但是,直到今天未见高尔基以及文学界关于这个命题的译文,倒是我国学者钱谷融早在50年代就从理论和创作实践上作了全面系统的论证,提出了一系列独到的见解,那就是《论"文学是人学"》一文。就其内容来说,其广博和深度,应该说是"文学是人学"的学理论纲。

文章写作于1957年2月,发表于同年5月号的《文艺月报》。正是"双百方针"提出之后,学术界思想空前活跃。但是好景不长,继之是"反右"运动。文章一发表便受到批判,被批判为"修正主义大毒草",成为敌我矛盾,所以文章的学术见解没有得到传布。后来,每有运动都难逃重复被批判的厄运。也就是说,作者的一系列见解观点,从开始就被政治的乱棍歪曲扭

记忆依然炽热

杀,不曾得见天日。后来的所谓平反,只不过是摘掉"修正主义大毒草"的政治帽子而已。尽管《论"文学是人学"》曾有过两度正负不同的社会轰动效应,但人们未必皆识庐山真面目,那些有价值的真知灼见,其实仍被掩盖其中。

说老实话,文章的题目对我并不陌生,文章的内容也间接知道一些,但并没有认真读过原文。近年由于一个研究课题的必需,才第一次认真读了本文。不料这篇旧作却在我眼前闪耀着创见和理论的光辉。后来又看了作者关于《论"文学是人学"》的说明文章及《谈文艺批评问题》长文,对原来论纲又作了补充发挥。作者对"文学是人学"是经过潜心研究,深思熟虑的。

作者不是给高尔基的那句话作字面的诠释,而是从"文学是人学"命题的意义上作了系统发挥。文章说:"所谓'文学是人学'",就是"以人为对象,以人为中心,以人为目的"。指出虽然社会科学也研究人和人的生活,但所研究的是"某一方面、某一特定的领域",对人"一般的只具有阶级或阶层共性的人"。而文学"则把人和人的生活当作一个整体,从多方面具体地描写、表现,文学作品中的人则是具体的、个别的,具有活生生、独一无二的个性的人"。这就从对象和任务上把两者从根本上区别开来。文章回顾世界文学历史,说明文学"其实也就是一部生动的、各种各样人物的生活史、成长史",因而认为"文学是人学"是"深入文艺的殿堂"的"总钥匙";如要离开和忘记"这把钥匙",理论家就无法解释文艺上的一系列现象;创作家就写不出激动人心的真正艺术作品。

作者在展开论证"文学是人学"的命题中,同时解析了一系列

旧文不旧

文学理论和创作上的基本问题，解开了长期争论不休、纠缠不清的文学死结。例如：

(一)"反映现实"

文学是现实生活的反映，文学也必须反映现实，所以"反映现实"几乎成了现实主义文学的同义语。文章对此则提出了异议。文章并不否认文学应该反映现实，而不同意把反映现实当作文学的"直接的和首要的任务，以至于把描写人当作反映现实的工具手段"。他认为离开人去所谓"揭示生活本质，反映生活发展规律，其结果是扼杀了文学的生命"；而"从人出发，以人为焦点，以人为枢纽，也就必然反映了现实"，因此，"现实只能是文艺的背景而非对象。"

(二)"创造典型"

创造典型环境中的典型性格是现实主义文学创作的主要任务，文章对此并没有质疑，文章着重指出的是如果"不是从具体的个性出发"，而是"用揭示抽象的本质代替刻画千差万别的个性"，"只能写出一些概念化的人物"，甚至于援引屠格涅夫如下的意见："如果被描写的人物在某一个时期来说是最具体的个人，那就是典型。"从而得出"只要能写出个性形成的根源，任何一个人都可以成为典型"的大胆结论。根据恩格斯致玛·哈克奈斯信中对其《城市姑娘》中人物的评价，认为对典型不应作"机械的庸俗社会学的理解和要求"，信中写道："您的小说还不是充分的现实主义的"，但就"您的人物，就他们本身而言，是够典型的"。从中不难悟出，"典型"不是划一呆板的标准，而有充分和不充分之分；有不同范围等级的区别。

（三）"人性"

长期以来提到"人性"总是与"人性论"相联系，甚至混为一谈。对于"人性"人们讳莫如深，即使今天谈来也不是没有顾虑。而在当年作者就对人性作了肯定，不能不说是难得的。作者说人类的"共同人性"是人类"纵的方面的继承性和横的方面的普遍性"的基础，没有共同人性，"人类的一切交往便不可能存在，不可能组成社会，不可能有历史"。就文学作品来说，不同时代、不同民族、不同阶级产生的伟大作品，所以能为全人类爱好，"其原因就在于有普遍人性为基础"。这并非耸人听闻，《讲话》对作品提出的最高要求就是"普遍性"。大家熟知《讲话》里对文艺作品比实际生活更"美"的五个"更"："更高、更强烈、更有集中性、更典型，因此就更带普遍性。"五个"更"不是并列的，前面的四个"更"是逐步地推演，最后的一个"更"才是推演的结论。而我们却有意无意地忽略了其间的"因此"一词。一些阐释"讲话"的文章，也都有意无意地忽略、回避，可以说，至今还没有人对此作出论证。

（四）"世界观与创作方法"

关于世界观与创作方法的关系问题，一直是文学界关注讨论的问题。两者究竟是统一的还是矛盾的，存在着截然相反的观点，而且争执不下。作者首先对"世界观"进行了分析，指出世界观不是单一的观念，而是"各种观点的总和"。对于文学创作来说，"起决定作用的是其中的道德观点和美学观点"，尤其是人道主义精神。作者举述托尔斯泰、巴尔扎克等著名作家为例，予以详细论证。在这里不能也不必一一列举。当然，不能说是都应遵

旧文不旧

从的定论，作者也无此意，但确实给人深刻的启发。目前令人眼花缭乱的"文本"、"主义"、"话语"……其根本，超越不出这些基本范畴。作者的立论不可谓不新颖大胆，但不是凭空妄断，而是建立在科学精神和严谨学风的稳固基石上。

以上不过是个人的读书笔记，公布出来希望引起同行的注意，并希望得到指正。

因为高尔基没有直接明确地说过"文学是人学"这句话，关于"人学"也没有作详细的界说，有人（刘保端）曾写文章与之商榷，认为"人学"是指的"人种志学"。他又作了详细的答辩，也有助于对"人学"的理解和确认。但双方都没有提及高尔基本人在《俄国文学史》中关于人种志学者达理的一段评论，直接谈了人种志学与文学的不同。高尔基称赞说："著名《大俄罗斯语言字典》及无数关于人民生活、风俗、习惯的素描的作者弗拉季米尔·达理"，描写"严肃"、"正确"，但"达理不是艺术家，而是所谓人种志学者"；他的"这些素描具有正确的历史文献底重大价值"，对于"详细地研究"那时代的农民生活，是"无可非议的资料"，但是，高尔基再次说"达理不是艺术家"，因为"他并不企图去进窥他所描写的人民底心灵深处"，他只是"文学家底同时代人兼同志"。这是高尔基本人有关"文学是人学"的亲自表述，格外值得注意。

钱谷融先生是华东师范大学的资深教授，一直执教于中文系，桃李满天下，带出不少英才。本来我们并不相识，他在上海，我在北京，因为他到京与我共同出席会议的机会，才得相识。会上发言，也是互相集中交谈。有一次，我们还被分配同

记忆依然炽热

住一室，会后休息、睡眠都在一起，于是成了敦友。他常自嘲"懒"，正说明他克求勤。他称自己是"一个散淡的人"。确实，从日常生活上也可看出，他与人无争，与世无争，为人散淡。但是在学理上却十分执著，《论"文学是人学"》历经磨难，长达几十年，他始终坚持未变。

（原载《文汇读书周报》1997 年 2 月 1 日）

"李广田老师"

——李广田先生与"时代青年"

李广田先生是诗人，20世纪30年代初，他与何其芳、卞之琳联袂出现于诗坛，共同出版诗集《汉园集》，号称"汉园"三诗人。他后来又以散文著称，独具乡土"画廊"风格。最后他以教育家的声誉殉职在云南大学校长的职位。这些人所周知。而他曾是普通的中学国文教员，他在这方面的奉献，还鲜为人知。他言传身教，影响了大批青年，并把他们送上人生光明大道。如果说他的作品是他树上结的果，这些学子则是他培植的林。

这些学生们的年龄，早已超过他这当年的老师，鬓发已斑白，但仍尊敬地称李广田先生为"老师"，这其中的意蕴只有这些学子们才能心领神会，不是"先生"或其他尊称、爱称所能代替的。

记忆依然炽热

时代情缘

李广田先生 1935 年北大外文系毕业后,即回到原籍山东,在中学任教。开始在济南省立第一中学任国文教员,后来抗日战争开始,这使他有了更多的学生。1938 年山东各流亡中学都集中到河南许昌,然后分赴湖北均县、郧阳,成立国立湖北中学,因此他便有了更多的学生,我就是其中之一。

当年流亡并不是逃难,是不做亡国奴而抛家离乡,待机反攻。"打回老家去!打到鸭绿江边!"是当时国人一致的目标和誓言。

开始流亡时,并没有得到当政的支持。我所在的学校地处鲁北,已是战争前沿,同学们一再要求学校南迁,却一直被拒绝拖延,直到敌机凌空扫射,枪炮声已近在耳边,师生们才自发地集合,奔赴火车站,爬上最后一列南下的列车。

到济南后,我们落脚济南一中,而全校人已走空,我们有些惊讶,后来才知道,他们是为了躲避敌机频繁轰炸,全校迁移到泰山脚下的泰安城,仍照常开课。后来又集体与其他山东流亡学校会齐。在当时的流亡学校中,是唯一有领导有组织的流亡行动。一路未断上课,同时沿途进行抗日宣传,李广田先生就在其中。从当年李广田先生的日记《出鲁记》中,可以约略看出。

午后下课,为学生阅壁报稿,有《哈尔滨友人的日记》一篇,甚沉痛,读之令人泪下。《殉难记》一文,记事如小

"李广田老师"

说，拟取为教材。

……下午，看我校同学演剧：《当兵去》、《省一粒子弹》、《放下你的鞭子》，皆极精彩。最后一出，观众多为落泪。学生于上课之余，在两周有如此成绩，亦极可嘉。

……早，为学生选剧本二：《打鬼子去》和《民族公敌》。情节简单，易于演出。

……下午课后，为学生改壁报稿，为田生改剧。晚，看学生演《盲哑恨》，只有一天工夫，已排得很熟练，甚可嘉。……上午，在陕庙开大会庆祝鲁南大胜利，会后游行、宣传、募捐。本校教职员每人一元，学生一角，得七十余元。各校及本镇捐款可得二百余元。下午，本校学生演剧，除了上次所演者外，又演出哑剧《九·一八以后》及《盲哑恨》。今日甚疲劳，也甚兴奋。

当学校从泰安要远迁的时候，李广田的夫人正要临产，需要他照顾，出于对学生不能割舍的责任感，毅然采取诀别远行。从河南向湖北越行越远，跋涉越加艰难。此刻盛传家乡收复，妻子来信报告生产平安，但盼他归来团圆。同时，友人从大后方四川来信，通知他已在那里为他谋到职务，劝他速往。但他都委婉推脱。他已经与学生们结下了解不开的情谊。同时他在致友人的信中赞叹说："青年进步之快，令人惊讶，这时候已经不是先生领导学生，实际是学生领导先生了。"

到湖北郧阳后，集中成立国立湖北中学，他不但有了更多的学生，而且，看到的是一代青年。他在初到郧阳的日记里写道：

记忆依然炽热

我们误认为此城无文化，是错了。而且这里同样弥漫着抗战空气，在澡堂中，听搓背小童唱救亡歌曲，在城外听到工人唱救亡歌，这使我惊喜。

晚饭。后登土岗，见一青年，着童子军装，或系当地郧阳中学生，立远远一高岗上，向苍茫之暮色作讲演，但见其动作姿势，声可闻不辨其旨，久之，始去。——时代的青年，觉得可喜。

从此"时代的青年"这称谓经常出现在他的笔下。

从他的日记里还可以看到，他经常与瞧不起青年的先生当面争执、辩论。"青年人是幼稚的，也许，然而幼稚不是病，糊涂才是死症，何况，青年人并不一定比他们的先生更幼稚！""青年！——这时代的青年，在自己教育中急速地生长起来了。"他自责"太贫乏了，我不能给这些孩子一点可口的果腹的东西"。反而说"我是从青年中吸取营养的"。

他与我们这些青年学子们结下的是时代情缘。

青春林圃

国立湖北中学中学部在郧阳。这是汉水上游的一个偏僻小县，县城三面环水，面江的城门也就是与外交通的码头，城内只有一条街。"小市常无米，山城早闭门。"这诗句仿佛就是写的这里。街上店铺的主要商品是用当地野生茅草编织的草鞋，家家店

"李广田老师"

铺门前都摆着挂着这种草鞋,我们这些赤脚者的到来给草鞋生意带来了繁荣。县城内一半是空旷的山坡,我们的校舍就是在这空旷的山坡上用竹篾茅草搭的成排棚子。所谓教室没有桌椅,所谓宿舍没有床铺,吃饭没有餐厅,伙食粗淡欠缺,洗漱要出城到汉江水边。当时学生普遍拉痢疾,上厕所成了难题。李广田先生在日记里常因此为学生们"挠头"。当时物质的匮乏、生活的贫困,事后回想连自己也感到惊讶。但关于那段岁月精神风貌的记忆,却是蔚然成荫的林圃,治林耘苗的园丁穿行其间,其中最可亲可敬的身影就是李广田先生。

李广田先生当时教的是高中国文,而他选用的教材和讲课内容却不胫而走,流传全校。《闸北打了起来》在《七月》上刚发表,他在日记里写道"这是抗战以来我所读到的第一篇好文章",便选作课堂教材。发表在《文艺阵地》上的《差半车麦秸》,《战地》上的《血的短曲》等也因他的及时推荐,这些作品尚未引起社会普遍关注的时候,已经在我们校园里传诵。当时报刊上讨论的"为什么没有伟大的抗日作品"? 也成了我们校园的热门话题。

课外时间,大家不分班别年级,课外集会学习讨论,常请李广田先生出席。他会前认真准备,会上作针对性发言。一次他详细说明创作是一种劳动,如同"铁匠用锤,木匠用斧,造物品供人生物质的应用","诗人用笔用文字创作,供人生精神的食粮"。他强调"抗战期间诗人更是一个士兵"。他鼓励同学们"如果想做一个诗人,应该面向实际,努力奋进,做一个工人、士兵般的诗人"。在预测未来伟大作品将产生于谁手的时候,他说是那些今天战斗在前线的记者,特别寄希望于"西北青年"。大家心里

记忆依然炽热

都明白"西北"指的是哪里。当时的会场是简陋的草棚，昏暗的灯光，稻草的地铺，密集的人头，关注的目光。李广田先生在日记里感动地写道："均坐铺上，讲一时余，秩序甚好。"

他在日记里还完整保留了他上课讲授《钢铁是怎样炼成的》的提纲，关于作品和作者的资料，可以说搜集齐备，内容充实。上课时选择精彩片断边讲解边朗诵，然后亲自主持课堂讨论，做总结发言。可惜日记只记下他发言的结论："钢铁是怎样炼成的？——是用革命的现实生活。"教学水平不亚于大学文科。

校园里的壁报琳琅满目，可以说是第二课堂。壁报前总是人头攒动，每当开饭的时候，同学们都拥在壁报前边吃边看，简直是用来拌饭佐餐。最受同学们关注和欢迎的壁报是《星火》、《紫塞》。前者偏重于理论，后者主要是文学创作。《星火》是高中部一些同学创办的，骨干成员中有后来人们熟悉的侯金镜；另一位王振华，他当时已经用固定笔名，在杂志上发表哲学论文，后来因参加进步活动被捕遇害。我不了解李广田先生与《星火》的关系，但我知道《星火》的另一主要成员李树勋，他一直与李先生保持着联系。《紫塞》与李广田先生的关系更非同一般，壁报名称是李广田先生所起，他那首悲痛的长诗《奠祭二十二个少女》，最初化名发表在壁报《紫塞》。对于其他壁报，也都细心关照，审稿、改稿，以致亲到现场观察效果反响。他看了《老百姓》壁报后，在日记中写道："文字通达，字迹清楚，而又能取眼前事物为材料，所作图画，亦极可观。准备向各壁报负责人推荐。"看到"学生又举办了《抗战漫画》，颇多杰作"，"喜出望外"。

当时同学们正秘密酝酿投奔延安，他不但为他们铺下通往那

"李广田老师"

里的思想之路，而且给予资助壮行：

> 仁甫来辞行，定明晨共学生十余人去西北。
> 学生俞新民、刘振瀛等拟去西北，助路费五元。
> 俞新民、刘振瀛自陕西恂邑陕北公学第一区队48队来信，云生活困难，唯工作紧张。

虽然日记里没有看到侯金镜的名字，而从后来其夫人胡海珠同志在怀念侯金镜的文章里特意提到"他从郧阳去了延安"。

锻冶厂

国立湖北中学后来由湖北内迁四川，在绵阳重新编制，改名国立六中。除了校本部仍在绵阳，其他四个分校都分散在绵阳邻近的县、镇。而在罗江县的第四分校格外引人注目向往。它以原来济南一中为班底，通过李广田先生又从成都聘请作家陈翔鹤、诗人方敬来校任教。因此，成了中心目标。当年一分校的学生贺敬之，就曾慕名而来找到李广田先生，希望转校，结果未成。

年青的学子们必将从林圃进入社会。而社会环境正在恶化。李广田先生在日记里沉痛写道："我亲眼看见许多好青年一入社会便被那黑暗的势力吞噬，或不与那势力搏斗而自己毁灭了，我时常因此而感到莫大的痛苦。"他认为必须给学子们护身迎击的本领。

从湖北到四川，翻山越岭，长途跋涉，刚刚放下行李，他便

记忆依然炽热

在学生中发起征文活动，写出自己旅途上的见闻感受，并从中选出了18篇优秀作品，编辑成册，题名《在风沙中挺进》，陈翔鹤亲自为之作序。序言如此写道：

> 将这本小书谨献给一般已经睁开了眼睛的一切人的眼前。而同时，我更也不会忘记，想借这本书的力量，聊作为一个耳光，来重重地打在一切冀借盲目"复古"之力，打算将中国全体青年闷杀，以达到升官发财之道的猪狗们的胖脸上！

继之又创办了向社会发行的文学期刊《锻冶厂》。李广田先生在《发刊词》中"宣告"：

> 为青年人提供一个萌芽的文学园地。对于我们，这伟大的时代正是一个最好的锻冶厂，我们将在工厂里锻冶我们自己。我们一方面锻冶我们的手艺，希望能为这"抗战建国"的大时代画一些光荣的记号，一方面更要锻冶我们的整个生命，使我们的力量变得更坚强，更有韧性，以期为国家民族多尽一些应尽的责任。……

"锻冶厂"何止是一个刊物的名字？其锻冶的光焰，又何止映红了罗江？不少同学从此起步而成为社会的栋材。后来有不少同学在政府机关、报刊担任要职。以致反动的校方和当局狠下毒手，先是解聘李广田等进步教员，接着解散四分校。

"李广田老师"

当时张献华和章士琦两位同学因为年龄最小，格外受到李广田先生的关爱。张献华竟灵机一动，要发明创造"永久发动机"。因无钱买材料，而坐立不安。李广田先生虽觉得是奇思幻想，不过"天真、可爱"，仍拿出五元钱（当时两个半月的伙食费）给他，让他去实验。毕业时出于生活上考虑，他又贸然决定远去西康，被李广田先生劝阻了，听从建议报考了重庆大学工科，他从此改名张现华。他就是后来牺牲于重庆渣滓洞的革命烈士之一。不过一般人只知道重庆大学工科的张现华，而不知道他原来是四分校的张献华。

章士琦因为在同学中年龄最小，所以都叫他小章。他性格内向、腼腆，李广田先生为了资助他，故意拿不必要重抄的稿子让他誊抄，然后作为应得的劳动报酬给他。解放后他成了一名外交官，曾任驻日大使。其实他当时也心知，只是未形于言表。

在郧阳曾与我同班同铺的徐中干，当时比我还幼稚。后来他进入四分校，进步飞快，他后来的人生传奇，令我吃惊。他带着李广田先生的《铁流》讲义走上社会，先在广元县的一个学校任教，因为在课堂上讲授《铁流》而被解聘，并受到通缉。他只好颠沛流浪，乘机经新疆潜入苏联。本想归宿乐土，因幻境破灭，"被饿了回来"。即使在如此狼狈的情况下，他始终把李广田先生的讲义保存在身，凭着在校时的文字锻冶，沿途写作，在《新华日报》、《全民抗战》上发表了多篇通讯。"七月派"诗人朱健也曾是当年四分校最活跃的学子。

当时我在德阳二分校，中间山水间隔，却与李广田先生有着通信联系。在信中向他求教的已不限于文学问题，更多的是不便

记忆依然炽热

公开的政治问题，如政治上的思考选择，都毫无顾忌地向他吐诉。他的每封回信，都是用工整清秀的毛笔小楷，写满数页信纸。不是教导，而是推心置腹的交谈、建议。从他的日记里也可以看到这点。一天日记里记述因为给我和另一位同学写信"就花了半天工夫"。其间，从1939年7月31日"得德阳学生朱鸿勋来信并稿"开始，到同年11月11日收到我最后一封信截止，来往通信共有七次。后来，因为我离开学校，去了延安，因此音信隔断。我十分懊悔当时的年幼无知，没有把他的来信保存下来，十分惋惜。

我与李广田先生的通信，是从一篇稿子开始的。我课余写了一篇所谓小说《麦子秀穗的时候》寄给李广田先生，本是求他指教，不料却在《锻冶厂》上发表了出来。关于当时发表的经过，直到1982年，也就是40多年后，老同学孙跃冬来信才告诉了我：

> 当李老师收到这篇来稿时，我当时在场，看到厚厚一叠，便问："李老师，这样长的稿子用不用？"李老师说："只要写得好，长也用！"后来发表了。发表时的"编者附记"，也是李广田先生亲自写的："这是从德阳寄来的稿子。编者愿意负责向读者特别推荐这作品，希望读者多分一些注意给他。作品的特色，请读者自己去发现，编者除感到这刊物篇幅太少，不能发表像这样长的作品为遗憾以外，似乎不应再说什么。"

我并不是一个幸运的特例，当时他与许多不相识的外校同学

"李广田老师"

也都有通信联系，冯牧同志曾长期在云南昆明工作，与时任云南大学校长的李广田先生常有来往。他说李广田先生常深情地怀念起国立六中的同学，并说李广田先生说还记得我的样子。我笑了，其实我与李广田先生不曾有过个别直接的面识，我说那可能是他想象中的样子。由此可见，他记忆中的"时代青年"不是一个空洞抽象的概念。

学子们的追念

20世纪80年代初，德阳市委党史资料办公室为了收集地方革命史料，特邀当年国立六中二、四分校的同学在德阳（罗江后来作为一个镇归属德阳）集会座谈，当年地下党负责人侯方岳和方敬老师也远途前来出席。这给我们当年师生一个难得的重逢机会。不过时间无情，面貌全非，初次相见如同路人。经过互相盘问辨认才相识，禁不住惊呼拥抱，亲昵如往。还结识了以前不认识的四分校的其他一些同学。如女同学朱铁英，她并非山东籍，而是江苏无锡流亡学生，为了转学四分校，她篡改籍贯。她是四分校少有的女活跃分子，被反动当局"特别警告"的19人中之一。她时任新华社驻东京记者，因回国述职，遇上这次集会，仍不失当年活跃分子的风采。

另一位同学的出现出乎人们意外。当年在《锻冶厂》上经常发表作品的马麟彩，后来刊物上不再见到他的名字，而且连人也突然失踪了。这时他的出现如同世外来人。原来他当年与人秘密结伴，潜回沦陷区老家打游击，不但改名马林才，人也改变了，

记忆依然炽热

成了典型的地方领导。他是特意远从山东青岛风尘仆仆赶来与会的。

大家最希望见到的是当年那两位最年幼的同学，张献华已不可能再见到；章士琦因为在国外不能来出席。从重庆来的王子文同学对此感到特别遗憾，他说当时虽然"我人小，胆子大，曾把小章打哭过。然后，我又劝他，抱着他哭"。他多么想看看成了外交官的小章是什么样？我也很想与"小章"见识一面。后来在北京又有同样性质的一次聚会，正好他回国述职，也出席了。出乎我预料，他没有一点"外交家"的架子，身着普通中山装，不是发表演说，而是跟身边的人说些悄悄话。仔细观察，仍是当年的性格特点。会议结束后，毫不声张地默默离去。

在北京这次聚会上还见到了李广田先生的女儿李岫。这位在当年李广田先生日记、书信中常提到的岫岫，如今已是北京师范大学中文系的著名教授。她以晚辈的身份与会，只认真聆听，笔记，自己一言未发。会议结束，她跨上自行车离去。我望着默默离去的背影。不由得想到"沉默是金"，默默胜于言说。

德阳的那次会议连续开了几天，都言犹未尽，件件往事都与"李广田老师"的名字相关连。诗人朱健用诗的语言激动地说："养育之恩，反哺之情，一时说不尽。当时带领我们的，不是父母而是老师。我是喝罗江水长大的，我的故乡在罗江。"

会议期间，我们曾集体去罗江参观原四分校的旧址。当我们路过街道的时候，街边一位卖菜的农民，坐在他的菜筐后面，目不转睛地关注着我们，不理睬他的菜筐。不知他怎样得知有这样的集会，要从中寻找什么人。待我们经过他面前时，他怯生生地

"李广田老师"

小声问我:"李广田老师来了吗?"原来他是四分校的学生。他是开始从当地招收的那届学生,开学不久,便遇上学校被解散。因此回家种地,成了地道的农民。而他一直记着四分校和李广田老师,却不知道李广田先生在"文革"中被迫害已死于非命。这一声询问格外令人感慨,心情沉重。

未来的 2006 年将是李广田先生百年诞辰,云南大学将隆重纪念,为李广田先生的铜像揭幕。届时,我们这些当年的老同学将前往致敬礼,面对铜像,像当年一样叫一声:"李广田老师!"

(原载《传记文学》2005 年第 11 期,
《新文学史料》2006 年第 2 期转载)

急促的脚步

——何其芳素描之一

他脚步急促。仿佛有一股看不见的气流推拥着,仿佛有一个向往的目标吸引着。他双脚像秒针一样奔走,两眼像时针一样凝注。像幼童放步人生,像初生的安泰脚站大地,欣喜激动。因抢步而踉跄,不时鞋擦地面,踢拖有声……这是何其芳同志给予我的最初印象,也是最后的印象。

我见到何其芳同志时,他已经由大后方成都到了革命圣地延安。而且从前方又回到了延安。当时延安《中国青年》向他提出一个问题:"你怎样到延安的?"于是他写了一篇《一个平常的故事》回答,里面写道:"我完全告别了我过去的那种不健康不快乐的思想,而且像一个小齿轮在一个巨大的机械里和其他无数的齿轮一样快活地规律地旋转着,旋转着。我已经消失在它们里面。"

他是我们那一期"鲁艺"文学系的系主任。那时的系主任既

急促的脚步

不像传统大学和解放后的正规大学的系主任，正如当年革命队伍里领导者一样，如同家长，要操心我们的全部生活。那时没有多少课程，除了周立波同志的"名著选读"，其余学习时间几乎都是练习写作。何其芳同志亲自兼任着我们的这门"创作实习"课，因此他每天几次来到我们中间。

我们过着集体生活，每周都有一次生活检讨会。所谓"生活检讨"，并不是检讨衣食起居、清洁卫生等生活琐事，而是开展思想上的批评自我批评。犹如一群水手，为了端正航线，检查隙漏，定期把船靠岸停泊，大家坐下来，共同检查一周来的学习生活。一盏灯火，幢幢黑影，窑洞里真像船舱。气氛亲密而严肃。何其芳同志当时是一个没有公开身份的共产党员，以系主任的身份出席我们的生活检讨会。生活检讨会也是没有公开的党组织领导组织的。虽然当时大家并不都知道这个内情，但从何其芳同志的异常神态上能看得出来。他不像平常的会议上那样性急插话，滔滔不绝，而是抑制着感情，默默倾听，不断记录。

有两个平时要好的同学，因为一句玩笑的话而伤了感情，互相"记仇"，已有两天不讲话了。他和大家一起在灯影里寻找这两位同学。他们都不好意思地把头低着。当大家认真予以批评和劝解的时候，何其芳同志嘴角却挂着微笑，在小本子上记下什么，仿佛写道："确实还是一些孩子。"

一位同学近来常常独自徘徊，引起同学们的关心。这位同学不否认，但也不加说明。他说："心境不好是个人的小事情。"这种平静的回答反而令人感到意外。何其芳同志的眼睛里反射出惊诧的光亮，似乎说："什么？心情不好是小事情？"接着凝神深思。

记忆依然炽热

对于这一切,他都一一记在小本子上,日后都要一一谈话解决。

晚饭以后,点灯以前(由于灯油的限制,天不黑就不能点灯),是大家已习惯的散步时间。不论春夏秋冬,一到黄昏,便三三两两,走向延河边。或在田畦上穿插交织,或沿着河岸来来往往。除了个别成双的夫妻和情侣,都是一般关系的同学,但也都像情侣一样无所不谈。何其芳同志经常利用这样的机会与学生们个别谈话。

夕阳收尽山头上的最后一抹阳光,雾霭从山谷里悄悄弥散。天空是那样明净,衬托出山峦的清晰轮廓。他披着那件几乎一年四季都不离身的大号棉衣,两手向后捉着摆动的两袖和衣襟,顺着崎岖蜿蜒的石阶小路,从山上急匆匆地走下来。那件不合身的棉衣,对于他与其说出于御寒的必要,不如说出于一个武士对战袍的披挂。他那急切的神情,也绝不像去作悠闲的漫步。尽管他早已走下山来,越过河谷,再爬上一个小坡,已来到我们的院子里,但他那一路的小跑,还像在下那陡峭的山路,收留不住脚步,急促而细碎,踢拖有声。

"没有其他事情吧?那好,我们一起到河边走走。"他探身到窑洞门里,邀上预先约定的那位同学。他的谈话总是开门见山。他直截了当地问你:最近的思想情绪怎样;为什么会有这样那样的想法……然后他坦率地发表他的批评意见,推心置腹。即使在夜色朦胧中,也能分辨出他的身影。因为他的散步就像一阵旋风,带上谈话的同学,总是超过前面的人;在远处就能听到他谈话的声音,而且说起话来像延河流水,汩汩滔滔。

急促的脚步

他在抗日的大后方成都曾经亲眼看到成批的流亡学生,从各战区流亡到后方。当时他在诗里还写道:"一船一船的孩子,只剩下国家是他们的父母。"他们并没有被自己的国家当作儿女,他们来到延安才得到了父母般的关爱。他们在此才从他的身上感受到家庭的温暖。他坐在我们的生活检讨会上,像我们的船长。他当时的心境思绪,眼睛里的闪光,日后在他的《夜歌》中得到了说明。他如此描写列宁:

我看见他坐在清晨的窗子前:
"我在给一个乡下工作的同学写信。
他感到寂寞。他疲倦了。我不能不安慰他。
因为心境并不是小事情呀。"
而且我仿佛收到了他写的那封信。

他从伟大革命导师那里获得的思想恩泽,深切关怀,转致于我们这些学生。

"创作实习"没有现成的教材,也不是事先有写好的讲义,都是根据同学们写作中遇到的疑难,临时提出的问题,结合同学们所写作品,进行分析讲解。但他每次都事先做了认真充分的准备。你看他脸上带着熬夜的疲劳,行色匆忙,为了准时来到露天课堂。在他讲课的过程中,大家可以随时提出疑问,甚至直截了当地反驳,他都毫不在意,反而成了他展开论证的契机。他也毫不退让地与学生争辩:"是的,我也曾这样反问过……"或者"你听我继续讲……"一堂课往往变成一场师生之间的激烈辩论。而

记忆依然炽热

辩论中洋溢着融洽无间的感情和气氛，经过辩论的意见，使人更加信服。

你看他抱着同学们的一大叠"创作实习"急匆匆来了。从这个窑洞到那个窑洞，找了这个找那个。"先谈你的吧。文章基本可以，只是个别字句需要修改。"虽然这些地方他都用笔打了记号，或已作了修改，他还要一一当面说明，征得本人的同意。那位总是躲在角落里用功的女同学，写了一篇有声有色富有诗意的童话，他准备替她寄出发表，让她自己确定一个笔名。他在寻找这位同学的过程中，还不断喃喃自语说"写得不错"。一位同学，来鲁艺学习之前，已经在文学刊物上发表过作品，他认为自己已经不是学生，大家也戏称他"作家"。他的"创作实习"是一篇几万字的中篇小说。他邀上这位同学，要寻找一个僻静的地方，边走边回头笑着说："你的小说我仔细地看了，有的地方还仔细重读过。看来关于创作问题，我和你还要展开一次小小的辩论。"

他对同学们的"创作实习"作业，还像他早年当中学国文教员批改作文卷子那样字斟句酌，但对每个人的要求又不拘一格。他从不把个人的趣味好恶强加于人，对于任何才能的萌芽都表现出由衷的喜悦。他向我们推荐一位投考者（冯牧）写的散文《我的写照》，虽然还没有见到本人，他已经喜爱上这位同学了。他在诗里激动地称赞一位同学（贺敬之）是"十七岁的马雅可夫斯基"……

从这个窑洞到那个窑洞，他像工蜂从这个蜂房飞到那个蜂房。找了这个同学又找那个，像园丁巡索在林圃中。

他脚步急促。

急促的脚步

他自己写了那么多"夜歌和白天的歌",而且总是用工作来歌唱,可是他自己竟不会唱歌。他诗里那么喜欢描写少男少女们的篝火晚会,可是他在我们这些青年人的游艺活动中,始终是一个腼腆的鉴赏者。他曾在《呜咽的扬子江》中痛苦地描绘自己,解剖自己:"善于辞令应酬似乎是四川人的天赋才能,但不幸我生来就缺乏了它。我不是在人面前沉默得那样拙劣,被人误会成冷淡骄傲,便是在生疏人的面前吐露出滔滔的心腹话,被人窃笑。"他现在多么想在革命集体中改变自己。他开始试探着放开喉咙,在游艺晚会上模拟着迈开脚步。当几个爱好诗歌的同学要发起一次诗歌朗诵会的时候,拟邀请他参加,他高兴地立刻应允,他说:"我一定认真准备。我不会唱歌,我可以叫喊。"

诗歌朗诵会开始的前一刻,他还要对诗作最后的润色,因此迟到了。他几乎是奔跑着来到会场,连连抱歉地说:"对不起!迟到了!"他诗的标题是《叫喊》。他的高声朗诵更像叫喊:

我既有温柔的心,
又有粗暴的声音。

他骄傲地声言:

我是一个忙碌的,
一天开几个会的,
热心的事务工作者。
也同时是一个诗人。

记忆依然炽热

他雄辩地向人证明：

　　一个今天的艺术工作者须是一个
　　在政治上正确而且坚强的人。

浓重的四川乡音，声嘶力竭的放喉，没有丝毫矫揉造作，没有任何表演的成分。地地道道的本色，赤裸裸的坦诚，感人肺腑，使空气凝滞。他那披着棉衣如武士披着战袍的形态，抢步踉跄奔走追求的神情，又重现在大家眼前。他的诗为自己的行动作了描写；他的行动为自己的诗作了注释。这就是他叫呀喊呀《叫喊》一诗的产生。

到延安以前，他也有过寂寞的童年，迷茫的青春。虽然残酷的现实像鞭子一样抽打在他的脊背上使他猛省，抗战的烽火使他像盲人终于睁开眼睛，只有到了延安，他才走到"太长，太寂寞的道路"的尽头，开始了新的人生征程。从此数十年如一日，积极奔走。只有在"文革"中他被剥夺了行动的自由，被罚跪踢打不能直立的时候，他才慢吞吞地移步。

当粉碎"四人帮"，欢庆祖国第二次解放，在欢庆胜利的游行中，他借助拐杖和大家一起奔走欢呼。尽管已老态龙钟，步履蹒跚，而依然像小跑一样脚步急促。有时竟拎起手杖，像持枪的战士奔赴在前。但是，正当他焕发革命青春，重踏新征程的时候，死亡残忍地夺去了他顽强的生命。他临危前，我曾在他身边。他发高烧，头上敷着冰袋还满脸通红，舌干唇燥，频频嗫嚅

急促的脚步

说:"热,热……"但他那双露在被单外面的赤脚,却苍白无色。我摸了摸,冰冷。我觉得是一种生命危机的征兆。似乎他也意会到这点,于是我替他拉了拉被单把两脚盖上,同时我想:这双冰冷的双脚以急促的步伐,走完他浓缩的人生革命征途的全程。

1980 年 5 月 4 日

脑力劳动者

——何其芳素描之二

"从成都到延安",从旧世界的渊薮到革命圣地,他在人生旅程上作了一次大的飞跃。

延安文艺座谈会和延安整风运动,在他思想感情的进程上树立了新的里程碑。

"向旧世界进军!"他以新的"情感的界石"为起点,重新出发了。从延安到重庆,从重庆到平山……一身硝烟,满脚泥土。真是历史的螺旋:他又回到了他的"第二乡土"——"北方的旧都"北京。

当年这个远离家乡的青年,在这里孤独寂寞地"刻意"、"画梦",劳瘁苦心地筑巢、雕饰,收获了最早的花果。旧地重返,理应有一种怀旧吊往的感情。没有,完全没有。过去已是醒后的残梦。残留在空梁上的泥巢,再也引不起在风雨中翱翔惯了的燕子的顾念。他似乎并未曾在这里生活过,他说:"我是从乡下来

脑力劳动者

的乡下人。"

他在欢呼"中华人民共和国在隆隆的雷声里诞生"的诗《我们最伟大的节日》题记中记述：

> 一九四九年九月廿一日，中国人民政治协商会议第一届全体会议在北京开幕。
>
> 毛泽东主席在开幕词中说："我们团结起来，以人民解放战争和人民大革命打倒了内外压迫者，宣布中华人民共和国成立了。"他讲话以后，一阵短促的暴风雨突然来临，我们坐在会场里面也听到了由远而近的雷声。

这是诗的诗。

> 我们多么愿意在毛泽东的照耀下，把我们的一生献给我们自己的国家！
> ……
> 让我们更英勇地开始我们的新的长征！

在"自己的国家"，他主要在文学研究领域内垦殖。具体地说，他始终苦心经营着一个文学研究所，任所长。

从1952年这个新中国第一个文学研究机构创建，到1977年7月他在这个文学研究机构的负责位置上病故，25个年头如一日，兢兢业业，孜孜不倦，如春燕风来雨去衔泥筑巢。

他是所长。但所里没有他单独使用的"所长办公室"，而跟

记忆依然炽热

普通工作人员共用一间。接待来访、找人谈话、临时碰头……都在这里。

正因为是所长，所以他每周的上午都按时来所坐班，哪怕他早晨六点才下了他的"夜班"。他不是带着彻夜脑力劳动的疲惫和倦意，而是带着黎明给予他的清醒和精力，投入工作。他不是找这个人谈话，就是找那个人有事，如同穿梭般来往于走廊上。从他的办公室里经常传出他的声音，不是打电话，就是同人讲话，他说话时总是那样亢奋热情，激动起来简直像吵架。有时室内又是那样寂静，像无人在内。径直推门进去，原来他正埋头在面前成堆的公事文件中。他要用高度的紧张，争取把这一大堆需要一天工夫才能处理完的杂事公文，在一个上午处理完。下午和晚上的时间已另有安排。因此，他中午下班的时间常常不得不一延再延，有的同志已经在食堂吃完饭敲着空碗回来了，他才锁门下班。匆匆忙忙，慌里慌张——不然家里又来电话催他了。

所里的日常行政事务工作，本来他可以不管，有专职副所长分工负责。他这个从延安开始形成的"热心的事务工作者"的脾气，真是禀性难移，仍常常为一件生活小事积极奔走，头一天刚听到单身同志反映食堂的伙食不好，第二天早晨一上班，等不及通过副所长，正好行政科长走在前面上楼梯，他便追上去，对着行政科长的耳朵大声呐喊（行政科长是部队转业干部，耳朵被大炮震得重听）："不要小看吃饭这件事！有一位同志说得对，一个人每天三次都要遇到吃饭这个问题！"这几句话整个走廊里都听见了。

全所的办公室可不怎样，连个专用的会议室都没有。他在这

脑力劳动者

方面的要求是很马虎的。全所集会的时候，他跟大家一样，各自搬着自己的椅子到临时会场集合。挤个空间坐下后，望着大家微笑，似乎说："岂不是也各得其所吗？而且也是一种促使减少会议的办法。"凡用所的名义起草发出的信函、通知，他却卡得很严，从不马虎放过，都要亲笔修改或重写。哪怕在这样简短的行文上，也要求具有文学研究机构应有的严谨。

他下午不坐班。而他的家却成了所的办公室。因为所里既没有专用的大会议室，也没有专用的小会议室，办公室都很局促，经常又有杂事干扰，于是这一活动便转移到他家里来，每遇到领导核心小组开会，部分骨干一起商量问题，几个人集体讨论一篇文章……他都说："到我家里去吧，那里还安静些。"于是逐渐形成习惯，多年都是如此。

可是多年来，他都不是以一个所长公职身份，而是以一个好客的主人身份招待大家。从第一个人登门，到最后一个人到齐，他都是毫无例外地热情接待。仿佛每个人的来临都给他带来了荣幸。他常常像孩子遇到众客临门，简直要忘乎所以。不但他自己楼上楼下地奔忙，门里门外地张罗，而且呼唤全家成员："阿姨！决鸣！凯歌！辛卯！三雅！京姐！……"他又等不及，一切都自己先动手了。他要大家都尝尝从家乡捎来的茶叶，向每个人推荐盘子里的糖果。尽管如此，也不能弥补他内心的歉意和不安，几乎每次都向大家道歉：

"所里的办公室用房实在太紧张，不光挤，也不清静，实在抱歉，只好委屈大家来迁就我……"

"我的其芳同志！别说得这么可怜巴巴的！咱们所的占房面

记忆依然炽热

积不算少啦！挤一间小会议室，毫不成问题。"我们精明强干的女副所长唐棣华，他的亲密合作者，也几乎是每次都出来澄清事实，同他争辩。一次她接着发挥说："难道像你这样的一个房间，所里都挤不出来？你看你这房间像个什么……"

他的这一间普通背阴平房，本来是见方的，因为被贴着左右两壁的成排书柜书架拥挤，房间成了窄窄的一长条。大家也都感到转身来往的不便，但没有想到它到底像什么。这话引起大家的悬念，是呀，像是什么呢？

"这活像个车厢！难道所里连你这么一节'车厢'也挤不出来？！"于是大家哗然赞同。

他惶恐地站起来，眼看大家要倒向他的"论敌"，便慌忙地防护自己的阵地：

"你老是说挤一挤。办公室已经够挤了。研究人员说什么也不能挤：他们除了白天的八小时，睡眠八小时，另外还有八小时他们要读书写东西……"

"我说你对研究人员就是有些偏心！"她趁他慌忙之际，故意刺了他一句，马上拍手作揖地谢战，"好好好，关于这个问题暂且不争论了"。她狡黠地暗向大家挤眉弄眼。

在这个问题上，他们经常争论又互相谅解，常是互相支持的老战友。于是何其芳同志重又回到他原来座位上，解嘲地说："不过，在我这里开会可以有点茶喝。"

"对于这点我是完全同意的。反正所的行政开支中没有这笔费用。我的其芳同志，你的主人义务尽到了，下面言归正传吧！"

会前总是有这么一段类似的序曲。然后也是在他的主持下，

脑力劳动者

进入另一种严肃的气氛。在这间车厢般的书房里，大家经常进行着认真的讨论，热烈的争辩，字斟句酌的商榷……大家真如同乘坐在一节紧凑的车厢里，在思想轨道上行进。

确实可以说他对研究人员偏心。因为在看来简陋甚至寒碜的建筑中，他为研究工作开拓了较宽阔的空间。全所的行政办公用房，包括他所长的办公室是紧缩局促的，而书库和研究室却是宽裕的。全所一半的房屋，整个两层楼房的楼下一层都是书库。书是研究人员的思想工具和精神食粮，每个书库都储存充实，是令人羡慕的宝库粮仓。走进这样的书库，如进入历史的幽谷，智慧的坑道，可以使人的品格升高的阶梯。这里也表现出他治所的胸怀。研究室的房子确实比办公室宽绰，凡在所里居住、办公的研究人员，包括新来所的青年同志，也都有一个寝室兼书房的房间，白天能与纷扰嘈杂隔离，夜间可以孤灯静读。

他对于研究人员像家长钟爱自己的子女一样加以栽培爱护。每个新分配来所同志写的文章他都找来看，亲自安排他们如何在研究道路上起步，亲自出题目，亲自改文章。都知道他对文章的要求是很高的，他自己也承认在这方面是一个"美食者"，"颇有些贵族习气"。即使对名家的文章也不无贬抑的品评。一般人如不亲自接触，想象不到他对于青年作者的文章又如此的宽厚。即使对一篇失败的拙作，他也从未报以轻蔑的态度、使用讥诮的字眼。他总是首先肯定文章的长处，比如肯定"文章的基本意思还可以"，肯定"文字读起来还流畅"，然后才指出文章的缺点和毛病，与作者耐心地商量怎样修改提高。

当青年同志送文章给他的时候，他常常迫不及待，接过来，

记忆依然炽热

摘掉眼镜就读。凸出的眼球和鼻尖贴着纸面，似乎视觉和嗅觉双管齐下，一字不漏；还随时不断替作者改正一些笔误和错字。当然，你不能不钦佩他的敏锐和速度。遇到写得好的段落，便喃喃称赞："这个意见不错"，"这段文字精彩"。更令人感动的是他这种不嫌糠菜的饕餮口胃。

我亲身接受过他多次的指教，也经常遇见他给其他同志的文章提意见。他不限于只是给文章提具体意见，而且把自己长期的心血积累无私地赠送给别人。我无意中保留下一些片断笔记。这对我来说是不可再得的珍品，把它抄录下来，除了勉励督促自己，也是怀念逝者师恩。

从他的意见中，不但得到一些具体的帮助，还能得到一些写作上的启发。他要求文章透彻、明快、眉目清楚。他讲自己，过去不喜欢在文章里用第一、第二……从读者着想，第一第二如果更清楚的话，还是可以用的。他说毛主席虽然不用第一第二，但他的文章都很醒目。一般是这样：先提出问题，展开论述，加以概括总结，一个问题一个问题，一部分一部分，很清楚明朗。（一九六四年十一月二十六日）

何其芳同志又谈到写文章。他讲到引文。他说毛主席不大引别人的文章的。这当然是他的独特风格。引文应该是引自己说不出来，或者自己说出来没有那样的精彩。

关于文章句子，他说长句子是受欧化的影响。其实人说话，不会一句说那么长的，那会喘不上气来。他说他平时说

脑力劳动者

话与写文章就有矛盾，平时说话哪有那么长的句子。他虽然说的是自己的体会，自己的毛病，我觉得是说给我听的，从侧面进行教育。（一九六四年十二月二十二日）

何其芳同志又谈了他写文章的体会。"文章要下功夫。你要批评或推荐一部作品，要反复看，根据我的经验，至少要看三遍，才能看透。虽然同是一个问题，由于问题本身的复杂性，文章是不会重复的，只要有自己的角度。但是，最根本的是找到事物的内部联系，不是毛主席所说一二三四开中药铺。教条主义就是开中药铺，不信找王明的文章看看，就是那样，大一、二、三、四，小1、2、3、4，毛主席具体所指的就是王明。"他又说："你看毛主席的文章，他有他的总的风格特点，但每篇文章又有每篇文章的特点，因为每篇文章的任务不同；象《〈共产党人〉发刊词》，写得多概括，展开来写，可以写一部中国革命的专门著作，因为这里是写的发刊词。"

"文章要多下功夫，写文章也象创作，和雕刻这种艺术创作相近。"

"雕刻是把一块大理石慢慢地雕刻成人像，写文章是把材料变成文章。"

"文章的逻辑应该象几何，文章的气氛和感情应该象诗，文章应该象化学那样讲究浓缩度。文章的句子应该有长有短，据说一位同志写文章的经验是一个长句子后面一定是一个短句子。引例证应该有主次，不要平列，以某为主，其他

记忆依然炽热

是印证。"（一九六五年一月十五日）

　　昨天其芳同志又找卓如谈她要写的文章的问题。后来随便闲谈，他讲了一些他个人的体会。

　　文章要有见解，像鲁迅先生的《〈新文学大系小说二集〉序言》，关于废名的作品，真是抓住了他的特点："有低回顾影自怜之态。"

　　他说有的文章并不是没有一点新意见，也提出了新问题，但是只是接触一下就过去了。要抓住重点讲透彻，透彻才能说服人，透彻才能给人留下印象。

　　他讲到文章的结构。结构——逻辑的必然。每一段应该有独立的内容，各段相互之间有逻辑的联系，又不重复，一层更进一层。（一九六五年十一月一日晨追记）

　　他作为一个单位的领导人，从不追求排场和权势。他欣然接受一位领导同志（周扬）对他的"批评"："你这个人真'怪'，许多人都喜欢自己管的摊子越大越好，人越多越好，你却相反。"确实，他尽心尽力于小小所长的职务，领导着虽不庞大，却颇精悍的战斗小支队，在文学研究领域中，开垦种植，且战且进，为社会主义文学研究事业作出了有目共睹的切实贡献，其中都有他的劳绩。

　　他是所长，大家都不称呼他的官职。一位新从外单位调来的同志，还是按照一般的习惯，恭敬地称呼他"何所长"，结果成了全所窃窃议论的奇闻笑谈。不是笑这位新来的同志，而是因为

脑力劳动者

大家觉得把官衔用在他身上简直有些滑稽。因为全所习惯直呼他"其芳同志"。这样的称呼才能恰当表现他的身份，他和大家的关系和大家对他的感情。这位新来的同志并未听到背后的议论，很快也就随俗了，自然随便地改称"其芳同志"了。

他是所长，也是一个研究员。他也像一般的研究人员那样，常常亲自钻进书库查找图书资料。有时把装书的包袱，用手杖挑着扛在肩上回家，像一个山中下来的樵夫。他年年都有自己研究的成果。他伏案执笔的姿势和神态，完全像一个雕刻师。他左手按纸，右手握笔，像雕刻师与顽石搏斗，倾其全力在紧握的笔上。他的手指短粗而灵活，手掌厚实而柔软，他握笔的拳头像虎头钳子咬物一样把笔攥紧，一个个如雕如刻的蝇头小字，是从那暴着筋管、发着亮光的广额硕颅中迸发出来的思想火花。他本身就是一个动人的艺术雕像。

过去有位评论家（刘西渭，即李健吾）读了他早年那些冶艳流丽的散文，以为他"或许没有经过艰巨的挣扎"，"如蒙天助，得来全不费力"。他十分吃惊这一误解。他纠正说明自己："犹如一个拙劣的雕琢师，不敢轻易地挥动他的斧斤，往往夜以继日地思索着，工作着，而且当每一个石像脱手而站立在面前，虽然尚不十分违背他的意愿，又往往悲哀地发现了一些拙劣的斧斤痕迹。……一篇两三千字的文章要经历几昼夜的挣扎。"他写理论文章也是同样呕心沥血，精雕细刻。他说："按照我的设想，一个真正从事理论批评工作的人，应该象创作家写诗、写小说、写戏剧那样写得兴会淋漓。"然而，他对自己的论文还是不满意，自贬"既无什么独创的见解，又无文采之类可言"。毫无深得文

记忆依然炽热

章三昧的得意之色,却有一种拳拳苦恼的表情。他回答一位同志的信写道:"你在干校学过木工。学木工正是越多做些活儿越熟练,做的产品质量越高。写文章也别无诀窍和捷径,只有多多劳动。"他始终以劳动匠师为榜样,并同后学者共勉。

他也有一个车间一样的工作间。每次到他家,他都是闻声从最里面犄角上的一个小门里走出来,把客人迎接到他的书房或待客的房间。我以前没有机会进去过。再加上他腰带上那串叮叮响的钥匙总不离身,两者联系起来,这个小房间给人一种神秘感。后来一个偶然的机会,我进入了这个房间,完全出乎想象。屋里的陈设布置简单得令人惊奇。除了四壁的书橱,最引人注目的是占去房间主要地盘的大写字台。此外不过是一张单人床,一把皮椅,连沙发也没有。在那张最引人注目的写字台上,堆满折页、打开的成摞书籍,中间摆着稿纸、笔筒、砚墨、脱帽的钢笔……那串总不离身的钥匙已分别插在锁眼里。当天我在日记里记下了留给我的印象和感觉:"看了何其芳同志的房子和布置,更加深了我平时对他的印象:一个真正的脑力劳动者。他没有那种栽花养鱼的闲情逸致,他睡在工作在四壁是书橱的房间里,他随时可以抽出一本书,抓住论敌的一个证据,随时可以拿起一件武器。他不讲究养生之道,什么控制饮食,早起散步,打太极拳……但他吃得好,吃得多,为的是要有充沛的精力,支持他手脑战斗。他要有充分的午睡,为的是从深夜到黎明伏案工作,第二天上午还要按时上班……"(1964 年 6 月 25 日)

他的近邻就是《北京日报》的印刷车间,印刷机昼夜隆隆运转不停。窗外院墙下就是一个垃圾站,每天深夜都有卡车来装运

脑力劳动者

垃圾，响动惊人。这对于需要安眠的人，是难以适应的烦扰。他却从未抱怨过，而且似乎成了他生活的协奏。他在《北京的夜晚》这首新夜歌中唱道：

> 我的邻居是一家报社，
> 印刷机的响声彻夜不歇，
> 我习惯了它，从它的怒吼
> 我听到了劳动的紧张的节奏。
> 我身上也有个小小的马达
> 深夜开动，和它应答。
> 虽然我的产品数量少，
> 质量不高，还有废料。

在冬季，他也像清洁工人一样，裹着大衣，捂着皮帽子，在严寒的深夜里，用笔清扫着垃圾。他在另一首新夜歌中写道：

> 我又恨旧社会的刀子砍进
> 我心里的伤痕竟是这样深，
> 过去了二十多年、三十多年，
> 还来破坏我的睡眠！
> 谁要复辟资本主义，
> 谁要倒退回半封建半殖民地，
> 他就是我不共戴天的仇敌，
> 受到亿万人的唾弃，

记忆依然炽热

　　无疾而死，不齿于人类，
　　很快被扫进历史的垃圾堆！

　　他离不开这种生活的协奏，离开了简直不习惯。直到生命垂危，住进医院他还恳求医生："大夫，怎么样，放我回去吧，不行，我要回去……"是的，他的工作间的椅背上还搭着他的上衣，抽屉书橱上还挂着钥匙，写字台上还铺着稿纸，钢笔还停在未完稿的字行间……

顽强地航行

——何其芳素描之三

不要猛烈地把桅杆吹断，
吹得我在波涛中迷失了道路。

——《回答》

　　1965年11月，他带领着参加安徽农村"四清"的一批同志回来了。我们另一批要到江西农村参加"四清"的同志正准备出发。回来的人还没有换下一身下乡的打扮，要走的人已经穿上带补丁的衣服，忙着准备起程。回来的人，像胜利完成了一次战争服役的战士，重返家园，着手自己的研究业务。有些青年同志，1964年大学毕业分配来所以后，完成了国家规定的一年农村劳动锻炼，接着就参加了农村"四清"，他们的简单书箱未曾打开过。当他们领到一张书桌，在小小的桌面上布置开自己的园地的时候，眼睛里闪耀出农民耕作的喜悦。准备出发的这些人都为另一

记忆依然炽热

种心情所激动，在破旧的服装上似乎已经看到了自己的成长。留下的同志把曾伴随自己日晒雨淋的草帽雨伞赠送给要走的同志；要走的同志把自己的书桌和书籍让给回来的同志使用。迎归送行，全所楼道上和院子里洋溢着会师和分手的忙碌激动气氛。何其芳同志是最忙碌的了。他随着出站的人流走出车站后，就不再是被迎接的人，他要忙着为回来的同志安排一切。他又不是被欢送者，又要忙着为走的同志们送行。走的同志请他介绍参加"四清"的经验；回来的同志要他布置研究任务。他的办公桌和书桌上积满未拆封的杂志书信，却来不及一一清理。他离开安徽寿县时，诚心诚意许下诺言，回来后一定要给寿县写一首诗，题目有了却没有时间构思提笔。

人们在忙碌中迈进，祖国在社会主义轨道上运转，他这只小船在生活的河流里也紧张而悠然自得地航行。

就在这时候，一片不祥乌云出现在祖国的晴空，所谓"揭开文化大革命序幕"的文痞姚文元的那篇《评新编历史剧〈海瑞罢官〉》的文章诡秘出笼了。

善良的人们谁能猜想到其中的鬼胎？正常的人们怎能相信一片乌云会遮住晴天的太阳？老实说，它像一片无足轻重的浮云，并没有引起人们的仰望和重视。只是因为这位靠打棍子起家的作者早已臭名昭著，这次更加凶相毕露，才引起普遍的反感。

"简直岂有此理！太牵强附会了！太不实事求是了！"何其芳同志为人随和，而在明显的是非面前，却不含糊，抑制不住义愤填膺。他不但遇人便说，并且毫不隐讳地向来采访的记者郑重发表了他的看法，并且要求记者把他的意见向上反映。岂不知这正

顽强地航行

好上了阴谋者的钓钩，成了后来揪斗他的第一个口实。

姚文元的文章被人重视，是因为后来《解放军报》在头版头条显赫位置上全文转载，并加了编者按语。一篇个人署名的戏剧评论文章被如此重视，在文艺史和军事史上恐怕都是罕见的。那咄咄逼人的按语，字字充满火药味。不过，当时并不都这样认为，因为一次次意外的政治运动大家已经习以为常，而且麻痹了人们的正常神经，养成了另一种条件反射的本能。即使心中茫茫然，也本能地敏感到这片天外飘来的不测乌云，载着风雷的神威，透露了那位"突出政治"人物的旨意。这时我们已经在多雨的江西乡下。我们看了报，不约而同地首先想到的是何其芳同志。几个知心者悄悄合计：应该给其芳同志发个电报，提醒他注意，千万别犯政治错误。虽然他是我们的长辈和领导，可是在政治运动方面，他反而比我们迟钝天真。他学术上的执拗，常常影响他政治上的机敏。后来，到了乡下，从成捆报纸带来的消息里，才知这已不是新闻。从报纸的字里行间可以嗅出北京的政治气候，不仅由晴转阴，而且已经是风起云涌。在山雨欲来风满楼的时候，再告诉人注意天气预报，已经晚了。我们不禁暗暗为他担忧。不久，我们也都被一封封电报催回北京。

就在回京的列车上，我们从广播里收听了"全国第一张马列主义大字报"和高度颂扬的评论员文章，真如晴空霹雳，六月飞雪。因为大家已经养成迅雷不及掩耳，望风便能捉影的习惯，何况早有预感。大家还都以为自己是未来这场运动的动力呢！所以草草结束"四清"，来到新的运动赛场。立即投入了学习讨论表态。此前，尽管风驰电掣的火车再有一夜就能到北京，也要在火

记忆依然炽热

车上发电报,请战效命,摩拳擦掌,咬牙切齿,要同那自己并不明确的对象搏斗。可笑又可悲的是,大家都还不知道本身就在要砸烂的"黑窝子"里,要挖掉的"黑线"上。

车到北京站后,出乎预料,并不像我们想象的那样乌云密布,雷鸣电闪,只是感到空气中有种莫测的迷惑茫然;人们脸上都变得沉思多疑,戒备警惕。有人悄悄告诉我说:"所里已经有人给何其芳同志贴了大字报!不过他本人并无异样,依然热情如故。"他也到火车站月台上迎接大家,在车厢门口与人一一握手,并恳切地嘱咐大家:"先好好休息几天,然后再积极投入运动。"第二天突然接到到所开会的通知,那气氛情景就突然变了。

"何其芳!站起来!"

两个外所的生人,杀气腾腾,闯进会场,如入无人之境,冲到他面前,无缘无故地发出这样的喝令,指斥的手指几乎点到他的鼻子。

为什么?他不是规规矩矩地坐在那里,并没有占据别人的位置?他坐的那把普通木椅,不也是他自己搬来的吗?现在他又正捧着笔记本,认真地记录会上的发言,准备记下来好改进自己的工作。他愕然瞠目,张口结舌,眨动的眼睛连连疑问:"为什么?为什么?……"整个会场上虽然也是一片惊愕,但都噤若寒蝉。他只好服从地站了起来。他向前移动几步,哈腰伏就在面前桌子的一角,仍然准备认真记录。"何其芳!站直!"接着又是一声更凶狠的喝令。因为他高度近视,直起腰就不能作记录。他困惑地问:"这,这我怎么记录?……"

他哪里知道这是见不得天日的预谋,根本就不能记。一脸狞

顽强地航行

笑，一声鼻嗤，回答他的是："把他的笔夺下来！"

接着，院子里突然四处响起了刺耳的锣鼓和疯狂的喧闹，应声而起的是："把何其芳拉出去示众！"他跌跌撞撞被拖出会场，被推搡下楼梯，被戴上了纸糊的高帽，接着又被拉上更大的批斗舞台。

"你说！你是怎样攻击姚文元同志的文章的！"胸前一拳。"你说！你是怎样压制革命小人物、投降资产阶级反动权威的！"背后一脚。

"交代你和阎王殿的阴谋勾结！——低头！"

"交代你的三反罪行！——跪下！"

……

因为《红楼梦》研究问题，他受到了反复的审问折磨。那些虎视眈眈的眼睛，那些青筋暴突的拳头，紧逼着他交代对抗最高指示的罪行。他老实交代开始他因为不知道毛主席关于红楼梦研究问题的信，对于"甘心作资产阶级的俘虏"和"不应当对他们投降"的批语，他当时确实说过"俘虏是可能的，投降还说不上"。

"现在怎样认识？！"

他继续交代说明由于自己的世界观没有彻底改造，同资产阶级有相通的东西，因而不自觉地当了俘虏是完全可能的。说到投降，他迟疑了。他说："主席'不应当投降'的教导是完全正确的。不过，投降……我主观上还不……"当时只要有一个"不"字脱口，那继之而来的遭遇，便可想而知，用不着描述。在这个问题上，自然牵连到俞平伯和周扬，便逼他"老实"交代"反动

记忆依然炽热

权威"和"黑帮头子"的罪行,可以得到自赎甚至立功。他却老实交代说:"这是我的责任,与俞先生无关。""我不能把自己的错误推到周扬身上。"这又会得到怎样的报应,不难想象……

　　冰雹般的拳打脚踢,泼脏水倒垃圾般的唾弃侮辱,拧断筋骨的惩罚……但只要有片刻的间隙和时机,他还想诚恳地检查和说明自己的错误。他说:"我承认自己有错误,也可以说有罪,但我主观上确实并不反……"他甚至还想举例说明:"譬如……""谁听你的'屁如'!"他又被淹没在失去理性的侮辱摧残中。他像溺水的人,一旦从水里抬起头来,他都要张口争辩。他的四肢像藤蔓一样被拧曲扭弯,他也像藤蔓一样隐忍挣扎……他终于失去了知觉,瘫痪在地上。这场丑剧的序幕该收场了,他被强拉起来,推下了台:"滚蛋!"他仍像在台上一样如梦如痴,站立不稳,两眼迷茫,机械地重复着:"是。滚蛋,滚……"但不知身在何处,应该向哪个方向迈步,嗫嚅自问:"在哪里?往哪去?"像迷失在风暴旋涡的一叶扁舟……

　　　　我不过是千万个被他们打击
　　　　但没有投降的干部中的一个
　　　　　　　　　　——《我的控诉》

　　从此,他被送上了史无前例的人生舞台。被佩戴上不是人的标记,被驱使监管着从事最难堪最繁重的劳役,随时随地受到任何人任意的凌辱,不论哪里来的人,都可以无缘无故地突然把他拉走。他常常隐忍着疼痛,瘸着拐着,狼狈不堪地回到"牛棚",

顽强地航行

半天半天才能恢复知觉。从此他老态龙钟，意识中断。本来正有条不紊地谈着话，突然张口失声，自问："说什么来？说什么来？……"别人提词，大声回答，他也听不见。本来正好好地向前走着，突然停步不前，盘桓寻索，自问："在哪里？往哪去？"别人怎样提醒牵引，也无济于事。

对于这意外的浩劫，突然的袭击，他心里不是没有产生过疑窦。"文化大革命"开始前不久，他根据通知到中宣部小会议室参加一个小型会议。他推门进入会场，迎面坐着有江青、陈伯达。目光相遇，自然应该是他主动地前去致意，因为他和他们不是一般的相识。他曾在陈伯达手下工作过；江青除了尽人皆知的特殊身份，他同她还有过个人的接触。因此，他天真地微笑着，加快碎步，走上前去致意。他们却异乎寻常的冰冷，他们的面部和双手没有丝毫相应的反应，江青却妖里妖气地嘲弄说："你怎么胖成这样子了？像个商人！"陈伯达摆出一副厌恶的表情，帮腔说："像个猪！"他出于一个党员的组织观念，未敢计较怀疑，也未告人。但难免不和这叵测的风云变幻相联系。然而直到粉碎"四人帮"以后，他才敢确定自己的怀疑，向人说出他当时的疑窦。由于对毛主席确实无限信赖，因此对于一切打着领袖旗号的摧残，他都逆来顺受。他念念不忘主席对他的评语：认真。毛主席还曾说他："你比延安少了些书生气。"他力诫不要"配不上这样的鼓励和教育"。

"文化大革命"开始后，河北老根据地西回舍的群众惦记着"老何"的安危，他们特意派了几个代表来北京到家里探望他。他们说："我们来的时候乡亲们说啦，我们坚决保你！闹到中央

记忆依然炽热

也保你！"他并不是因为胆小怕事，才谢绝了他们的好意。他确实认为自己有错误。他诚恳地向他们说自己确实偏离过毛主席革命文艺路线，劝勉他们回去积极投入毛主席亲自发动和领导的这场革命，根本隐瞒了他的遭遇。

与他同院的孩子圆圆，因被蒙蔽蛊惑也突然挤到他面前，眼冒怒火，要他正视着他回答："你这个'黑帮'分子平时为什么装得这么狡猾？给我们讲诗写文章，还跟我们一块玩耍。现在我看透了：你记不记得一次玩棋你捣鬼？你夏天光着膀子摸一把夹肢窝叫我闻？现在我明白了，你这个'黑帮'原来就是捣鬼，就是臭，你不叫何其芳，你是何其臭！"他连声承认，并准备欣然接受孩子的重拳。不过那孩子却不忍心，只往地上啐了口唾沫。

一位从边疆来北京串连的青年，是他的忠实读者，他来北京串连就是想借机与他见上一面。这人混在参观"牛棚"斗"黑帮"的人群里，认出了自己向往的人以后，就停步盘桓不走，想方设法寻找单独与之接触的机会。直等到"黑帮"们被喝令去劳动，这位青年才有机会暗暗尾随在何其芳身后，一直跟随着进了厕所。趁着无人，这位青年紧张而激动地作了自我介绍，请求他接受他的敬意和格外的同情。这诚意和信赖，反而引起他的惶恐。他慌慌张张提前回到"牛棚"，趁着看管的人不在，向同"牛棚"的人报告了刚才的所遇，比遇到一次可怕作弄折磨还要惴惴不安。"我一再向他作了解释说明，劝他千万不要这样，一定要相信党，相信毛主席。"他不是向人表白，而是自言自语。他像一个被革出教门的圣徒，神父不接受他的忏悔，戒律又不允许他向神祈祷，他满腹的虔诚无处诉，只好向随便什么人说说，

顽强地航行

才能心安。

在机关的时候,他打扫厕所,精心尽意。把那平常最脏的角落,都变成了最干净的地方。白瓷池皿和铜铁把手,被擦洗得锃光发亮,地上洒扫得一尘不染,空气清新。墙上贴着他用工整中楷写的字条:"请勿往水池内倾倒剩饭、剩菜、烟蒂、纸屑等易致堵塞杂物。""使用完毕,请随手拉绳冲洗。水箱失修,注意轻拉缓放,以免水流不止造成浪费。"有的字句旁还特意用红笔加了旁圈。或横或竖,平整妥帖,举目可见而不刺目,像装点客厅的条幅。遗憾的是,这是在人们不屑一顾、掩鼻唾吐的地方的一丝不苟,严肃认真。

在干校他一直喂猪,他翻着书本资料,像研究《红楼梦》一样研究喂猪的学问。他像研究《红楼梦》中的人物性格那样,分析猪的共性和个性。我们的干校建立在一片荒野上,那里的土质,当地群众形容为:"晴天一片铜,雨天一泡脓。""晴天是刀,雨天是胶。"一到雨天,人们常常把雨靴陷进泥坑不能自拔而呼援求助。一到晴天,那坎坷坑洼又如刀刃刀背。雨天,他用一道道绳子把雨靴捆绑在腿上,破旧的塑料雨衣雨裤捆扎在身上,上下捆扎得像一个稻草人。担着满桶的泔水,拄着一根树枝拐棍,在狂风暴雨中左右摇摆,前俯后仰,一趟接一趟,几乎整天都在这样的道路上来回给猪喂食。晴天,他这个行动笨拙的人,又像踩钢丝的杂技演员,在那无法躲避的"刀刃"、"刀背"上作痛苦表演。不管雨天晴天,脚下是"胶"是"脓",是"铜"是"刀",他都"啰、啰、啰……"地呼唤着,在荒野上四处奔跑着,追赶跑散的猪群。他在干校作过喂猪经验的介绍,像宣读一

记忆依然炽热

篇学术论文那样认真，他套用《红楼梦》里一首谜语的诗句，概括自己的经验说："猪喜我喜，猪忧我忧。"

就在这样的情况下，他还像夜莺一样痴心歌唱。他"欢呼我国第一颗人造卫星上天"，他庆贺"堂堂中国回到联合国"……他没有忘记向人许下的诺言，"写给寿县的诗"也是这期间写成的，连自己的身家性命都难保的时候，他还在心里孕育着他称为"植物"的生命。

虽然他没有力挽狂澜、逆风破浪的政治胆识，却从不见风转舵，随波逐流。尽管他对"四人帮"并不是一开始就有认识，但他没有做过违心的颂扬，更没有动过借用一下与他们相识的关系求得庇护的念头。正如他自己所说的"不曾说过他们的好话，也不曾给他们送过检查……"。

是的，在史无前例的腥风血雨的十年浩劫中，他这只小船，确实桅杆摧折，桨断舵毁，昏天暗日，求告无助，但他却没有迷航。他以一个正直共产党人的信念为星座来定航向，以诗人的热情和科学工作者的坚定作双桨，终于渡过了这段漫长而艰险的历史航程。

但是，正在他重新扬帆，开始新的航行的时候，病魔借着十年浩劫对他摧残的创伤，向他伸出了残酷的魔手。在他临终病危的那天，首都东西长安街上正锣鼓喧天，红旗飘扬，队伍浩荡，人们正在游行欢呼为"天安门事件"平反。这令人振奋的消息也隐约传入他寂静的病房。守护在病床边的同志们，企图用这个消息安慰他，减轻他的病痛。原以为他会有预期的效果，欣然合目。他确实忍住呻吟，睁着眼睛，直起耳朵，努力捕捉那隐隐约

顽强地航行

约的声音。但我要如实地说,当那声音传入他的耳朵,他眼睛呈现出来的不是欣慰的闪光,而是难以形容的沉默,痛苦,似乎在说:沉痛的历史经验已来不及总结了;新的航道正在起始,自己却不能再有第二次生命。临终时,是医生替他合上的眼睛。

1980 年 7 月 24 日

荒煤二题

情在不言中

那是1940年初,在延安鲁艺。当时荒煤带着鲁艺的一个文艺工作团刚从前线归来。他们从前线穿回来的战利品日本黄呢军大衣,在校园里十分醒目。而更引起我注意的是他与他的团员们那种平易随便的关系。那些团员都是他的学生,在校园里公然大声直呼他的名字。有一位无锡籍的团员,讲一口浓重的无锡话,总爱用那咬舌口音老远处就"方煤""方煤"地大声呼叫。仿佛大声呼叫这个不冠头衔、不加后缀的名字是一种愉快。就是从这呼叫中我认识了荒煤。

据荒煤自己回忆,他当时不过25岁,也是怀抱着青年人的热情,投奔到延安,到这后,他才不为吃饭担忧,不再是"一颗被人撇弃的砂子"。他到延安后便在鲁艺做教员。先是在戏剧系,后来一直都是在文学系。在我们这些更加年轻的学生们眼里却是前辈长者了。而且我们曾是他《忧郁的歌》和《长江上》的少年

荒煤二题

读者。他早已是我们心目中令人仰慕的著名作家了。

我并没有听过他的讲课。因为他讲课的那一学期，我去工厂实习了。回校后，他主要编辑文学期刊《草叶》，不再讲课。最近他在一篇回忆延安文艺座谈会的文章中，还提到了主编《草叶》的事。当时，毛泽东同志为召开会议广泛征求意见，他也被约去。在谈话中他竟向毛泽东同志提出帮助解决办《草叶》的经费困难，竟得到解决。他说可见当时自己的年轻幼稚。从这不是也可以看到当时革命领袖的平易近人和当时平等融洽的环境吗？除了我的一篇创作实习是他拿去发表在《草叶》的头篇，此外没有什么来往。有较多的接触，是我到理论研究室以后。研究室在东山，与东山教员们的窑洞上下左右相邻。在山腰正面的一排窑洞前面，有一个坪场，他的窑洞正面对坪场，当小鬼从山下担饭上来，都是放在他窑洞前吆喊分发。他的门前便成了大家相聚闲谈的场所，他成了无形的主人。

记得当时整风刚结束。经过整风，大家都有一种重新开始的急切心情。既盼着出发，又依恋不舍。因此，黄昏后大家聚谈的次数就更频繁。当时荒煤同志已经确定将随军南下，正在待命，于是成了聚谈的中心话题。谈话更加随便，已没有师生界限。可能因为他将要远行，每次闲谈，他都是怀抱着尚在襁褓中的女儿。连她似乎也能理解大人们的心情，尽管在大的谈笑声中，仍能安静入睡。一次这个睡梦中的婴儿也被拉入话题。G跟M常开玩笑，G借着一个话题跟M开玩笑说："你不用着急，将来可以作荒煤的女婿！"荒煤也故意慷慨答允："没有问题！"于是大家也跟着欢笑。确实如他自己所说，当时还是个青年，他与大家有

记忆依然炽热

一种青春的友谊。

　　从延安鲁艺分别以后，再相见时，已经是建国后的。这时他已经是文化部副部长兼电影局长，"荒煤"名字前冠以陈姓。有些人因为地位高了，为了使名字也相应协调，于是废弃了原来参加革命时改的名字而恢复原名。随着姓名改变，人也变了。"陈荒煤"岂不是也意味着与以前的"荒煤"划清界限？虽然我与他不在一个单位，却常在会议场合相见。我从旁观察，在他领导下的那些导演、演员、剧作家们，都不叫他的官称，顶多在名字后面加上"同志"。至于延安时期的熟人，还像当年那样，毫无顾忌地高声直呼"荒煤"！会前会后，总有人贴近他耳边悄语，或把他拉到僻静处私语些什么。我也常偶尔听到几句，都是把一些不便于说或不敢说的意见说给他，并让他向上转达。非党艺术家瞿白音曾毫无顾忌地当面质问他："荒煤，你这个局长，怎么当的？"最能表现出这种平等关系的是崔嵬临终时的抱怨："荒煤这小子也不来看我！"除非暗中咒骂，哪个下级敢称自己的上级是"这小子"？荒煤照样转引这句话的时候，不但毫无嫌隙，而且认为"没有真诚的友谊，他是不会这样责备我的"。其实，荒煤不是未去医院探望崔嵬，且两次前往，都因为没有拿到探视病人的牌子，未能如愿。

　　他的平易近人在延安鲁艺的时候，我已有深感。不过与一般的平易近人不同，有一种不易觉察的毫不隐讳地深沉，又多隐含在不易觉察的苦笑和缄默中。有时也严肃直露。

　　在鲁艺时，他那是为了完成一个剧本的创作任务，到党校一部体验生活。党校一部的学员都是从各抗日根据地来的领导干

荒煤二题

部，准备出席"七大"的代表，都有丰富的斗争经历。当时我与研究室的一位同志正在党校四部采访，学员主要是县团以上的工农干部。两部不在一处，相隔很远。虽然都在党校采访，互相并无来往。一天，他却突然出现在我们面前，气喘吁吁，口说只是来看看我们，了解一下我们这边的情况。却不等我们问什么，便主动迫不及待地介绍起他那边的情况来，讲了一个县委书记的故事。这位县委书记在敌后游击区开展工作，隐蔽在群众家里，不幸被敌人搜捕发现。虽然抓到的只是他一个人，敌人也不敢拖延时间，便立即押出村外处决。走到一片麦地前，敌人让他继续往麦地里面走，他却回过身来站住。敌人以为他要大声怒斥或高喊口号，格外紧张。不料我们的这位县委书记却平静地，甚至请求说："你们都不必进来，让我一个人进去，以免踩倒老百姓的麦子！"他激动感慨，深情地说："这就是我们的县委书记！……"后来，大家在他窑洞前没有顾忌拘束聚谈的时候，当因无意中触及这个话题而沉默中断，其时夜色显得更加朦胧。

"文革"劫后，他来文学所担任领导工作。所谓"第一"副所长，也是"司局级"。大家都知道他曾是多年的副部长，谈起来都为之不平。而他自己并不在意，也从不提，反而担心不称职。他多次对大家说："我不像故去的其芳同志，他多年来一直是作学问的，我主要是搞行政工作。我来文学研究所完全是被沙汀同志硬逼来的。组织上要沙汀同志来文学所担任所长，沙汀提出一个条件要我也来，竟说：'荒煤不去我不去。'没办法。沙汀同志身体虚弱，也确实需要一个助手。"实际上他替沙汀同志承担了所长的重担。

记忆依然炽热

摆在他面前的这个学术机构，已经没有什么学术可言，而是一个"文革"劫后的乱摊子。十年混战，搅乱了人们间的正常关系，错综复杂，有些人事纠葛，还牵涉到他以往的熟人和学生；但他都秉公处理。他耐心地一一解开了那些乱麻般的纠葛，消解了派性私怨，不仅恢复了一个学术团体应有的正常状态，而且立即果断地投入了拨乱反正、正本清源的思想斗争激流，推翻"四人帮"对"国防文学"的栽赃，对"四条汉子"的诬陷，以及在清算"文艺黑线专政"谬论方面，都处于斗争的前沿。同时编辑出版了两卷本《周恩来与文艺》，重树周总理领导文艺工作的典范。大家私下对他议论起来，都交口称赞，对他在组织领导上的经验和才干，赞佩说"不愧当过多年的部长"。

这期间，我曾多次随他出外开会。常是在简陋的会场上，同中、青年文学工作者们坐在一起，探讨当前的文学现状，研究如何清除"四人帮"的思想流毒，开辟文艺的新疆域。他与大家一起在食堂就餐，中午跟大家一样在四五张床位的房间休息，一直到会议完满结束。他从不以领导者自居，也不倚老卖老，还像当年与青年人相处时一样。中、青年文学工作者们都称赞他平易近人。这都是自己的亲身感受。

而在另外一些场合，如上主席台，排座次，上镜头……他却冷淡疏远，有意地躲避，躲在台下，悄悄站到后排。在这时候，我总是想到他讲的那位县委书记的故事，似乎他心中还在感叹："这就是咱们的县委书记！"……

后来接触多了，我发现他真正激动起来的时候，常是陷入沉思，眼睛里充满忧郁，说话时声音颤哑，即使笑，也是苦笑，那

荒煤二题

连接着泪囊的两道深刻的毅力纹,却像干涸的河床在痉挛……

忧郁的歌

荒煤是一位作家,始终与时代同步,且行且吟。他的成名之作是 1934 年在巴金、靳以主编的《文学季刊》上发表的《灾难中的人群》。

作品描写的是被洪水吞没了家园,逃亡到城市里的难民群。万字的篇幅:分作五个片断,每一片断都是可以独立的生活画面,又共同组成色彩斑斓的画面和群像,"泛滥着饥饿和灾荒"的时代面貌。这成为他后来其他作品的社会背景。虽然作者自己也认为内容"显得有些空"、艺术上较"粗糙",但突破了当时革命加爱情的流行公式。他认为"爱情"写的人"够多了",再写是一种"浪费";"革命"题材也应该开辟自己的蹊径,认识到"主要的总还是自己较熟悉的",而且认为"问题不在应该写什么样的题材,而是应该怎样去写才好"。他"尝试着从各种现象里面去发掘题材,而且尝试着怎样去写它"。当时能有这样清醒的认识,应该说是难得的。从此便进入了自己的创作轨道。

《忧郁的歌》和《长江上》这两本作品集,很能代表他小说创作的特点:其中大部分作品都是描写航行在长江上的轮船和沿江码头的生活,他"不止一次徘徊在长江边上,望着滚滚不尽浑浊的波浪,感到无路可走"的情思,作品笼罩着如长江上云雾般的忧郁。其中《刘麻木》这篇作品是有代表性的。主人公刘麻木的醉酒并不是麻痹自己的醉生梦死,而是借酒沉醉于往事的追

记忆依然炽热

忆。他的大儿子曾是大革命时期的积极分子，而且成了什么"委员"，大革命失败后被捕牺牲。他是为了营救儿子，才变卖了城市里的小栈房，成为无产者。他并不是在抱怨悔恨，而是甜蜜地回想，本来"斗大的字认不得两担"的农民，革命却使他"疯狂"地"抱着书本子啃"，"开口闭口尽都是字眼"。虽然"硬是把条命疯死了"，但他认为"世界要是真像他们说的那样搞，人哪个不爱过舒畅日子，也行得！"同时，从逃难的人群又联想到被拉伕走后无音信的小儿子。他咒骂"那杂种"没有一个字的音信。这实际是咒骂围剿革命的内战，使人感到大革命的火焰仍在燃烧，未被扑灭。在当时政治环境下对此不可能写得那么直白；作者显然也有意把此类题材写得含蓄蕴藉。通过平凡的人物和平凡的生活，透露出革命风暴未泯的印痕。当年，周立波分析他的另一短篇小说《长江上》中人物"独眼龙"时就指出："他的眼泪，他的咳嗽，他所吐的血，织成了那么一种阴郁的悲惨时代的阴影"。肯定了作者熟悉长江水手的生活，熟悉他们的生活环境和习惯语言，称赞说："你会透过他们的污浊的生活的表皮，看到他们的灵魂的深底"，"有多少由生活所掀动的灵魂的风浪，多少人性啊"。这里连用的"人性"指的是人物的情感。那是为了一家人的活命，贞淑背着丈夫去卖身；在困苦煎熬下父子的挚爱却表现为怨恨……复杂曲折的感情，相依为命、患难与共的情谊。

另一类作品，描写的多是青年革命者和失意的青年。在前者人物身上闪烁着大革命年代的火光和血影，如《活在记忆中的》通过人物的回忆，作者深情地描写道："那一个动荡的时代底影

荒煤二题

子展开了：一个场子上，整千上万的年青孩子底红的领巾波动着，像一片火焰，像一片红海，他们热情地唱着同一个雄壮的歌。可是霎时间，变了，那红的血，一片红的血，孩子们在血里匍匐着，还唱着那个歌，但是悲凉而又凄厉地；场子里起着风暴，把悲凄的歌声卷着，旋转着飞向高空。"对于后者，主要刻画了他（她）们的矛盾、苦恼、愧疚、悔恨……批判中饱含着同情和期待。

这些青年形象，也是作者的同龄人，有的原型就是作者的伙伴或战友，在这些人物形象的描绘上，作者的感情浓重，即使那些非第一人称的作品，写得也像第一人称那样抒情亲切，具有忧郁的情调。

对于作者的忧郁，作者在《长江上·后记》中曾写道："有两个朋友说我这些作品里依然保持着过去作品里的忧郁气氛，这是我承认的；但我想，还不至于使人落到如何的颓废或是伤感的深渊里面去吧，那是我要诅咒的。"确实如此。作品中人物的忧郁并不是感伤颓丧，而是"热烈"、"动人"。正如作者自己所说："忧郁中也蕴孕着希望和期待、热情与欢乐、冷静和思考。而且使我在冷酷无情的现实面前摆脱了天真幼稚的无知的幻想。"仅这样解释是不够的，应该从根本上说明忧郁的本质。周立波指出，这是"由生活所引起的浓厚的忧郁"，是"阴郁的悲凄时代的阴影"，是"苦难所蒸发的时代的忧郁"。这是作者受时代召唤，不能不唱出的"忧郁的歌"。这里所援引的是周立波《一九三六年小说创作回顾》一文中的意见，他不是孤立地评论荒煤的小说，而是放在当时整个小说创作中，经过比较作出的评价。周

记忆依然炽热

立波与荒煤是同时代人，对于荒煤作品中那种时代感，有亲切的共鸣，对今天来说是可信的历史见证。

受新文学的启迪，他开始提笔进行创作的时候，第一篇作品是诗歌《长江之歌》，是计划中几部诗歌中的一部；还计划创作一部同名的长篇小说。因为他爱长江，"十年间，我亲身受到长江大水无情的袭击，也亲眼看到血水怎么污染了长江。我是长江中的一滴水，我青少年时代的全部身心和热血都始终和苦难的长江在一起怒吼、激荡、奔腾、呜咽。我是在长江的苦水里泡大的，长江的苦水浸透了我的灵魂"。至今他还为没有写出这部长卷而自责不安。他的《忧郁的歌》和《长江上》就是来自这长江上的忧郁歌唱。后来在延安创作的《在教堂里歌唱的人》和《无声的歌》，实际是这种歌唱的延续。比当时那些对延安生活的掠影和浅唱更有深度意蕴。

他的《荒野的地火》，不同于一般散文、回忆录，只是记述个人的经历感受，而是对历史的反思和重现，把自己也对象化。可以说补写了当年作品中未曾来得及写的母亲、姨母、翠婶和大姐等鲜活感人的女性。曾在以往作品中闪现过动人倩影的青年女教师和革命后代少女，在这里都得到了充分的描绘：前者像"充满了迷人的春天气息的白杨树"的风姿；后者如"刚要迸放的纯洁的花朵"。所有人物的命运都与当年那场大革命历史风暴血肉相联，在他们身上都有鲜明的时代投影，这些人物既是真人，又是生动的艺术形象。其中的《"老虎"与翠婶》，流淌着对"苦难的长江"的绵绵诗意和激情。我认为作者不必自责和遗憾，他已写出了他意念中的"长江之歌"。

荒煤二题

"文革"结束以后,他在繁忙的行政工作和主要的评论工作之外,写了一系列悼念的散文。都倾注了他刻骨铭心的思念之情。如果称之为"业余",多是在深夜或凌晨,经常因为心情沉重,提不起笔而彻夜苦坐。他说"有一天深夜,我面对稿纸,直到黎明,我没有写出一个字来",而"另一个深夜,我在稿纸上只写了一些名字……"他写下的十四个名字,都是著名的左翼作家,而他们中的十一人都丧命于"文革",有的直接死于残酷的迫害,有的由于迫害致病而身亡。他本人在十年"文革"中被关押了七年,1972年冬在关押期间也"几乎死于重病"。他是幸存者,正因为自己幸存,才更加惋惜死者的不幸。已收入散文集的就有《忆何其芳》、《怀念君里》、《忆老崔》、怀念齐燕铭同志的《不能忘却的纪念》、《阿丹不死!》、回忆丽尼的《一颗企望黎明的心》……

这些悼念散文,不同于应景的纪念文章,也不同于一般列举对象功业品德的怀念回忆,所写的是"这个人","表现人物的灵魂","显示他们灵魂深处的真诚可贵的东西"。

《一颗企望黎明的心》中的丽尼本名郭安仁。文章中说"我踏上文学创作的道路安仁是我的引路人"。后来所以能够在不长的时间里有较多的创作,也完全是得力于丽尼夫妻的资助。当时丽尼夫妻已是有两个孩子的四口之家,蜗居亭子间,过着艰窘的生活。他不但在这个家寄食栖息,丽尼的妻子还为他缝制衣衫。有一次,他碰上一部著名的新片上映,因为手头无钱买票,又羞于开口,便将身上的长衫当了。丽尼的妻子为此真生气了,便向丽尼告了状。"可是安仁却笑了,给我钱让我去把衣服赎回来。"

记忆依然炽热

当他有了一笔稿费，统统给这个家里买了东西，并给孩子们买了一双较好的皮鞋，"安仁却生气了"。他描写道："他一生气，那张白皙的脸儿在灯火下就愈加显得苍白。"但他却只"皱着眉头，不断地吸烟"。"而我也是一个'闷人'，又不愿认错，两人隔桌对坐，在一阵阵的烟雾中一直坐到夜静。最后，丽尼站起来长叹一声，温和地批评说：'你真是孩子气，你真不知道撑起这一个家来多不容易！以后不能这样随便花钱。睡吧。'"通过这细节，写出了多么感人的深情。

《忆老崔》和《不能忘却的纪念》都应该说是人物特写。《忆老崔》通过他与崔嵬"长达四十多年的友谊"中的"二三事"，写出了这位著名演员、导演的革命生涯，艺术道路上的跋涉攀登。特别是那为人的豪爽挚情，艺术上"永远追求较高意境"的"闯劲"和"固执"，"善于发现演员"和锤炼演员才能的"天性"，都写得十分感人。作者无意把自己的挚友写成"高大的英雄"，而是写出了崔嵬的"彪形大汉"和"感情丰富细腻"的艺术家特点。在怀念齐燕铭同志的《不能忘却的纪念》中，通过回忆"和他在一起共患难的难忘的岁月"，勾勒了这位老革命者一生的轮廓，从各个侧面描写了他那单纯可爱的"书生气"，以及在特殊情况和际遇下才"涌现"的"激情、痛苦、真诚甚至天真的东西"，即"潜藏在灵魂深处的火花"。其余篇章虽然只写了人物的某些生活片断和细节，却闪现出灵魂深处的火花，"显现出性格上本质的光辉"。

在他为数并不多的悼念散文中有两篇是缅怀周恩来同志的。《永恒的纪念》写他与鲁艺的其他同志，在延安文艺座谈会后，

荒煤二题

为了实践和贯彻《讲话》方向，他们创作了一部反映敌后斗争的话剧《粮食》。从生活基地的选择到剧本初稿；从批准排演经费到审看彩排；从正式演出到演后听取观众意见；周恩来同志始终给予特别关注和精心指导，那无微不至的亲切关怀和爱护，写得确实令人感念难忘。恐怕至今还很少有人如此生动具体地描写出周恩来同志对革命文艺事业的呕心沥血，苦心孤诣，数十年如一日。"许多作者、演员和总理做过彻夜的长谈，许多单位留下过总理深夜来访的足迹，亲切的谆谆教导，爽朗的笑声，甚至合唱的歌声。"作为一个党和国家的领导人，对文艺事业投入如此的心血，"是历史上极其罕见的"。他称周恩来同志"也是我们文艺战线上的总指挥、总导演"。作为一名老的文艺工作者，他每提及周恩来同志的时候，都是一腔老兵对自己统帅的深情。最近发表的《你是怎么想的》是写他当年因为在电影界"推行修正主义路线"被批判，批判后只身下放到重庆。正是在此处境冷落、心情委屈悒郁的逆境下，得到了周恩来同志的亲切关怀和慰问，也如同统帅对自己手下老兵的关切。

在回忆丽尼的那篇写到当年受到过丽尼庇护的不止他一人，还有吕骥、张庚等。有一时期，他们三人每个星期日下午都定时到丽尼家聚会，每次都招待他们吃一顿比较丰富的晚餐。贫病交加的作家叶紫也常从很远的地方跑来向丽尼求助，总是苦笑着叹道："家里又揭不开锅了。"每当他们遇到敌人搜查危险的时候，都是丽尼用他非党的身份和英语专长，出面迎拦、掩护、解救。他没有隐讳丽尼后来人生道路上的曲折。丽尼由于家庭的拖累未能去延安。因为职业的关系，与文艺界完全隔绝。所以解放后只

记忆依然炽热

是一个默默无闻的翻译工作者。人们甚至以为他曾在旧社会的黑夜里迷途，不知他一直在"企望着黎明"。对于解放后的境遇，从表面来看是随遇而安，处之泰然；其实，"每逢星期六下午出版社的党团员过组织生活时，他便感到一种难以排遣的寂寞和悒郁"。这位现代文学史上以散文诗著称的作家，反而放弃了散文的写作。他不甘沉寂，而苦于不能发出更洪亮的歌声。荒煤这种深情体贴的理解，也应该是我们社会对自己社会成员的理解。

他那些悼念亡友的散文，也可以说是友谊的颂歌。因而，他又提出了一个社会疑问："在社会主义的国家里，我们常常提到的所谓朋友、友谊、友情究竟是什么？"通常所谓的"同志"，并没有完全回答这个问题。他写道"并不是'同志'就意味着友谊"，"很好的同志缺乏友谊，依然成不了朋友"。因此他发出了理解、信任和友情的社会呼吁："即使在同志之间，也还应提倡点友谊、友情，也应该提倡点相互了解和信任，少搞些什么无情的斗争吧。"这样的呼吁，即便在今天，仍不失其现实意义。

至于《你是怎么想的》所写的那些关于周总理的，并不是出于个人知遇的感念。当年那次批判，周总理是了解的，曾看过他在文化部最后检查的发言。他在"检查的发言"中把错误都包揽在自己身上，其实所有"方案"都是经过周总理亲自主持会议讨论通过的，后来被批判的一些"坏电影"，也是周总理看过和肯定的，而且都是经过中央和中央宣传部正式批准的。对建国以来整个电影事业的评价，周总理代表党和政府的讲话都曾给予了充分的肯定，在中国电影史上是异峰突起的空前纪录。

当荒煤流放在重庆时，周总理因公务要到重庆，离京前还特

荒煤二题

意看过他被批判后的检查,准备找他谈一谈,听听他的意见。总理因为急事,提前离开重庆,没有谈成。陪同周总理的张颖同志回北京后写信告诉他,在返京途中的飞机上,周总理还因为没有来得及和他详谈,很觉遗憾,然后说:"不知道荒煤怎么想的?"并让张颖写信告知荒煤。在当年的环境和情况下,他也未向周总理吐露真情,造成终身遗憾。

从此以后,他眼前总是不断地"清晰地看到周总理那双明亮的眼睛凝视着我","浓眉下沉思的神情","深沉而坦率地问我:'你是怎么想的'?'你是怎么想的'?"他认为这是一个历史的询问,包括你、我、他。当再面临需要直言真情的关头,应该记起周总理的凝视和询问。不要再重复历史的遗憾。

他的这些散文是"郁结和积压"多年的感情爆发,那些"显示了他们灵魂深处的真诚可贵的东西","往往像闪电般突然出现在我的脑海里",同时"也照亮了我自己的灵魂"。"当我把他们美好的心灵真正展现在读者面前时,我似乎才真正认识到他们的宝贵的品质。"真是刻骨铭心的记忆;呕心沥血的刻画。

这使我想起,他恢复工作后,从重庆调回北京,来到文学研究所上班的那一刻。那天上班时,我在昏暗的走廊里,望见对面走来一个人影,因为楼道昏暗,又是逆光,看不清是谁。这人影却突然高声喊了一声:"朱寨!"接着便把我抱住。当然,一听那声音,我就知道是谁了,在这以前我已经听说他将来文学研究所担任领导。我马上迎上去回应。而他那紧紧的拥抱,隔着我们两人的衣服,我都能感觉出那紧贴的瘦骨嶙峋。因为他是第一天来上班,又有一个会议在等着他,只说了一句:"以后再谈。"后来

记忆依然炽热

他忙得除了公事，也顾不上谈什么。他那初见面时瘦骨嶙峋的拥抱，像一次突然而来的闪电，使我有些不解。后来读了他的这些如泣如诉的散文，才有所领悟，因而我更加感到那拥抱的力量，懂得那拥抱的激情。那是以一个历史浩劫中的"幸存者"的胴体胸怀，拥抱一个新的开始，拥抱未来和自己。

荒煤在文学研究所工作的时候，从他的住处木樨地到建国门内机关上班，往返常舍车步行。他离开文学所后，我还能在木樨地附近长安街人行道上遇见他在漫步。他总是低头默默前行。其实，此刻的他正在逆行，走在历史的轨迹上。尽管人来人往，车声嘈杂，他听到的是一个遥远而清晰的声音在问："你是怎么想的？"当夜深人静的时候，木樨地高层公寓14层面北的一个窗子里，有一盏台灯仍未熄灭，他正在灯下思念回答。

阿诗玛，你在哪里？这是他忧郁之歌的最后绝唱。如同刘三姐的嘹亮歌声，回荡在桂林的山水之间；他的悲怆呼唤，引起了社会的广泛共鸣。

（原载《荒煤文艺生涯60年纪念文集》，海天出版社1993年版）

追思光年同志

青春伴歌壮我行

在光年同志面前，我是一个晚辈，一直把他尊敬地视为长者、领导。我与光年同志个人接触不多，更谈不上私交，故了解不深，但他却给我留下了深刻的印象。

抗日战争开始时，我还是一个少年。当时大批不愿做亡国奴的青少年学子们"失去了爹娘，回不了家乡"，奔波在流亡线上，我是其中的一个。我们最早学会的抗战救亡歌曲是《义勇军进行曲》、《流亡三部曲》、和张光年作词的《五月的鲜花》。这些当时最流行的歌曲，充分表达了那代国人的心声。我们这些激情的学子，更是以歌代哭，以歌发愤，如《五月的鲜花》歌曲召唤鼓舞的："踏着志士的鲜血"前进！我们就是唱着这样的歌曲，从那个年代战斗过来的。至今，每当我回忆起当年，就想起这些歌曲；每当听到这歌声，就回想起当年，这些歌曲已经成为时代的音符。

记忆依然炽热

后来，我从国统区到了延安。当我们走出剑门，翻过秦岭，经过长途徒步跋涉，闯过沿途陷阱关卡，踏上边区热土的时候，首先听到的是八路军边防战士们齐声轮唱："风在吼，马在啸，黄河在咆哮……"这激昂慷慨的歌声正好迎合了我们难以言传的激动和心跳。要知道，当时《黄河大合唱》诞生不久，虽然在根据地已迅速传唱，而在国统区则受到封锁限制，这还是我第一次听到这奔腾呼啸的歌声。那词的作者就是光年同志。

我离开大后方时是1939年冬天，当时抗战正处于艰苦的相持阶段，国民党反动派掀起了第一次反共高潮，国统区的政治形势十分严峻。我因为参加进步活动，在学校已经不能立脚。当时遇上山西二战区的"民族革命大学"到成都招生。我读书的学校不在成都，通过地下党的关系前往报考，想借机转赴延安。报考者也多类似于我。"民族革命大学"带队的大、中、小队长都是中共党员，但为了迷惑敌人，都做了伪装。当队伍从成都出发时，一些当地著名进步人士，如邓初民等也特意前来送行。那时，光年同志因负伤，从延安回到大后方成都治疗。他也出现在送行的人群中。我记得他包扎着的手臂用绷带吊着，依然作了激昂热情的讲话，并即兴朗诵了一首诗，为大家壮行。可惜我现在只记得其中"左边是山，右边也是山……"他用歌颂山的寓意，歌颂我们向往的地方。

在人生革命旅途上，他的歌和诗曾迎送过我和我的伙伴。

感人的最后绝唱

印象最深的还是他在文艺拨乱反正中所呈现的战斗姿态。

追思光年同志

最早向"文艺黑线专政"发起驳难的可能不是他,但他确实是最早、最英勇的一位。在最早一次文艺界揭批"四人帮"、拨乱反正的会议上,他义愤填膺,奋不顾身,向"文艺黑线专政"和"文艺黑线"论发出黄河怒吼般的涛涛驳难:"请问'文艺黑线'的代表人物是谁?'文艺黑线'的代表作品是什么?'文艺黑线'的……"令人震撼。列举事实,加以雄辩,有目共睹,无不叹服。

最后,不能不讲的是,不久前《文艺报》转发了《〈张光年文集〉引言》,其中《文艺评论》卷引言,使我读后深受感动。他检讨自己五六十年代主编《文艺报》期间,在极左路线的控制下所写的那些大批判文章,虽然是遵命,但也并没有因此推卸责任;而说多是在缺稿的情况下"自告奋勇"。沉痛地自我检讨,认为"以诛心之论诛杀自己的同志和战友",是"对同志落井下石的坏文章,"是"真正的毒草"。在具体检讨对秦兆阳同志的《现实主义——广阔的道路》一文批判时,他说秦兆阳同志提倡"社会主义时代的现实主义是出于文路宽阔的良好愿望",而自己却"摆出维护正统的面孔","多加指责"。

如此诚恳沉痛的检讨,我还没有见到过。我想当年受到过伤害的同志,读后也会受到感动,冰释前嫌,泯除恩怨。

至于早年在新民歌基础上创作格律诗的问题上,他与何其芳、卞之琳同志发生过激烈的争论,那属于学术范围,完全可以有不同的意见。在争论中双方都有情绪化的语言,似乎何其芳同志的文章火气更大一些。而光年同志却检讨说:对他们的主张"理解不深不透。匆忙地以一种片面性反对另一种片面性,这是

记忆依然炽热

不对的。"还深情地写道:"可惜都已先我而远逝!我不能当面向他们致歉。谨此表示崇仰与怀念之情。"如果在八宝山革命公墓里的他们有知,也会深受感动而动容。文友同志之间,人民内部,在学术论争中,都应有这样的气度和品格,如他所说"争鸣,才能健康地开展,方能取得良好的效果"。遗憾的是,这竟成了他最后的绝唱。

不过早在此之前,他已经开始用实际行动在改正过去,谱写新篇。可以说,他是文学新时期的领军人物。刘心武的小说《班主任》可以说是新时期文学的先声。第一篇否定性的触及"文革"的小说是刘心武的《班主任》。小说生动地使人看到或感到,所谓"文化大革命"实际推行的是文化大愚昧。当时"文革"还被尊奉肯定着。作品到了《人民文学》编辑部后,编辑们虽然欣赏赞同也不敢作主发表。大家只好把这带有政治风险的难题,上交主编张光年同志。他经过认真审读思考,决定发表。发表后社会反响强烈,受到读者普遍欢迎。继之,上海文艺刊物上发表了同样主题的小说《伤痕》,引起了同样的反响。从此涌起"伤痕文学"的潮流,一时成为创作的主潮。

继《班主任》之后,刘心武连续创作了四篇类似题材或主题的短篇小说,受到读者和社会的普遍关注。《文艺报》决定予以推荐评论。《文艺报》编辑阎纲、刘锡诚邀集文学所的杜书瀛、陈骏涛、何西来连同作者本人,来到社会科学院建外宿舍区我的陋舍,一起商讨关于刘心武作品的评论。当时《爱情的故事》尚未发表,大家读的是手稿。最后推定我执笔成文《对生活的思考——评刘心武的〈班主任〉等短篇小说》,主要由于作品和作

追思光年同志

者本身的原因，文章也受到注意。从以上所述也能看出实际是集体写作，何西来同志还直接参与了文章的修订。可见当时大家是多么热切。而这后面的精神支柱则是身为《文艺报》主编的光年同志。

同时，他作为作协的主要领导人，主持了文学界关于创作和理论的一些重要会议，参与了各类作品的评奖，其中"茅盾文学奖"这个重头奖项，从首届开始到第三届，都是他亲自出任评委副主任（主任是巴金），评选了这个时期文学的重要成果——优秀长篇小说。有的长篇如张洁的《沉重的翅膀》当时尚有异议；是他慧眼识珠，经过评委们的反复讨论，结果投票入选。

他是新时期文学的领军人物。不论他行动的诗篇，还是文字的绝唱，都给人深刻启迪，令人萦怀难忘。

（原载《长城文萃》2002 年）

韦君宜和她的《母与子》

《母与子》没有令人目眩或费解的文字迷障,读来如舒卷剥笋。人与物、景与情,皆历历在目。尤其作品的人物,从开始就以清晰的身影面貌呈现于眼前。小说中的母亲沈明贞确有原型,两者的经历大体相同。少年出嫁为姨太太时类同奴婢;"扶正"之后成为主妇,又沦为寡妇,事事听命于长房族兄。像这样一位妇女,不但能冲出封建家庭的闷罐,而且"毕其私蓄,为党兴办事业,殚其精力,为党掩护工作。爱子成仁而不顾,镣铐在前而不屈,险巨备经,忠贞若一"。确如作者所说,"出乎常情以外,为那个时代那个身份的妇女所很少有"。作品之诱人,就是把一个奇特的人物写得合情合理,真实可信,具有母性真善美的魅力。小说开始时是1935年旧历除夕,是抗日战争前夕。这时沈明贞已是四个子女的母亲。要写出她人生中途的转折,就不能不追溯到清末民初她的童少年。因此,她的性格历程的起点比小说开始写到的时间更远。她是怎样穿越这时代的鸿沟,思想感情的重重

韦君宜和她的《母与子》

关卡，由彼岸达到此岸的？这是读者所关切的。小说把她这曲折心灵历程，写得一步一个脚印，步步落实。

小说开篇"过年"那一节，充分展现了她作为一个封建家庭主妇的"崔沈明贞"。在她逆来顺受的主妇灵魂深处，仍有抗拒命运的少女的精神火焰。因为门第悬殊，"作小"的身份，亲人探视都遭受冷遇，这给她心上留下了不能愈合的伤口。身居富贵，始终不能与这样的环境和谐，这是她叛离封建营垒的基因。她后来流落到穷乡僻野，却安贫操劳若素，与邻舍劳动妇女相处如故，从感情上来说这是情源。而在任何困境苦斗中，她又从不失大家主妇的端庄。思想文化背景和教养，对于这个人物来说，则是中途转折的直接原因。当她少龄成长时期，"鉴湖女侠"的声名正盛，其诗词深入闺阁。沈明贞在家父亲友的影响下，对秋瑾迷醉膜拜，自号"慕雄"，以秋瑾为楷模。这是沈明贞刚毅反叛性格的最早成因。后来她受到鲁迅作品的影响，也是由于秋瑾这个人物的媒介。她从《药》中夏瑜这个人物开始，继而亲近鲁迅的其他作品。同时，流行的陈规旧说，也不自觉地渗入意识，她这时的思想解放像她放开的脚一样，带有那个过渡时代的痕迹。高尔基的《母亲》是启蒙她革命思想的第一课本。她从这本偶然发现并太不懂的翻译小说中，发现了她身边革命青年秘密活动的窥察窗口。后来在儿女的帮助下，才读懂了这本革命的书。她的革命意识在尼罗芙娜这个人物形象的启示下开始形成，从单纯的母爱进而爱革命的子女。她从此便如饥似渴地阅读革命书籍，自觉地汲取革命思想的营养。她由理解革命、亲近革命到与革命晚辈共患难同战斗而成为掩护革命活动的中国的尼罗芙娜。

记忆依然炽热

　　这个革命母亲的形象的成长过程,不同于其他作品中常见的劳动妇女走的是捷径;也不同于尼罗芙娜主要写的是由阶级意识的自在到自为,革命活动已是革命的尾声。沈明贞这个形象的性格历程绵延曲折,时间的跨度更大。在她身上不仅辉映着抗战的战火风光,也映现了抗战以前及民初以来的世风时俗、思想文化的嬗变。这个朴素真实而又深邃蕴涵的形象,可能不那样耀眼夺目,但当人们沉静下来,对历史作更深入思考的时候,将还会回眸于她。因为这个形象身上体现着中国革命历史的进程,对后人也有长远的教育意义。

　　除了主角沈明贞,《母与子》还创造了一群革命青年男女的生动形象。如果说沈明贞使人不能不联想到《母亲》中的母亲,那么这群青年男女形象则使我们联想到巴金的《家》和曹禺的《雷雨》中的青年人物。《母与子》中的这些革命青年,曾从那些人物身上得到过鉴戒和鼓舞。崔立华有过觉新和周萍的懦弱,立华、琼华的"不自由毋宁死",类似觉慧和周冲的稚气。但又明显的是两代不同的革命青年。前者革命思想的最高点是后者继续前进的起点。"革命"再不是抽象的口号,已是实际行动;光明不再是未来的憧憬,而是现实的存在;所追求的革命目标,由个性解放进而为共产主义事业。

　　看得出来,作者是有意写了革命道路的曲折艰巨。崔立华挣脱掉封建家族的羁绊,由一个大少爷、小老板变成一个共产党员,固然不易,入党后的革命活动更加艰难,以致为革命付出生命。崔树华是一个很少出场的重要人物,是沈明贞的引路人,革命青年群体的核心。后来因为不慎,无意违反了秘密工作纪律,

韦君宜和她的《母与子》

受到党内处分,被遣送到延安。像他这样的党员干部,到延安后本来可以担任领导工作,却被分配到外县做一名普通的中学教员。琼华曾以死抗拒家庭包办婚姻,勇敢地奔赴延安,而她在这里却因选择不当,造成婚姻的不幸。那个曾积极追随这些堂兄妹之后到了延安的敏华,却因为不堪艰苦的生活和简陋的工作条件,发生动摇,又回大后方过城市的优裕生活。在这些革命兄妹中,只有最小的建华在革命队伍中较一帆风顺,也不过是晋察冀解放区画报社的一名"小记者"。

在革命形势逆转恶化的那几年,对于处在大后方的沈明贞母子一家更是严峻的考验。党组织"冻结"了与党员的联系,沈明贞一家避难乡镇,人地两生,家资无存,一家之寄托崔立华,又被捕牺牲,处境相当凄凉。正是这种严峻的考验显示了革命者的孤松傲风雪的气度。

作品虽然没有直接写抗战困难时期延安的生活,但通过人物的信件口述,间接地写到了那里物资的匮乏,个人的烦恼。首次打破了人们一向把延安想象成理想王国的虚幻。这样写,可能使看惯了只唱革命赞歌和光明颂的读者产生怀疑,怀疑是不是给革命和光明蒙上了阴影?其实,这才是革命生活的真实,正如婴儿的诞生,难免有娩痛和血污,甚至于难产和夭折。苦味的真实令人省思,美丽的肥皂泡是欺人的。

此外几个青年形象,虽然写得较简略,也都写出了经历的曲折。例如女青年于清,由于政治上的天真幼稚,被捕后为了不暴露共产党员的身份,填写了敌人指定的表格,还自以为得计,却不知是违反党纪,被开除党籍。她因此感到冤枉又深深痛悔。一

记忆依然炽热

般把这样的人物简单地写成可恶的叛徒,而她最后是高喊着革命口号,牺牲于敌人屠刀下。对失节青年李敏生的描写上更加大胆。他被捕后,因为一家人完全靠他出外谋生维持一家人的生活,便履行了"自首手续"。出狱后,他并不隐讳自己的失节,并带着赎罪的心情继续参加革命活动。作者没有原宥变节行为,也没有把这样的一时失足者写成"不齿于人类的狗屎堆",为革命阵营所不容。

作品还写了一个游离于革命斗争的"庸人"方和音。在抗日救亡运动初期,他曾是一位风云人物。在扮演《放下你的鞭子》角色中崭露出文艺的才华,较早去了延安。但在艰苦环境和平凡工作面前暴露了他的灵魂。他为了个人的出路,不惜退伍回到大后方,开始幻想出国镀金,无奈青云无路,改做生意,又不善经营。几经碰壁失意之后,又找到革命队伍,恳求宽恕,但并未断绝出国另寻出路的念头。直到小说结束,这个人物的思想没有定型,生活没有找到定点。他可能就如此游离终生。作者对于这样的人物没有采取非此即彼的态度,写得不可爱,也不可恨;令人反感,又令人怜悯。

张孝和这个人物与方和音大相径庭。他是崔家女仆的儿子,出身贫寒,为人质朴。在沈明贞、崔立华的带领下,由一个小伙计成为独当门面的经理。他又是崔立华进行革命和秘密活动的助手,并入了党。像这样的人物,按照一般的逻辑,他应该是最坚定的共产主义战士。但抗战结束后,他认为抗日救亡的夙愿已实现,也不再要求恢复"冻结"了的组织关系,而随着"从旧阵营来的人",与方和音结伴,复员回乡。因为他缺乏接受先进思想的

韦君宜和她的《母与子》

文化素养，后来又限于掩护革命活动的经商业务，始终没有超出一个忠仆的局限。当主人一家与旧社会彻底决绝的时候，他未同行。不过这个人物使人觉得，虽然与"从旧阵营来的人"和方和音结伴同行，但归宿未必相同。

《母与子》关于时代历史背景的描写也不一般。既写了当年新思潮的勃兴澎湃，如秋瑾的诗词，高尔基、鲁迅的小说，《大众哲学》、《论持久战》等革命书籍脍炙人口。也写了旧的思想糟粕如《女诫》、《内则》，吴佩孚的诗，蒋中正的《革命哲学》以及不见经传者的《论共产主义不合中国国情》等，仍有市场。这正是那个新旧交替年代的特点。写出了1938年"抗战中心"武汉街头的游行盛况，大后方"抗战文化"的缤纷斑斓。当时一些重大历史事件如台儿庄大捷，确山惨案，刘湘被杀……也都穿插其间得到如实地记述。这一切都为人物提供了展示性格的环境。

《母与子》在革命历史题材创作上的新特色，即以严格的现实主义创作方法写出了历史的全面真实。

要写出全面的真实，需要坚持严格的现实主义。这不但需要作者的勇气和努力，还需要一定的社会环境。正如作者曾有过的苦恼，在"左"的风气下就难能做到，三中全会以后的政治思想气氛，才使她有了实现夙愿的可能。

这部小说，除了整体结构完整，繁枝密叶般的细节描写也无疏漏。例如小说描写树华去延安临行前沈明贞为他制装。为了缝制一件御寒的大衣，从选料到审体缝制，都写得很细。而树华并没有穿走，似乎多余。其实是为后来的情节埋下了伏笔。后来党的地下工作者老何因为身份暴露，也要被疏散去延安，沈明贞为

记忆依然炽热

他送行时,特意把这件为儿子煞费苦心缝制的大衣送给了他。这既表现了沈明贞慈母的心,又表现了对革命同志母亲般的爱。又如沈明贞初到武汉,到街头观赏游行时,停步在江汉关钟楼下,钟声震荡,有人指着眼前情景说:"真是又到了 1927 年大革命时候的武汉。"被她听到,引起同感。使人物想起当年江汉关钟楼的钟声和听到过的那句话。同一个细节,写出了她对"大革命光景"的迷醉和醒悟,揭示了她的成长和成熟。表面来看是神龙首尾,其实内有细针密线。从中不难窥见艺术构思的苦心孤诣。

作者面对如此的生活素材,可想而知,很难抑制感情的激动。但作者把眼泪溶化在笔墨中,可以借用小说形容沈明贞一段说话语调的文字来形容:"声音并不大,也不是豪言壮语,却字字清楚,每个字是在她心灵深处狠狠磨了很久才吐出来的。"

韦君宜同志早在 1935 年就开始发表小说。她的成名之作《龙》,用传说的形式写了人民群众心目中的贺龙形象,写于抗日战争初期,是这方面最早的作品,后被收入《解放区短篇小说选集》。以后主要从事实际革命工作,建国后她虽然又回到了文学战线,但主要是做编辑出版工作,用文学界流行的说法长期"为他人做嫁衣"。到了最近几年,才得空剪裁自己积累的生活素材。她这几年的创作成就不逊于专业作家。她说自己"年纪虽然大了,奇怪的却是老有点少年心(自然不是打球跳舞那样的少年心)"。艺术本身就是永远年青的生命。或者生,或者死,没有迟暮苟延残喘。她的这些晚年之作,都是意气风发,有棱有角。《母与子》是她的近作,不仅有思想上的"少年心",艺术上还有"继续探索着什么"的新探索。

韦君宜和她的《母与子》

韦君宜同志说"我不喜欢专门弄粉调朱的散文"。是的,她的作品如其人,以坦率真诚取信于读者。而为了避免作品的书卷脂粉气,刻意求"很拙直,没有修饰"(《似水流年》),也未免失之矫枉过正。"艺术的最高技巧是没有技巧"(巴金),说到底还是对艺术技巧的追求。

(原载《文艺报》1986 年 8 月 2 日)

向时间透支了生命的钟惦棐

与钟惦棐同志遗体告别的时候，面对他那未曾有过的闭目冷漠的仪容，确信他远走永别了。这个痛苦的印象，一直在脑际盘旋萦回多日。但是，留在我记忆中的他仍是生前那付调侃风趣、生动活泼的音容笑貌，以至于使我至今觉得他仿佛还健在。

我与惦棐同志之间个人交往并不深。对他几乎是终生从事的电影创作研究，尚未达到可以与之深谈的水平，所以我不敢说与他有深交。不过我们从50年代初就相识了，而且先后两度都在一个单位工作。50年代初我们都在中南海庆云堂中宣部文艺处工作，他在一篇文章中提到当时的工作环境和气氛时写道："多数同志不知娱乐为何物，凌晨两三点钟之前，没有一个窗户不是亮堂堂的。"其中就有他的一面窗户。当时人们之间没有现在的哥们儿关系，都是工作上的同志，互相间的私交不多。当时他在处里独立负责电影方面的工作，经常外出审看新电影片；

向时间透支了生命的钟惦棐

他又单独住在文艺处办公的后院,与大家在一起的时间不多,只有全处开会的时候,才来到前院与大家一起。不过都是正题或题外的畅谈。后来我们都先后到了社科院文学研究所,仍然是在某些会议上相遇,也没有什么私交。然而两度相处,机遇和时间暗中在我们之间架起了知心的桥梁,开口无忌,相谈倾心。这种感情上的默契,过去没有认真想过,似乎理所当然。现在回想,有件事使我开始对他产生了感情上的信赖。

一次,在文艺处的会议上,不记得因为什么,他深情地谈起自己的经历。他出身贫寒,他说:"到了革命队伍,我才第一次穿上一件新棉袄……"说时十分庄重,夹杂着连连的短咳,完全不像平时的幽默调侃。这些话也道出了大家共同的人生经历和革命的血缘亲情。相知,有这么一句话也就够了。

另一次我记得准确,那是在苏共二十大期间,在党内小范围党员干部中,宣读了赫鲁晓夫所作的"秘密报告"。宣读完正好是午饭时间。平常大家走向食堂,都是一路说笑,而现在都沉默地不说什么。因为早已形成习惯,凡是遇到重大政治事件,在上级领导明确表态以前,都保持审慎的沉默。钟惦棐同志虽然也低头沉思,却打破沉默对我说:"不管怎么说,斯大林同志把当年的老布尔塞维克,一个个都整下去,令人不解。"这"不解"两字是经过斟酌后说出的,语气沉重。表面看来是对身边的我说的,又似乎与谁暗中争辩。只是这一句话给我留下了深刻的印象。到了"文化大革命","打倒走资派"的时候,他的这句话经常在我内心和耳边隐隐作声,与这疯狂的喧嚣抗衡。

长期的挫伤和磨难,并没有磨损他思想的锐敏和锋芒,反

记忆依然炽热

而更加凌厉深邃。1980年初春，也正是我国思想解放的初春，在昆明召开的一次当代文学学术研讨会上，他作过一次大会发言。他坦露胸怀，向人介绍了他被错划"右派"后，所遭受的精神苦刑和痛苦心境。他说经常觉得自己不像自己，而是一条被鞭打的驴子，想着想着，自己究竟是人还是驴，像庄子梦蝶一样迷离不分。他通过自己的亲身感受说明，非人的待遇怎样把人异化。当时还没有人提出异化问题，反映这种异化现象的作品还没有出现。可见他敏感的深度。

《电影文学断想》是他经寒雪压顶后青松品格的力作。在这篇上万字的长文中，对于建国后电影创作的历程作了全面反顾，也是"我的一次反思"。其意义不限于屏幕，涉及根本文艺理论上的问题。例如对于已有定论和思维定式的文学上"源"与"流"问题，他提出了大胆的异议。他说："说生活是'源'，其余都是'流'，作为认识论是对的；作为文学艺术的方法论，其实际情况，就往往要复杂得多。""中外古今，我看很难说有哪个值得注意的作者是不受其先行文学现象的影响的。"他举例论证后果断地说："没有'流'就没有文学现象。尽管源头喷薄，但它终究还不是文学。"这不是几年后，一直到今天，我们文坛上所热烈讨论的创作主体意识问题的先声吗？关于文艺为社会主义服务的问题，他提出了"和弦论"，就是文艺创作与社会主义革命、建设应"组成一个和弦"，应是有机的配合，而不是机械的一致；基本目的上要求同步，而作为手段，可以同步，也可以不同步。意见全面辩证。关于题材的多样化的问题，他的见解深刻精当，他说："真正从生活中吸取题材，它本身就是不同质的，还有什

向时间透支了生命的钟惦棐

么多样化、少样化的问题呢？"他不仅把这个长期争论不休的老问题提到新层次上，提出"一个艺术家一旦形成自己的风格之后，题材也就无限扩大"，以卓别林、鲁迅、蒲松龄、契诃夫等为例证，令人信服。

对于"伤痕文学"他是肯定的。当时对此还存在着褒贬不一的分歧，甚于有的把"伤痕文学"称为"对文学现实主义的恶谥"，直到1984年第四次作家代表大会，在张光年同志所作的会议报告中才被正名肯定。

同时，他还预言："在'四人帮'垮台后的十年左右，中国将会出现一种'反思文学'，也就是对逝去的年代来一次再认识。……这种文学将会随着整个思想界的逐渐深化而深化。"刘再复同志为何西来的专著《新时期文学思潮论》写的序言中，把这首创归功于何西来，他说："由他最先提出的'反思文学'这个概念，相当准确地反映了新时期文学的主潮内容，这个概括在批评界与创作界产生了积极的影响。"这个概念的引起广泛注意，文学界普遍认可，以及流行，何西来的文章功不可没；而从首创的先后具体时间上，最先使用或者说创造者是钟惦棐同志。《电影文学断想》写于1979年7月，发表于同年末的《文学评论》上；何西来同志的《新时期文学思潮论》的构思，作者在该书《跋》中透露，始于1980年初夏，公开发表出版的时间更晚。这并不是说西来同志的见解来自钟惦棐同志，正如他在书的《跋》中所说，"那也是人同此心，心同此理"。应该说是钟惦棐同志是此心此理的最先感应倡导者。从那时到现在恰好整10年，"反思文学"在这10年中确实成为主流，他的这个预言已经实

记忆依然炽热

现，而且"反思文学"还会像他所预言的将随着反思的深化而深化，事实也证明更有历史深度和力度的反思文学正在勃起。

在同一时代地平线上并肩同行的人，互相用不着多少言词表露心迹，只要一句交谈，二人眼神相遇，就爆发出照亮彼此心迹的火花。即使相距遥远，长期不遇，互相也能感到彼此的脉搏气息。但是，他每次见到我，都故作生疏，退后几步，侧目而视，仿佛审视一个陌生人。然后他才说："你这家伙！怎么老不见你？"接下来便诚恳地说："什么时候一块儿聊一聊……"这话不知他说过多少遍，我也不知应诺过多少遍，但一直没有机会好好聊一聊。

1980年初春在昆明开会那次，我们两个住一房间，倒是一个好好聊一聊的好机会。但是他除了开会，不断有人来找他，特别是当地报刊、广播部门常同时来找他写稿，都急等发稿，他盛情难却，都答应了下来。所以，每天半夜醒来，都看见他仍在伏案灯下。而到了早晨该起床吃早点的时候，他却在熟睡。他熬夜不像别人一气到底，一夜间睡下、起来，反反复复，经常为了一个句子、一个措词而不断起来。我惊讶他居然中间还能成眠。他狡猾地说他有一个秘诀，就是夜间不看表，不与时间相见，在与时间捉迷藏中窃取了时间。因此，我虽然失去了与之深聊的机会，却知道了他不曾透露过的秘密，看到了平时看不到的那彻夜伏案灯下的苦干者的背影。

他先天体格并不健壮。他自己也知肝炎病重，曾几次被医生强制住院。但他却一直是如他开玩笑时常说的："活着干，死了算"的拼命；为此，他在家里受到妻子的管束责怪，在医院受

向时间透支了生命的钟惦棐

到医生的警告批评。他接受批评的态度总是像后来在文化大革命中作为批斗对象那样；低头认罪，但就是不改。

他的文章都是这样写成的，字字都是心血的结晶，匠心独运，独具"麻辣"风格，其俏皮幽默，不仅使人称快解颐，还令人扼腕兴叹。谐趣里有苦笑、讥笑；麻辣里是良药忠言，核心是刻骨的忧国忧民的忠诚。可惜他的这"第二种忠诚"常不被理解，甚至遭到误解。

在我们这七十不算稀，八十不算老的年代，他去得未免太早。不过他是向时间预支了生命的人。他以呕心沥血的生命结晶偿还了时间；时间将证明他生命仍在。

写于1989年3月20日钟惦棐同志逝世两周年
（原载《中国文化报》1989年4月5日）

重情爱才的冯牧

冯牧重情爱才，一向如此。他本人就才情并茂。我记得在延安鲁艺我们那期文学系同学中，他是佼佼者。他是第一个被录取的，后来的报考者一到校就听说，他为大家立了一个难以逾越的标杆，他的笔试卷深得主考人何其芳的赞赏。仅那临场笔试的自选题目就不寻常——《自画像》。当时大多数报考者不过是一般文学爱好者的水平，只觉得这标题别致新颖，能说出这是受纪德的《描写自己》启发的，恐怕没有。我后来第一次阅读梅里美的《西班牙书简》就是他借给我的手抄本。入学不久，他便在延安的《文艺月报》上发表了洋洋洒洒长篇论文：《什么是奥勃洛夫精神？》同时他还发表过诗、散文、译作。所以他后来提前毕业到了文艺理论研究室，谁也不觉意外。

他不仅文思敏捷，文笔多姿，而且歌喉动听。他曾参加了冼星海亲自指挥的《黄河大合唱》第一次演出，在大型歌咏队的高音部。后来，我们还常听见他模拟重温那时的歌声。至于他还是京

重情爱才的冯牧

剧的内行，擅长程派青衣的唱腔，那是跟大家更熟悉后才表露出来的。他自操胡琴，声乐协律，高腔低吟，连我这幼稚的戏盲也被迷住了。听着那柔和圆润、婉转凄迷的唱段，有一种深夜闻洞箫的韵味、感觉……

当年大家都是同样的破旧制服，同样的粗食淡菜，同样的艰苦生活，已成习惯。白天在一起上课作业，晚饭后又三三两两到延河边去散步，朝夕相处，互相磨合得已无隔阂，已无什么隐秘。由于物资极其匮乏，冬夜难熬。一间窑洞只有一盏(碗)灯，沥青般浓的土煤油，也只够就寝时照亮用。取暖的木炭供应有限，只好早早把火种埋好，上床钻被窝，互相拥挤着取笑取暖，无所不谈，以此来打发漫长的冬夜。

在一次戏谈中，冯牧曾说他的姐妹多，待抗战胜利解放了北平，他将介绍给大家。不料时隔多年后的解放初期，一位在外省做了地委书记的老同学，来北京开会，我们几位在京的老熟人陪他去探望冯牧，出来迎接的除了冯牧还有他的大姐。这位老同学一时激动，言语失控，面对大姐说："延安的时候冯牧曾向我们许诺过……"我们知道他下面将要说的是什么，便赶快用别的话打岔，他才没有把"许诺"什么说出来。冯牧虽然十分紧张，却故作没有听懂。待大姐离开时，冯牧才放松，笑着指点这位老同学说："你这书记老兄！……"每谈起那段赤裸的生活，冯牧都有无限眷恋之情。大家议论起当年的同学，有的变得有些官气，而对于冯牧都说他仍旧当年的"同学味"，保持着当年的本真。

冯牧在我们同学中可谓鹤立鸡群。而他自己却像小鸡，喜欢偎群抱团，而且常常受到幼小者有意无意的啄伤和误会。小井是

记忆依然炽热

他的密友,因受自己浪漫情怀的蛊惑,模仿着小说的情节,向音乐系的"吉提",展开了列文式的攻坚。当他知道这位女同学心目中的白马王子是冯牧后,便误会冯牧是他的劲敌渥伦斯基。其实,冯牧并不知晓,也无此意。于是两人之间发生了争执,有时三人一起进行谈判辩论。说来那不过是小孩过家家式的爱情游戏,却都十分认真。冯牧为此与人疏远,陷入忧郁的自我孤立,像受委屈的孩子。

经常使他陷入孤独忧郁的是周末。周末可以不受平日作息时间的限制,友好的同学可以在延河边作尽情的漫步。但是,一些好友恰在这时悄然不见了。当时党组织尚未公开,谁是党员还在保密,从蛛丝马迹却能猜知,那是去过组织生活了。冯牧早在来延安以前已是"民先"(党的外围组织)队员,只因出身高级知识分子的富裕家庭,必须经受更严格的考察和考验,尚不是党员。每当此刻,他便独自向隅,抠着指甲(好像他的指甲有特殊的病记)低吟,往往是藉着程派的青衣唱腔表述自己的心曲。

冯牧本人多才多艺,完全可以展露出更多的才华,他却更乐于看到其他同学在文学上开花结果。他宠爱拔尖同学的才华,每有新作,他往往给予夸张的传扬。但他更愿意与一般年幼的同学一起传阅手稿,朗读习作。他对人的帮助,从来不是求疵指教,按照自己的趣味爱好要求引导。他善于发现连本人也未必意识到的特长,一旦有所发现,他常是以小跑的步履向人传告。后来听说他在昆明军区担任文化部副部长期间,主管文艺,亲手扶植了一批很有才华的青年诗人、作家。虽然我不知其详,凭我的经验完全相信。在"反右"中这批青年作家曾遭受不幸,他本人也因之

重情爱才的冯牧

受到牵连被处分。但他谈及这段经历时，总是略过这些不愉快的曲折，从不提自己付出的代价，而是浸沉在同情欣赏和喜悦中。

他在《方纪文集·前言》中，在描述方纪，其实同时也描绘了自己。他写道："以'一二九运动'为起点，开始走上革命和文学的征途"；"保持了某些北京学生的特点"；"相当浓厚的书生气"；"'毁誉参半'含义的：'才子气'"；"有些不知天高地厚而又恃才傲物的知识分子习气"……这是冯牧晚年以批判的眼光、严谨的文字、重写的《自画像》。只是有些话言重了，未免苛求。尽管如此，也能从中看到他当年的坦荡胸怀，飘逸才情。

他没有自己的亲生儿女，却有亲生儿女般的侄女、外甥、友人的孩子。特别是对已故友人的子女，倍加爱护，常在节日约来家里聚会。此外，还有一些不速之客突如其来、破门而入，主要是年轻人。他在这些晚辈面前，从不以长辈自居，晚辈们在他面前也没有嫡亲父辈面前的恭顺拘谨。他们互相幽默戏谑，诙谐调侃，如宾如友。一次，我在他那里遇上一位未曾见过面的青年人，刚出差远游归来，正向他滔滔讲述所见所闻。冯牧打断他的话，向我介绍时戏称他"孤魂野鬼"。此人不但不介意，反欣然接受。冯牧沉疴住医院，医生严禁外人探视，完全是这些小朋友们设法轮流精心侍候护理，一直把他送上归程……

我知道他还有终生不渝的老朋友，除了方纪还有苏策。在延安时冯牧就常提到苏策这个名字，是他从小的同学和一起参加革命队伍的伙伴。从他亲切尊崇的口气也可以听出苏策是兄长。因为听他谈得次数多了，苏策也成了大家印象中的熟人。我是直到1982年去昆明开会才有机会见到苏策本人。他一身整齐朴素的军

记忆依然炽热

装，一副宽厚长者的仪容，军帽外两鬓已有白丝。虽然初次相会，却一见如故。他爱友及友，对我爱抚的眼光，温暖的掌握，同时使我深深感到他对冯牧的挚爱。当我想到这漫长的友谊，曾经战争年代的暌别疏隔，和平年代并不和平的政治运动冲激颠簸，仍稳定如初，不能不感叹羡慕。至于他与方纪友谊之深，只举一点就足以说明。都知道方纪身患半瘫已多年足不出户。但闻知冯牧病逝，他让家人搀扶，远从天津来到北京，亲自为冯牧的西归壮行……像这样的友人还可以举出早逝的郭小川、朱丹……

冯牧生前其客厅沙发上总是坐客不断，除了新客，就是老朋友。彼此无拘无束，散淡谈笑，如同荡漾在游艇上。有时即使相对无言，也像屠格涅夫的散文《鸽子》里所写的两只白鸽，结伴穿越暴风雨，默默栖息在屋檐下，"它们两个竖起了羽毛，彼此都感觉得到自己的翅膀挨着对方的翅膀……"

那么，要问稳定、维系、鼓荡这友谊方舟的链锚、缆索、风帆的是什么？我的回答是：他那重情爱才以及那"学生气"、"同学味"的性格魅力。

冯牧走了，他留给人们的是笑容风范。

(原载《光明日报》1996 年 2 月 14 日)

平易近人的许觉民

我非常遗憾,觉民同志去世以前未能与他见上一面,连他病重住进医院我都不知道。而在这之前不久,也就是第七次作代会前夕,他还主动打电话给我,谈要不要出席(我们都是作协的荣誉全国委员),这是一个难得相聚的机会。但考虑到身体等条件,怕给别人增加麻烦,只好作罢,他叹息说:"以后再找机会吧。"就是这次通话后不久他病重住进医院,再没有生还,然而,我一点消息也不知道。直到后来在《文艺报》上看到他的照片和逝世的消息,我才大吃一惊,悔恨自己没有最后见上他一面。

我只知道他眼睛不好,不能看书,颇为苦恼。对于我们这些职业读者来说,不能看书确实是最大的苦恼。不过看到他经常发表文章,也就为之欣慰,并不知道他还有别的病。后来,他告诉我,他腹部有一肿块,需要治疗,采取什么方法正和医生商量中,也想听听我的意见。根据我的经验,像我们这样大的年纪,

记忆依然炽热

不可动大手术，尽量采取保守疗法。因为我动了开胸大手术后，体重掉了 36 斤，一直不能恢复，明显感到软弱无力。他采纳了我的意见，其后告诉我效果不错。他那健朗的声音也说明这点。所以每次通话他总是说："什么时候见面谈谈？"我也这样应诺着。以为来日方长，并不急切。一次，他在协和医院住院，我借着到协和医院看病的机会，特意找到他住的病房去看他，结果他已出院，也没有见到。本来见见面、谈一谈应是轻而易举的事，却没有做到。当时如果我得知他病重住院，无论如何我也要去医院与他见一面，但没有做到，而且永远做不到了！这无可挽回的遗憾，令我痛悔。后来从贺兴安同志的悼念文章中得知，家人已在他墓前植一常青树作为纪念，我恐怕已去不成那么远的地方，即使能去，也只能隔土木默默相对……

其实，我与许觉民同志没有很深的交往。他来文学所以前，我们都不曾相识。不过他的"洁泯"这个笔名我并不陌生，在报刊上经常见到，经常读到他的文学评论文章。他是很有社会影响的文学评论家。"文革"后，他随沙汀、陈荒煤、吴伯萧来文学所，以许觉民本名任副所长，前面三人先后离去后他担任了所长，独当一面。就是在后来的这段时间内，我们逐渐熟悉起来。所谓熟悉，也不过是从道听途说中知道，他没有高的学历，文学上不是科班出身，并没有更多的了解。不过他那勤恳和平易近人给人以突出的印象。他虽然缠身在行政事物中，却一直笔耕不辍，文笔娴熟而富华彩。一次全所大会，是他主持的，在会议休息时间，大家三三两两聚在一起闲聊，都谈到他，陈毓罴同志十分严肃认真地说："许觉民同志完全靠自学，达到如此水平，真不简单！"

平易近人的许觉民

这由衷的赞叹给我留下了深刻的印象。后来再读他的文章时，格外细心。他的平易近人更是有口皆碑。

所谓平易近人，一般是下级或晚辈指上级或长辈来说的，是指上级或长辈的礼贤下士、屈尊俯就；而他的平易近人却毫无这样的意味。

有一件小事，使我对他的平易近人有了亲切直接的体会。那是全所离退休干部会议后，当时他也已从所长职位上退下来，自然也在其中。会后大家都利用这个机会，到财务办公室顺便办理一些医药报销之类的事，结果财务办公室又成了大家重聚的场合，不过那气氛更加随便。这时财务会计工作人员格外忙碌。一位面向门口的女会计，忽然大声调侃喊道："大家让一让，咱们的大领导来了！"大家都一齐把目光转向门口。原来指的是许觉民同志。他立刻站住，故意吃惊地仰面问天："我什么时候成了大领导？"那位女士接过话茬说："你过去没有大过，所以现在叫你大一大。"大家也跟着起哄。他连连后退。他为了与这些普通工作人员多处些时间，故意往后推延，除了与在座的工作人员闲话，还问到没有来上班的其他人员。所谈都是一些细微的工作和生活上的问题，完全是同级平辈的交谈。我们都插不上嘴。这不是一般的平易近人所能表达的。既无居高临下的屈尊，也无故作姿态的迎合。如果说有什么刻意的话，那就是刻意不要与人有上下等级的区分，泯灭那种级别的观念和隔阂。

我想这与他的出身和经历有关系。一次一起出外开会，有一段旅程是在长江水上航行。我们俩被安排在一间双人客舱里，一

记忆依然炽热

同食宿，促膝聊天，无所不谈。在缓缓的航行的交谈中，我知道了他艰苦的少年生活。父亲早逝，母亲带着他和弟弟艰难度日。母亲为了一家生计，不断出外佣工，或揽活在家替人洗涮缝补，十分艰苦。他虽年少，作为长子，自觉责任在肩，为了与母亲共同支撑起这个失去栋梁的家，他自动辍学，出外谋生，当了学徒。当学徒几乎是当年所有穷苦人家的孩子出外谋生的必经之路。学徒三年没有报酬，沏茶点烟，叠床洒扫，所有的家务活都要干。不仅随时随地服侍老板、老板娘，还要侍候老板一家的公子小姐。特别是屈辱性的每天早晚都替老板倒尿壶，都耻于告人，他也毫不避讳，也很坦然地告诉了我。因为这不是他个人的屈辱，而是旧社会所有学徒的遭遇。从他料理我们共同生活的勤快和熟练，仍能看到当年那段生活经历留存的痕迹。这使我想起所里司机小陶曾对我说过的：星期天到他家接他出来开会，总碰见他在院子里自己用搓板洗衣服。小陶还说：他平时很少要车，一般都是步行或乘公交车。

他的文章俏丽而蕴藉，内容却朴实真挚感人，特别是他那对普通人的关爱亲和溢于言表。即使一篇短文也是如此，他有一篇散文，写的是他一天黄昏在街上散步，突然狂风骤起，大雨欲来，路边的一个临时菜摊，几乎被狂风掀翻。摊主人是一个劳动妇女，一时救护不及，狼狈不堪。这时，一个青年人顶着风沙跑来救助，一再催促妈妈回家躲避。母亲却坚持留下，而让儿子回家。母子二人互相推让，又互相争抢，直到把菜摊收拾起，一起离去。通过二人的言谈举动的精细描写，写出了普通劳动人民的那种共命运共甘苦的母子亲情，十分感人。类似的场面在我们日

平易近人的许觉民

常散步时候并不鲜见,但都作为日常小事而被忽略;他不但看在眼里,记在心里,并且落墨于纸上。这也体现了他文章的平易近人。

(原载《中国社会科学报》2007年11月29日)

"好同志"葛洛

> 我感到我们有这样多的好同志,
> 这样多的寂寞地:工作着的同志,
> 就是为了这我也想流一会儿眼泪。
>
> 　　　　　　何其芳:《给 G. L 同志》

　　听说葛洛同志因重病住进医院,很觉意外。因为他的身体一向看起来都很硬朗,近年仍像往常那样忙碌不停地工作着,不像有病的人,甚至像不会有病的人。他的突然辞世,更是令人难以相信、接受。不久以前,还在一个饭桌上听他谈出访东南亚的印象,还特意关怀地向我问一位有病同志的健康。他那特有的音容谈吐,步履姿态,依然宛在眼前,而"什么时候一块好好谈谈"的机会再也没有了。无法弥补的空虚,无法挽救的遗憾。

　　其实我与葛洛同志并没有私交,也没有深交,只是他和我先后都在延安桥儿沟乡担任过副乡长,这段共同的经历,在我们之

"好同志"葛洛

间建立起难以忘怀的感情。我在《当代》（1992年第3期）杂志上发表的《桥儿沟的星辰》，就是记述这段生活的。他看到后，写信给我：

> 从《当代》上读到你回忆桥儿沟的文章，感到亲切极了，仿佛被你拉回到半个世纪以前，拉回到桥儿沟的乡亲们中间，重温了那一段永难忘怀的生活。桥儿沟是你的第二故乡，桥儿沟、碾庄也是我的第二故乡啊。我钦佩你的记忆力如此之好，也钦佩你能用不多的笔墨，使赵布喜、贾乡长、宋老人、修鞋匠王拐子，榴……都又活了起来，使桥儿沟的"星辰"又在我们心中闪烁。

早在1940年，鲁艺文学系毕业后，他就到延安川口区碾庄乡实习，担任副乡长。他在那里工作得很出色。延安整风运动后，他又被派到桥儿沟乡实习担任副乡长。1944年因为确定他从军南下，调回学校待命，改派我去顶替他。因为前有碾庄乡的工作经验，他到桥儿沟乡便很快打开了局面，在当地群众眼里他就是本土本乡人。他培养了一批乡村骨干、积极分子，使全乡生产互助、拥军优属、文化活动……各项工作都蓬勃富有生气。他扶植起来的群众自办的定期"黑板报"，不但全乡关注，而且吸引了过往行旅的驻步，曾受到边区政府的表彰，在边区劳模大会上获得乙等奖。我一到桥儿沟乡，便不由得想起"整风文献"中《兴国调查报告》，毛泽东同志在其中称赞兴国乡的同志"开展了第一流的工作"。来前还听过他给文学系同志介绍他下乡的经验，

记忆依然炽热

确实有他自己的系统体会心得，受益匪浅。所谓顶替，对我来说是步他的后尘学习锻炼。日本帝国主义投降后，我到东北参加开辟根据地、发动群众工作，所以并不茫然手足无措，主要原因有这段工作经历，心中已有桥儿沟乡的蓝图。

葛洛在信中，还"附带"告诉我，他与桥儿沟乡乡亲们联系一直未断，"赵步喜在逝世之前，还一直保持着同我的联系"；榴出嫁后，他"曾顺便到她家看望过"。桥儿沟乡是我们共同的第二故乡，那里的群众是我们的共同乡亲。

当时下乡实习的目的主要还是为了创作。他是鲁艺第一批下乡实习的同学。与他同时到碾庄实习的还有美术系毕业的古元。古元的木刻曾使徐悲鸿惊赞，赞叹说"发现中国艺术界中一卓绝的天才，乃中国共产党中之大艺术家"。令徐悲鸿惊叹的古元那些木刻，就是出自他实习的碾庄，古元在《摇篮》一文中自我介绍说其"审美趣味"、"作品素材"，"都是来源于碾庄的生活"，他称碾庄是"我艺术生涯的摇篮"。碾庄也是葛洛创作生命的摇篮。他的成名之作《我的主家》和名篇《风波》、《卫生组长》等小说，也都是来自这段实习生活。《我的主家》曾于 1940 年以醒目的版面刊载于延安《解放日报》，是第一篇用陕北群众的口头语言，反映陕北土地革命年代生活斗争的作品。从语言到内容，在人们面前打开了一片文学的新天地，使当时延安的文学工作者，对这片待垦的处女地产生了向往。鲁艺文学系的教员何其芳、周立波，都曾先后到碾庄体验生活。何其芳写于 1941 年 3 月 26 日《给 G.L 同志》，诗中的 G.L，就是葛洛。诗中写道："我们睡在一个床上"，"谈了很多的话"，对他的学生在这里的工作

"好同志"葛洛

和生活,感慨道:

> 我感到我们有这样多的好同志,
> 这样多的寂寞地工作着的同志,
> 就是为了这我也想流一会儿眼泪。

周立波在碾庄住的时间较长,回校后于1941年6月创作了富有抒情散文色彩的小说《牛》,其中作者直接写道"在这一向落后的陕北农村里,因为有了共产党所领导的新政权,人和人之间,已经有了一种只有生活的圆满和快乐才能带来的亲切的温暖的东西"。其中还写到了葛洛、古元。从中不难看出《我的主家》当时产生的魅力和影响。继之,他在《解放日报》上又连载发表了有古元木刻插图的小说《风波》(1942年5月)。小说描写土地革命"红"的年代,一家地主因反对"苏区"出逃在外,现在在边区政府的政策感召下,"老掌柜婆"返乡归来,作为一个"新居民",受到了政府的接待安排,因而在群众特别是"婆姨们"中引起了喜剧性的风波。这幅革命历史进程中重大转折的生活画面,只有陕北才有,艺术上别具特色,且有清新的时代意味。1945年发表的《卫生组长》,后来被收入《解放区短篇小说选》,更是公认的解放区短篇小说创作的代表之作。

解放战争时期,葛洛一直跟随南下大军,转战中原,紧随革命大军的进军步伐,及时作了战斗行踪的报道,反映了新区群众的翻身斗争,作了革命战士的人物特写。

记忆依然炽热

　　上述这些作品，他于 1950 年编辑成集，作为当时"长江文艺丛书"之一出版，书名《雇工》。这就是张锲在《哭葛洛》文章中所说的，"此刻，在我的桌上摆着本 1950 年出版的您的唯一的一本小说集《雇工》"。于是，我把自己收藏的《雇工》拿出来重新翻阅，虽纸张已经变黄发脆，但其中的群众生活和战争硝烟，依然浓郁清新。当然，与今天的创作相比，未免显得质胜文，艺术上有一定的差距。但是，不应忘记，当年历史所要求于文学的主要是内容。细心的读者则不难发现，作品中已蕴涵着抒情和幽默的因素，对生活和人物有自己独特的艺术敏感。

　　举其中的《搬运》为例。这是描写延安生产运动的作品。描写人们在警报频传、敌机侵袭下，仍坚持收割、搬运。所写是延安鲁艺的"人们"。其中写的"我们的搬运队长田同志"，即著名演员田方。"他有一双庄严而又温和的眼睛"，这确实是他的一个特点。关于他的整个脸孔特点的描写是"笏板形脸孔"，这奇特的形容使我愕然，不过越想越像。不知他怎样产生"笏板形"这个奇特的形象的。文章中写的"画漫画的"华同志，就是漫画家华君武。他形容他说："他的性格也就和漫画一样"，概括得既奇特又传神。他形容那些"谷物的收获者"，劳动时"都把身子弓得像秤上的钩子一样"，也是别具意味的形象。这篇作品是《雇工》集中写作时间最早的，写于 1939 年，发表在香港《大公报》文艺副刊上，可能是他的处女作，从中已萌芽了他的艺术敏感。1956 年 11 月 26 日在《人民日报》副刊上发表的讽刺性散文《龙店乡的喜日》，可能是他解放后发表的唯一作品，仍具有同样的艺术韵味和魅力。

"好同志"葛洛

全国解放后,他服从分配,一直做的是所谓"为人做嫁衣"的编辑工作,长期担任过《人民文学》的副主编。"文革"后一度任《诗刊》副主编,对于写小说的他来说,未免隔行。而让他主持《诗刊》的工作,显然出于对他编辑业务的信任。他还主持了历届全国短篇小说的评奖,实际上也是审读评价的编辑工作。他在编辑岗位上独当一面,想发表自己的作品肯定不难,但他在主编《人民文学》时,上面没有发表过一篇自己的作品。当编辑的常说自己是"为他人做嫁衣",多少含有不得已的委屈。从未听他有过这样的抱怨,而是安于为人做嫁衣。

近些年,他主要在作协机关任职,是连续几届的作协书记处书记,一直到生命终止。在这个岗位上,他既不以名作家的身份让人仰目,也不以职位资格自居,而是一位朴朴素素的实际工作者,只是忠于职守。他常出席一些会议,难免作一些恭贺祝愿之类的讲话,他事先都声明是受书记处的委托,并不像有的人,好像组织就是他;他就是组织。虽然不像有的人,应酬自如,套话说得滚瓜烂熟,油嘴滑舌,得意忘形。而是认真履行职责,诚恳质朴,尽到应尽的礼节。他身在官位,却没有官气。他仍保持着当年当副乡长的作风。

非常可惜,解放后他几乎完全搁置了创作。见面时,我总是提请他拿起创作的笔,他也表示自己也有此心愿,但似乎又有难言的苦衷。他在上述给我的信上,有这样的一段话:

你在文章开始时特别写到了我,而且说了那么多好话,使我受之有愧。我也算我国文学界一分子,在创作上却成绩

记忆依然炽热

甚微,成了鲁迅所说的"空头文学家"。造成这种情况,固然客观原因不小,但我自己抓得不紧,也是重要原因。我不愿再提这些事了。

不知他为什么"不愿再提这些事了"?他没有说。我从小夏在"怀念父亲葛洛"的《最后的日子》里看到,多少透露了他"沉埋多年的这番心事"。他对子女们说:"当时,我们的党内生活、政治生活和社会生活,还有一些方面不是那么正常,而文学艺术界从来都是首当其冲的风口。"他自己身为一名党员作家,长期处在"风口"这异常敏感的岗位上,年年月月,栉风沐雨,如履薄冰。因此,他的创作逐步淡化退化,以致搁笔。"爸爸的创作足迹正是淡化在那样的年代,淡化在他对那些曾被奉若神明的文学律条的苦思与反悟之中……在创作天地中长期埋没自己。而那笔一旦久搁,重新拿起谈何容易!"

不能不又想到何其芳同志《给 G.L 同志》,特别是诗中最后那句:"就是为了这我也想流一会儿眼泪。"

(原载《中篇小说选刊》1994 年第 3 期)

怀念井岩盾

我并没有在白城地区生活和工作过，连白城子的轮廓都未曾看分明过，虽然我曾乘火车几次路过这里，因为时间都在深夜，隔窗眺望，只见夜色茫茫，灯火星散。然而，我每次路过这里，都极目寻觅，因为过早去世的井岩盾同志曾在这个地区工作过，留下了他生命的足迹。

我和他是延安鲁艺文学系的同学。在抗战的艰苦年代，我们在延安的窑洞里，大家挤在一铺土炕上生活了好几年。抗战胜利后，我们又一起奔赴沦陷十四年的东北关外，千里征程，一路徒步，常是身前脚后。到沈阳后，组织上分配工作，在征求个人对工作的愿望时，我们又不约而同，请求到最边远的地方去，不打算留在城市。因为经过延安整风都有一个坚定的信念：到最艰苦的斗争中去锻炼。于是，我们又从沈阳同行，经过长春、哈尔滨，到了齐齐哈尔才分手。他又远去了白城子。

从那分手以后，由于战争环境，交通隔绝，各自行止不定，

记忆依然炽热

互相音信便无了。1946年底，在那严寒的日子，动荡的岁月，我从报纸上意外地知道了他的行踪，他发表的一篇报告文学《后五道木事件的教训》文末自注"一九四六年十二月底于白城子"。

后五道木事件是阶级敌人制造的流血叛变事件，损失惨重，教训沉痛。他在文章中愤慨地写道："后五道木是著名的，而它的事变教训应该更著名！"后五道木一度是通辽县著名"模范村"，其实是阶级敌人制造的假象。一个地主阶级的代理人，勾结本村地痞流氓，伪装积极，窃夺了农会的领导。用极"左"的假清算运动，麻痹人们的警惕，组织自卫队形式主义大操练表演，骗取荣誉和信任。当敌情紧张的时候，蓄谋已久的叛变爆发了。那"一色白衣白裤白头巾白腿带"的自卫队，撕去了"模范"的伪装，露出了一群黑色匪徒的原形。一夜之间，杀死了真正贫雇农阶级的积极骨干，拉着自卫队投敌，成了胡匪。这个武装叛变事件的鲜血教训，当时有尖锐的典型意义。他以激昂锋利的笔触，淋漓尽致地描写了阶级敌人的狡诈阴毒和血腥残忍，也沉痛地缕述了"血换来的教训"。当时这篇报告文学产生了相当大的政治影响，用血的事实和教训擦亮了人们的眼睛，激起了对阶级敌人的更大仇恨。今天重读，依然情景夺目，气势逼人。

后来，他又发表了《瞎月工伸冤记》，这篇小说完全是用一个老瞎月工第一人称的口述，如副标题标示的"记录一个人的谈话"。是小说，但也像《后五道木事件的教训》那样，也是当年群众生活和精神面貌的真切生动的反映。从一个瞎月工的控诉里听到了一个阶级的声音，看到了群众斗争星火在燎原。从作品的章节标题，可以想见内容："血汗填了大沙坑"，"人命不如大烟

怀念井岩盾

土"，"伸冤的日子来到啦"，"报仇清算"……这两篇作品发表后，受到普遍注意，在东北地区广泛流传，积极推动了当时的群众运动。对今天不仅有认识价值，仍生动感人。

当时他所在所写的就是处于战争前沿的白城子地区。我当时在比较边远的后方。而他这两篇作品使我同样感到亲切。因为当时的所谓后方，也是一片待垦的处女地，像前方的阵地一样，需要用流血的斗争去开辟，需要用流血的斗争守卫。后方群众反霸清算运动的曲折起伏，同前方的战局的顺逆得失息息相应。后方的革命群众既要支前，也要身不离枪，随时准备迎击从前方流窜下来的"光复军"。我完全能够感知那远方战斗的情景。从这些作品里，我仿佛直接看到了他的身姿表情，听到了他的呼声。

后来我又知道，他初到白城地区曾当过区长，做过陶铸同志的秘书，陶铸同志是开辟白城地区工作的领导人。白城地区是我们同国民党"针锋相对，寸土必争"的激烈争战的阵地。他随陶铸同志曾在这片燃烧的土地上纵横驰骋。

他在《夜过鸿兴》一首短诗中写道：

没有一线灯光，
没有一声犬吠，
只是冷风在黑暗里哭泣，
只是稀稀疏疏几堆影子。

他在诗的题记里注释："鸿兴一带因接近前方，地主及国民党特务分子组织的胡匪异常猖獗……人民流离失所，十室九空。"

记忆依然炽热

他在短诗《瞻榆风景》里赞美我们矫捷的骑兵战士,"如同逗水的燕子"追击胡匪:

奔腾的铁蹄扬起灰尘,
枪声在空中激荡鸣响,
灾难中的人们欢迎他们,
寒冷的黎明升起太阳。

这些短诗都是他追随陶铸同志在奔驰的旅途中写下的。他非常珍惜跟随陶铸同志的这段历史。他敬佩陶铸同志的胆略卓识,景仰陶铸同志的聪敏诗才。他能完整地背诵出陶铸同志当时口赋的诗篇。这些诗都是陶铸同志在枪声飞弹中,执鞭依鞍,即兴吟成。一次,他跟随陶铸同志骑马在战地行进,突然响起枪声,一颗流弹从陶铸身旁穿过,打穿马鞍。陶铸同志泰然自若。过后停下来,下马后当即赋诗一首,诙谐幽默。陶铸同志自己没有留存,他都默记下来,我曾几次听他情不自禁地高声朗诵。可惜我没有记住。如果他在世,他一定会写出关于陶铸同志的感人回忆录。即使从他的这些短诗中,也可以看到当年陶铸同志戎马倥偬的踪影。

井岩盾同志在读中学的时候,是一个新诗的热烈爱好者。到了延安鲁艺,他开始写诗。而他成为一个引人注目的文艺战士,则是从白城地区开始,是白城地区人民群众的生活沃土,战斗风雨,催发了这颗革命文艺种子的萌芽挺拔。

后来他虽然离开了白城,到了沈阳,成为东北作家协会的驻

怀念井岩盾

会作家，而当选择生活基地的时候，他又带着全家老小，重返白城子落户，决心在这里长期扎根。

他一出关，对东北大地就充满深情，诗兴喷发。他歌唱乘坐的列车在"和太阳赛跑，和月亮赛跑"，"到处都是望不到边的大草原"。但这片刚刚解放的国土，被敌人蹂躏得一片荒芜，村落稀疏又破烂，他曾含着眼泪感叹，捏着拳头发愿：

这一脚踩出一碗油来的土地，
正等待着我们的锹头啊！
啊，啊，那不行啊！
对于它，我们必须用马达，
党将把机器交给我们，
毛主席将提出他的计划……

这次他重新回到故土亲人中间，该是怎样激动热烈的心情？他安下家以后，不是急于收集写作的材料，而是和干部、群众一起研究规划如何建设这里的生活。他亲自勘察土壤地势，外出调查，同群众干部一起研究如何改变沙地低产，试验栽植果树，是他给当地引来了第一代苹果树。所以他离开那里后，那里的干部和群众还想念着他，每到苹果成熟的季节，他都收到千里迢迢外送给他的苹果。

十分遗憾和痛惜，突然的脑肿瘤破裂，病魔夺走了他的生命。时年43岁，正是结硕果的年龄。

诗人、"生活干事"自评

我早就拟好了这篇散文的题目,企图记述自评。

自评在我们那期鲁艺文学系的同学中,是一个非常罗曼蒂克、有着诗人气质的人,而又是我们的"生活干事"——日常烦琐的事务工作。而这两种极端的气质,在他身上作了奇妙的结合。我们那一学期的开学,正遇上国民党的第二次反共高潮,险恶的政治气候像当时严冬突变的天气一样,风雪呼啸,江河冰封。党通过种种渠道,把一些不谙政治风云变幻的革命者转移到安全地方,把身处险境的儿女召唤回家。因此,有的就来到了鲁艺。

我们这期同学,一部分来自阎锡山的"二战区"。第二次反共高潮就是从这里的"新旧军事件"开始的。国民党策动阎锡山的嫡系旧军向共产党人领导的抗日新军发动了类似"四·一二"的突然袭击。另一部分来自国民党统治下的大后方。共同的特点都是还没有脱尽孩子气的青年学生。从大家简单的行装上就能看

诗人、"生活干事"自评

出大家经历的简单。每人只有公家发的一条棉被，一套棉衣。棉被连铺带盖，棉衣白天穿着，晚上当铺盖或做枕头，全部行装不过那么一小卷。也有年长阅历深的同学，有的可以直接阅读外文书籍，有的已经在报刊上发表作品。因为他们各自明显不同的气质风度，被大家嬉称为"阁下"、"作家"。不过他们除了多一些书籍外，行李也和大家一样简陋。冬天到了，晚上睡觉钻被窝时，也跟大家一样缩肩呵气，互相拥挤着取笑取暖。

一天忽然发现，我们窑洞的床铺上多了一个大行李，外用日本军的黄军毯包着，行李上还搭着件日本军用大衣。两相对照，很不协调。于是行李的主人引起了大家的疑问猜测。一会儿进来一个陌生人，这位新来的陌生人却像早已先到的主人一样，跟大家熟悉地打招呼，让大家帮助他解行李。大家一齐把军毯打开，平铺在整个床铺上，他抖抖那件日本军用大衣说："晚上一齐盖。"最使人感兴趣的是他的名字，他自我介绍："我叫自评。"虽然大家到延安后都改换了一个革命的姓名，但像他这样奇特的姓名还没有见过。

因为他的到来，大家晚上再不是瑟缩在光板铺席上，给大家的情绪似乎也增加了温度。熄灯以后，大家还一个个像埋在炭灰中的火种一样，醒着，讲故事。他不擅长讲故事，可是他讲的一些亲身经历的趣闻，都有塞外浪漫情调，也泄露了他不想讲的身世经历。可以听出，他来前在塞外旧部队里担任过官职，接触过一些复杂的人物，他的行装也说明这一点。他却有意避讳。我们都觉得是一个谜。一直到后来，党组织公开以后，我们才知道，他原来是党员，而且并不是第一次到延安。1938 年他曾到延安，

记忆依然炽热

接着就被组织派出去，离开了延安。至于他怎样被派出去的，又怎样被召唤回来的，其中的详情，他自己不谈，我们也不好问，始终不详。

他对于爱情的天真幻想和痴情追求，一时传为趣闻。普希金、莱蒙托夫为爱情与人决斗的故事，鼓舞着他勇敢的追求。他竟真的像《安娜·卡列尼娜》中列文那样，痴恋着音乐系的一位"吉提"。他明知道人家正与另一位渥伦斯基式的同学恋爱，他依然顽强地紧跟在这位女同学后面，不断地重复着："我爱你！"直到人家宣布结婚才罢。而当对方结婚时，他却主动出席婚礼，表示真诚的祝贺。

冬天夜长，灯油和木炭又都有限，大家只好躺在被窝里闲聊。男同学在一起难免谈论女同学，正如女同学聚一起的时候喜欢谈论男同学，爱情经常是当年一夜长谈的主题。其实，多都是戏言，真正的爱情是密藏在心里的，公开谈出来的即使不是戏言，也是遥远的幻想。

一次，一位同学开玩笑地应允大家，只要解放了北平，他可以保证在场的同学都能找到对象，他说他有好几个姐妹，可以保证。自评说他首先报名预定。这种童稚的戏言，过了十几年后谁还记得？真没有料到，有一次他来北京开会，我和他一起去看望这位同学，这位同学的一位姐姐在场。他竟当真提起了那旧话，连说带笑，指着这位同学说他曾应允过……他天真得简直忘记了他现在已是子女成群的人。这位同学的姐姐自然摸不着头脑，这位同学也装作似懂非懂说："那是过去的事。"哼哈着马虎过去。由这一件事，就可以想见，他当年天真到怎样的程度。

诗人、"生活干事"自评

　　他早晨起得最早。一起来就唱。翻来覆去唱的就是当时流行的苏联抒情歌曲《喀秋莎》。唱着叠床，唱着到延河边去洗脸刷牙，唱着回来。别的系的同学因此说我们系有一个"黎明鸟"。公正地说：他的歌喉相当嘹亮，唱的并不十分准确。他自己外加上去的颤抖花腔，不过是借着别人的歌曲抒发他自己的心情。

　　他写诗。他的诗和他的为人一样，不受形式的约束，不讲格律，真是自由体。不久前我在翻阅1940年香港《大公报》"文艺"副刊的时候，发现了他当时用赵采笔名发表的几首诗，其中有一首《别留一根坏草》，很能代表他的诗风和为人。

　　　　我们的山药蛋，绿油油的一尺高了。
　　　　开着白花，像孩子咧着小嘴在笑。
　　　　我们的谷子长得没膝盖了，多么有劲啊！

　　　　野草不要脸的，
　　　　长在苗的旁边，
　　　　我们认得出啊！

　　　　锄呀，锄啊！
　　　　轻快地锄，
　　　　小心地锄，
　　　　流着汗锄。
　　　　我们一群人像一架飞机，
　　　　像一队冲锋的勇士，

记忆依然炽热

  像少女给她的情人刺绣花枝。
  小凉风吹来了黑天,
  我们年青的健壮的一群下了山,
  我们说着、笑着、唱着下了山,
  延河里洗个澡,
  真凉快,真舒服啊!
  我们身上的泥土和汗臭
  给清水洗干净了。
  我们擦着结实的身子。

  即使不认识他的人,从这诗句中也能窥见他气质的一斑。他的长诗《火》曾获得过1941年延安"五四"中国青年节奖金征文乙等奖,解放后吉林省出版社出版过他的一本诗集叫《火热的歌》。不过,大家并不把他看作一般意义上有诗才的诗人,因为他的诗人气质胜过他的诗。

  他又一直是我们系的生活干事。除了学习,凡是生产生活的大事小情都归他管。开荒种地带队;领取和分发灯油、木炭、文具;会餐时掌勺分菜;对生活困难和生病同学的照顾……都经他手。系主任何其芳同志以自己是一个"热情的事务主义者"而自豪,他则是何其芳同志行政事务工作上的得力助手。这位罗曼蒂克气质的人,在分配灯油、木炭、会餐掌勺的时候,斤斤计较,一滴一勺也求得均等,那严格神情,可真不像一个诗人。对于个别生活邋遢、性情怪僻的同学,关照起来,简直像一个琐碎又严厉的家长。特别是他政治上的正直和坦率,使人感动。在抢救运

诗人、"生活干事"自评

动中,他在大会上也高声喊过口号,作过激昂慷慨的发言;后来他发现其中有错误,便奋不顾身地站出来为人申辩、争执。他与人争辩起来常是面红耳赤,口沫四溅,却从不存偏见。在当年"抢救运动"中,受过伤害的同志,对于伤害过自己的人难免不满,而对于自评却都没有怨言。

几十年后,他已当了地委第一书记,那当年诗人气质和生活干事的作风,依然未变。

大概是1960年一天,有人敲门,未等我问是谁,他就大声自报:"我是自评!"虽然他早已把原来自评的名字改成赵子平,与我这旧同学还是以原名自称。他是来北京开会的。为了要买一柄勘探队用的小锤头,溜号出来。从西单到王府井,跑遍了五金商店,最后在东四人民市场才买到这个稀有商品。顺路来到我家串门。像他这样身份地位的人,有事外出活动,不是屁股后边冒烟,就是前呼后拥有人陪伴,早已成了社会习惯。他却空身一人,挤来挤去,很是自然。他像小孩子刚得到一件心爱的玩具一样高兴,把小锤头拿给我看,他要像勘探队员那样,亲自叩问他那地区的山石矿藏,还是当年诗人和生活干事的气质。

后来他来北京高级党校学习。学校的生活环境,使他更加恢复了当年当学生的故态。假日,他不是借机忙于"看望老首长"和登门身居要职的"新贵"。即使到他曾为之当过秘书的负责同志那里,也是首先去看老司机和保姆,即使到老首长那里,也不过要碗绿豆汤喝,别无他求。他所喜欢的还是往那些"一级老百姓"的老同学家跑。有时还邀上几个党校的同学与他共享这乐趣。

记忆依然炽热

他在党校学习期间，同"家里"（地委）一直人信来往不断。他惦念着那里的气候雨水，操心年景收成，又及时把别地区的经验写信告诉"家里"。

进党校往往是一个干部升迁变动的过渡。天真单纯的他并无觉察，他根本没有想过毕业时会另行分配工作，离开那地区。妻子儿女也都一致反对离开，不愿再远走高飞大搬家。要去的地方又是甘肃边疆。这反而激起了他的热情幻想："祖国何处不芬芳……"

所以有这样的工作变动，因为在一桩案件上，他与省委某位领导意见分歧，以致在省委会上展开了激烈的争论，他竟脱口说了一句十分要害的话："我要告到中央去。"这不仅惹怒了这位权威，也触犯了"第一把手"太岁：难道我就解决不了，非告到中央去？目无组织。好吧，有机会让他去学习学习，另行分配工作。何其芳同志得知他可以另行分配工作的消息后，约他面谈，希望他来文学所任行政副所长，所里正缺这样的人，只是职位等待遇要降低很多。征求他本人的意见，他对此毫不在乎，而是求之不得。似乎事情已成，两个相得益彰的"热情的事务主义者"又像当年相聚，连我们一些老熟人也都非常高兴他的到来。以为这毫无问题。但是，结果未成。因为早有电话不露声色痕迹的"关照"：他不宜留在北京。

不久以后，他自己也知道了内情。我们担心他会不会因此熄灭热情的火焰，停止生活的织梭？走后又一直没有得到他的信，就更增加了我们的忧虑。接着来了"文化大革命"，根本斩断了人们间一切正常的联系。虽然后来从一位来外调的同志那里意外

诗人、"生活干事"自评

得到了他的消息,也很简略:他并没有因此气恼灰心,而是更加热情奔放。"文化大革命"中东北去的造反派要他诬证那个曾加害于他的人,他严词拒绝。"文化大革命"初期使他吃苦头最多的还是那句话:"我要告到中央去!"以后再得到的消息是他已经去世……

他的逝世并不突兀。多年前他在东北工作时,就已经屡犯晕厥。如果他顾惜自己的生命,早就去治病了。如果他因为身触生活暗礁而意志消沉,他有充分的理由退隐病房。他死在自己的预料之中……

因为茅盾同志逝世,报纸上发表了一组纪念照片。其中有一张是茅盾同志在延安鲁艺讲学的照片。那是在校园的树荫下,正给我们系讲授"中国市民文学"。茅盾先生站在讲桌后面对听众,听课的同学只照下了坐在地上的背影,只有一个人此刻回头对镜头,而留下了清楚真切的坐姿面孔,这就是自评。我看了这张照片,仿佛他又出现在我面前,他始终是一个天真热情的诗人,脚踏实地地"生活干事"。

1981 年 7 月北戴河

勿忘他

　　离 2003 年的春节，这个中国人最看重的合家团圆的节日，还不到一个月，延安鲁艺老同学刘漠同志却突然去世了。收到讣告的时候，收音机里正在播报寒潮来临的预报，令人更加心冷。遗孀江雪特附一函："刘漠同志生前曾多次嘱咐后事一定从简，特别嘱咐绝对不能因为后事烦累老同志们。正值寒冬腊月，时令不佳，恳切希望大家务必保重，不必参加在八宝山的告别仪式。我们已经代您送了花圈挽联，以表哀悼之情。再次希望大家保重身体，平安健康！"

　　江雪也是"鲁艺"同届的同学，虽然不同系，她是音乐系，因为是刘漠的爱人，与我们文学系的同学也因此而熟悉。她为人坦诚热情，不讲客套，毫无虚情。这反而增加了我无论如何也要去送行的决心。同时有两位分别远在沈阳、唐山的老同学，我知道他们要来但已来不及，我必须代他们在留名簿上签名转致哀思。

勿忘他

刘漠同志早在1938年"鲁艺"初创时就是戏剧系的学员。当时延安的学校，都是只经过短期的军事、政治和专业训练，就开赴抗日前线。当时有一支歌，其中唱道："别了，别了同学们，再见吧，再见在前线！"唱遍延安。刘漠同志也是唱着这动情的歌曲，奔赴前方的。1940年春他重返"鲁艺"后改入文学系，我们成了同系同学。

他在系里虽然没有担任什么职务，因为他来延安较早，年长成熟，大家把他看做学长，他对系里的人和事也处处关心。

有一位同学胥树人是从国统区四川家乡初到延安的，独立生活能力很差，邋邋遢遢，大家都不愿与他邻铺，还常被讥笑奚落。他嗜书如命，无视其他，被称为"老夫子"。刘漠也常开玩笑地数落批评他，不过同时给予切实的指导帮助，其温厚体贴如同兄长。学校党组织公开以后，大家才知道他原来是系里为数不多的党员之一，方才清楚他这非同一般体贴温厚的原因。

1942年全系的同学都派出去"实习"，有的将不再返校，就地另行分配工作。当时刘漠和胥树人都在延安供给学校实习，刘漠任组长，当决定胥树人留在供给学校，刘漠考虑到这对胥树人来说其困难可想而知，于是刘漠同志特意写信给院长周扬，让胥树人持信去面见周扬。因此又改调回"鲁艺"。这决定了他后来的人生道路。后来他一直从事文学工作，颇有成就。这不能不说刘漠的一臂之力起了关键作用。后来刘漠对他的关爱依然如故，依然寓关爱于戏谑中。胥树人因久未与他通信，相见时他责怪胥树人说："你怎么不来信？我很奇怪，难道你死了！"

刘漠是我们文学系的党支部书记。那时我与同班同学戴明

记忆依然炽热

同志是系里的新党员，政治上都很幼稚，入党以前两人经常互相斗嘴讥讽，入党后依然未改，一次竟反目冲突。刘漠同志把我们找到一起，以支部书记的身份批评劝说，使我们意识到自己已经是党员，"要注意影响"。我们却矫枉过正，从此避免接触，以至于后来戴明提前离校和去了哪里我都不知道。幸亏后来的巧遇，弥补了这不告而别的遗憾。

那是抗战胜利后，我随队伍离开延安，去开辟新区，行军到清涧县，我们意外相遇了。他是接到调令回延安，也将重新分配开赴新区工作。真是幸遇。因为都要赶路，不能详细交谈，但还是谈起刘漠同志，提及当年的幼稚，都还有些尴尬。即使戴明同志后来是唐山炼钢厂厂长，秦皇岛市市委书记，而对当年刘漠的记忆并没有淡忘。当我把这些讲给刘漠，婉转表示谢意说："别忘了，当时你是我们的支部书记！"他扭头一笑，用习惯性的口吻自嘲说："迷，不过那会儿我比你们大，你们都还是小鬼。"

1942年延安整风运动进入审查干部阶段，我们系第一个受到审查的却是他。他的党支部书记职务被撤销，却指定我这个新党员来接替。当时对他的问题看得很严重，中央领导部门派来一位资历很高的同志亲自来审问。当时我作为谈话记录人，知道大概：刘漠来延安前，在武汉上学。军训期间，被诱迫加入过国民党的"复兴社"。他到延安就向组织作了坦白交代，不曾作为问题。从他支部书记的任职也足以说明。"抢救运动"开始，他便被送进保安部门，人就不见了。从此断了他的音信，一直到建国后我们才在北京重逢。

勿忘他

我以为他过去的问题早已解决，而且谁也不愿重提那场悲剧。至于解放战争时期的经历，大家都不外在战火硝烟中跌打滚爬，大同小异，也未过问。直到他去世后从关于他的生平介绍中才发现：整个解放战争期间，他一直在边区根据地中学任普通教员；建国后主要在北京师范大学中文系任职，直到1982年因病离休。终其一生，不过是一个"离休干部"。

我担心他的遗体告别仪式将十分冷落。出乎我意料，灵堂大厅里来宾人满，站立着静候仪式开始，其隆重严肃的气氛不亚于名人。由于江雪同志的事先劝阻和安排，倒没有遇见预想中的鲁艺老同学，只看到他们的挽联和送的鲜花。而在大多鬓发苍苍的人群中，却望见了黑发的郭志刚和童庆炳。他们都是北师大著名教授，全国著名的学者。刘漠同志在北师大任职的时候，他们是中文系的学生。而其成就和声望早已青胜于蓝。

仪式结束后我特意对郭志刚说："你和童庆炳同志能够前来为刘漠同志送行，这令我感动，请您也向童庆炳同志转达我的谢意！"这绝不是一般的客套。因为，他们完全可以不亲自出席。不料他反驳我说："朱寨同志您怎么这样说？没有您们那一代，怎能有我们这一代！"他在北师大中文系担任党支部书记的时候，系主任是钟敬文先生。他自觉地甘作助手，对非党的钟敬文先生在政治上也十分尊敬，一起工作得很协调融洽。我曾不止一次当面听到钟敬文先生愉快地谈到他与刘漠的这段共事。

我归来后，便提笔给沈阳的胥树人写信，除告诉他我已代他

记忆依然炽热

和戴明签名致哀，主要讲了我的所见所感。很快便收到了他的长篇回信，从信中我才知道刘漠同志在延安审干和抢救中因历史问题，被定为特务，而且是经过了普遍"甄别"后的结论。一直到建国后从南京敌档中发现，国民党特务机关一直把他作为"共嫌"列入黑名单，这才彻底平反。所以在整个解放战争期间，他一直都是背着精神枷锁，被限制在狭窄的讲台。解放后反右运动中又遭厄运："当时中央教育部高等教育司有一位原辅仁大学教授（可能是留美的）向党交心，说自己过去思想很反动，还相信上帝。当时教育部领导要划他右派，刘漠同志认为这是思想问题，而且是对党主动交代，并不是对别人宣传，是否可以考虑不划。结果不但给那个教授划了，还给他以严重警告并调离高教部，直到1978年这处分决定才取消。"

刘漠同志尽管屡遭坎坷挫折，他未曾消沉过，"文革"中表现得更是正义凛然。周总理逝世时，当灵车经过长安街，他们全家人都在夹道人群中迎送，全家素食一个月，来默默哀悼。

他经历了如此的坎坷挫折，长期背负着精神的十字架，却看不出有什么伤痕阴影，仍如当年温厚亲切，还是爱开玩笑，戏谑地自嘲和嘲人。

在革命的道路上，他曾给予年轻的我们温厚的关爱，而当他惨遭不幸的时候，我们却不曾给予过他任何慰问和援助。即使最后送他远行的时候，也只凝视了他的遗体遗容，未能看到隐蔽在体内的他的精神的历程。因而我感悟到：一个人的一生，并不完全体现在表面的资历身份上。一代人里，声名显赫、身居高位者，不过是个别幸运的佼佼者。而绝大多数的无名无位者，却是

勿忘他

汇成历史洪流的涓滴,时代进行曲的1234567音符。不但应该为之共唱挽歌,还应该为之谱一曲《勿忘他》!可告慰的是,从送行的隆重肃穆的默默行列中,已经听到了相应的心声。

(原载《中华散文》2003年11月)

写给戴明

戴明同志（请原谅，我实在还不习惯改称他的现名戴明予和官称市委书记）逝世后，组织和亲属一致决定为他出一本纪念文集，因为我与他抗战时期在延安鲁艺是同学，也被约稿。我和戴明只有短暂的相处，对他以前和后来的情况都不了解，而且，他后来的革命征程，尚未开始，实在写不出与本人和业绩相应匹配的文字内容，所以几次约稿我都谢辞了。最近，得到戴明同志夫人肖晶华同志的传话：所以希望我也写点什么，没有别的企望，只是使戴明在那里不感到寂寞。这可以做到，义不容辞，果断答应下来。但只能写点我们之间的私事小事，只可供他排遣无尽长夜的寂寥。

我们是延安鲁艺第三届文学系的同学，而且曾经编在一个学习小组。当时我们都很年轻，在系里属于小字辈。虽然都入了党，政治上仍很幼稚。两人年龄相差不足一岁，谁都没有长幼概念，如同双胞，因此互不尊让，经常斗嘴讥讽。当时他虽然穿了一件边区放牛娃常穿的白板短皮袄，但模样仍然是一个外来学

写给戴明

生。他仍保持着学生的习惯,天天一早起来,到室外操场念英语,背单词。他在文学上颇有雄心壮志,同时又有"小资"的情调,这往往成了我们互相斗嘴讥讽的话题。一次竟因而红脸反目,支部书记把我们叫到一起,严肃规劝,让我们意识到已经是党员,要注意影响。从此,我们矫枉过正,疏于接触,不久他又分到别的小组,以致后来他提前离校,去了哪里,我都不知晓。

当年的学习小组,也是生活小组,以窑洞为单位,大家学习、生活都在一起。一个通炕上铺挨着铺,冬夜互相挤靠着取暖,吃饭围着一个菜盆,看书写字共用一张书桌、一盏灯,完全像一个家。互相像一家兄弟一样,用不着探听询问,都相知深入骨髓。

如果我们真的就这样分别,将是终生遗憾,幸亏后来一次的意外相遇。那是相隔两三年后,抗战胜利之际,延安大批干部分别奔赴前线敌后开辟新区,我也随军离开延安。当行军到清涧县的途中,我与他却意外迎面相见了。原来他当年离开学校后,一直在清涧县做农村工作,现在接到延安调令,也将开赴新区。这意外的相遇,恍然如梦。往事不由浮现,都难免有些尴尬赧然。那只是一瞬间,马上就都沉浸在这一不期而遇的惊喜中,握手言欢,凝视微笑,一切尽在一时的无言中。因为他急于回延安报到复命;我要追赶已离去的队伍,都不能多谈,连各自变得有些异样的模样也来不及端详。因此,分手后我又特意回头观望他的身影,确实已不像当年的学生,而成了一个地道的农村干部,身躯也有些庞然。正当我回首观望他的时候,他也正回眸于我,是不是也在验证他对我的异样印象?

241

记忆依然炽热

两人分手虽"背道而驰",其实都向着一个目标。不过,并不在一条战线上,又是长期的隔绝。直到全国解放后才又有了音信,取得联系。但是,因为工作岗位不同,又不在一地,只有偶尔会面的机会。这时的他,已转移到工业战线,成为唐山炼钢厂厂长。继之任中共秦皇岛市委书记,退居二线后还是省顾问委员会委员。其变化真是霄壤,这中间肯定有着不凡的经历。在那天翻地覆慨而慷的年代,谁没有曲折历险的故事?但由于阔别远离,没有机会交流叙谈。

当年鲁艺那段相处的日子,仍然是深刻难忘,影响终身。尽管后来都成了官员,从不以官职相称,不因官衔而分高低亲疏,相处依然袒露无遮掩,通过姿态谈吐,甚至一个眼神,可以判断是否走了样、变了味。后来,我们单独接触来往,主要是我到北戴河休假,他前来探望,相邀一块到大海游泳,利用他们机关在海滨的更衣处,更衣冲洗,分享过他的这点特权。一次,我和万力都在北戴河休假,他来接我们到他们家做客。当时他虽已从市委书记的位置上退了下来,生活待遇未变。我原以为他住的一定是深院豪宅;到后一看,不过是一个普通的独门小院,比一般民宅宽绰不到哪里。他对我们的招待也不过是家里现成的梨桃。他特意的盛情招待,是陪我们去游览当地名胜燕塞湖。他让家人排队自己买票,我们到排队候船的队伍后。这被一位员工发现,便大声喊着"戴书记",要优先放行,不必依次排队等候。他微笑着客气地谢绝了。也许有人觉得这是"丢份",他却坦然,我们也因此游览得心情格外舒畅。

黎辛同志在追悼戴明的文章中记述他与戴明一起在北戴河大

写给戴明

　　海中并肩游泳，边游边谈，黎辛与他谈到他的退居二线，他目视面前的后浪推前浪，坦然地说："我们前浪应该主动让后浪。"他对于官位绝不恋栈。我从中仿佛看到了他的游姿：回望游踪，无愧无悔，面对眼前更是海阔天空。

　　后来他因病来北京301医院住院，我与鲁果曾去探望过他。去时他正穿着病号睡衣，坐在床边椅子上。虽然不再有过去见面时那种高声欢呼嘿笑，却也不像猜想中的病态，我们还夸赞说："不错不错，满脸红光。"夫人肖晶华同志凑近我们耳边悄声说："医生说已到晚期。"所谓"满脸红光"，其实是正在低烧。他自己已知道得的是癌症。他说话很少，只怨尤说："怎么得这个病!?"是呀！善良好人却得恶性肿瘤！所谓，"善有善报，恶有恶报"，不过是天意民愿，人世间往往是善恶不得应报，甚至相反。更何况癌症已是当今时代的普泛恶症。

　　他经过一段治疗后，出现良好的转机，出院回家。未料不久传来不幸的消息……

　　关于戴明我能写的只是这一点点。希望真如肖晶华同志所企望的，戴明躯去魂在，减少点寂寞。

　　谁也免不了这一天。届时我们这些"魂人"又能相聚了，可以从容话旧，品味人生，那真是天堂！戴明你不会寂寞，更不会孤独，知交都与你为伍。

2006年2月26日于北京
（原载戴明予同志纪念文集《情洒燕山渤海间》）

一副光辉的笑容

我们县是鲁北平原上的一个小县，全城只有连着火车站的东半边城关比较热闹，其他西关、北关、南关，不过是些排列成街道式的普通住宅，街道上是陷鞋帮深的尘土，白日里也是冷冷清清。我们的小学校位置在南关背街一个旧庙的遗址上，就是说，我们这群乡野的孩子聚集在这个冷落的小县城的一个最冷落的角落里。

我们的那些老师们，站在讲台上，像站在世界最高处一样，高傲地大声叫喊。可是有谁是诚心地愿意在这个偏僻的角落里，默默地做一点知识的垦殖工作呢？

有。

1937年春天，学期开始，听说我们班新换了一位担任国文的级任教员，姓赵。这天她来了。她头一次来给我们上课，我们好奇的眼光都集中在教室门口，迎接着她。这种迎接的注视，可并不是欢迎，而是生疏地注视。她却没有感觉到。而且像早已认识

一副光辉的笑容

了我们一样,亲切地微笑着,向我们频频点头招呼,从容地走上讲台。

她有四十岁左右的年纪,穿着一件普通的蓝旗袍,没有因为初到一个新环境而加意装束。虽然这是她第一天到校的第一堂课,却像刚从另一教室里走来一样自然。她脸上焕发的笑容,使我们觉得从未见到过的动人。她一笑,嘴角两边是半圈半圈的笑波,眼睛两边是细密细密的笑纹,只有发自内心的喜悦,脸上才会涌现出这样的笑纹。

她说:"本来早几天就该来上课的,但对不起,因为旅途上的疲劳,来到后生了一点病,所以今天才跟小朋友们见面。"她问:"同学们,你们知道了我的名字吗?"

"赵——老——师!"我们机械地齐声回答。

她笑了。

她回身在黑板上写了两个大字,又在两个字旁画了一道标示人名的竖杠。她侧回身子指着问:

"认识吗?"

"慧——萍"!我们像回答课堂上的问题一样,仍是齐声机械地回答。

她听我们这样唱着她的名字,反觉得亲切有趣。她笑着说:"对了。我的名字就叫赵——慧——萍。我非常高兴在这里和你们这许多新的小朋友见面。来,让我来认识认识你们。"她翻开点名册,仔细地点着每个名字,端详每个站起来应到的同学。有的名字,她先问准确以后才叫;有的名字,点过以后,她又问应到的同学,是否念错。看样子,她是想一次就把我们引进

记忆依然炽热

她的心里。

她开始讲课。她讲课的方法也不同。她先让一个同学站起来先读遍课文,再试讲,不管讲得对或错,如何不连贯,她都让同学们安静地听他讲完,然后她再纠正重讲。一篇课文,她反复从各个侧面讲解,讲解以后,又领着我们一遍又一遍地朗读。读的时候,还让我们跟她一样,把里面的神韵读出来。她一手高举着书,一手在空中画着拍子,头也跟着微微摇动,脸上做着表情。以后的时间,她让我们自己轻声温读着课文,她手里拿着一支粉笔,背着手在我们座位行空间慢步巡行。她时时停下来,跟身边的同学谈话。有时是为了证实她记忆中的某同学的名字是否正确;有时抚摸同学的头顶,纠正坐的姿势或读书的声调。她常常在走过全班衣服最褴褛的一个同学桌旁时停下来跟他谈话,关切地询问他的家境。过去这位同学因为衣着寒碜,而经常受"公民"教员的奚落嘲笑。

下课铃响了,她走回讲台,说:"来,我领着大家再朗读一遍。"

她微笑地注视着大家,走出了课堂。

她刚走出教室门,我们这群被训练得冷漠、呆板、机械的孩子,却突然不约而同地向着这位新来的赵老师的背影,爆发出一片热情混乱地狂吼。为什么?我们自己也不明白。

这第一堂课所以被这样清楚地记住,因为她以后堂堂课都像第一堂课一样的认真、热忱、亲切。

赵老师还带来一个新同学马小蓬,是赵老师的儿子。每天早晨,我们都先看见马小蓬走进校门,扶着累赘在腰间的一个大书

一副光辉的笑容

包，回身站住望着外面，不久，赵老师便走进来了。赵老师的脸上泛着红润，喘着气，笑着走进来。显然，校门口那段没有台阶，用砖修得很陡的阶坡，使她落在马小蓬的后面。每天上完课，她也等到学生放学，同学生队伍一齐回家。赵老师很爱马小蓬。看着赵老师与马小蓬谈话时，那副喜爱的笑容，贯注的眼神，真使我们羡慕。而且在这贯注中，还有一种我们不了解的异样爱抚。后来，听了赵老师丈夫的代课，我们明白了。

赵老师的丈夫是城里乡师高年级的国文教员，也是这学期新来的。他来到不久，关于他"左倾"（那时说这两个字都是低声神秘的）和学识渊博的声誉，就在全城传开来，就连我们这僻静的小学校里，都有关于他的传说。有一次因为赵老师生病，他来代课，我们见到了他。

他匆匆地登上讲台，翻开点名册，望望班上的桌位，大体上对了对人数，在点名册那画到的格子里，连着画了一道长线，就把名册合上了。他说："我来的时候，赵老师告诉我，你们这堂课应该是温习昨天讲的旧课。"他拿起课本，任意翻了翻。"你们可以在下面温习，这一堂我来给大家随便谈谈。"

一听说他要"随便谈谈"，教室里起了一阵轻轻的骚动。因为大家早就听说过他上课的特点，就是经常不带课本，讲起来却滔滔不绝。我们正希望听到这样的讲课，大家便互相递着眼色，振作起精神。

他拉过粉笔盒，拿起一支粉笔，劈头向我们提出一个问题：知道不知道报上发表不久的南京政府当局关于时局的谈话？他并不是让我们来回答。他一下子打开了问题的缺口，由此单刀直

记忆依然炽热

入，展开对当时全国时局的分析："两广事件"，"双十二"，冀东伪政权，东三省沦陷……他严肃、激动，好像忘记是在向我们讲课，而是与那个"当局"论战。整整一堂课的时间，他没有停歇，一直是一手拿着黑板擦，一手拿着粉笔，在那讲桌与黑板间盘旋奔波。黑板上画着几幅简略的地图，地图上和周围写满了人名、地名、专有名词。在这些字旁打着一道道竖杠、横杠、圈着圈、框着框。下课铃响过很久了，他才吹吹手上的粉笔灰，放下挽起来的袖口，说："下次我们再谈。"匆匆下课。

因为赵老师的病没有好，他又连着给我们上了几次国文课。其实，每堂课讲的主要内容都是课文以外的时事问题。虽然我们对他讲的内容不完全理解，但他讲课的态度和情绪却抓住了我们。他对我们如此信赖和尊重，使我们产生了成年人的自尊自豪，认为自己对国家大事也有"匹夫"的责任，在我们心上撒播下了新思想的种子，产生了一股激动的力量，渴求寻找光明的天地，为国家做一番英雄的事业。

赵老师病好来上课时，她很快就看出我们精神上的变化。她那还遗留着病容的脸上，焕发着特别开朗的笑容。

她有意地探问："你们还愿意马老师来给你们讲课吗？"

全班响起一片热烈的反响："愿意！"

"我来考问你们：马老师讲的内容你们都记住了哪些？"大家争先恐后地讲述各自记住的内容。赵老师笑着走下讲台，像躲着一群飞扰在她面前的蜜蜂一样，摇着头，摆着手，躲避着群起的回答。"大家不要抢，一个一个地来，听我叫名字。"

赵老师听着我们模仿马老师的语言、口气、态度的背述，

一副光辉的笑容

她高兴得闭不住嘴，嘴角两边半圈半圈的笑波，眼睛两边细密的笑纹，多么动人！整整一堂课的时间，她都这样微笑着，巡行在我们中间。我们更清楚地看到了赵老师曾倾注在马小蓬身上的那种特别的爱抚贯注。马小蓬长得多么像他父亲，马老师容貌神态的许多特点都可以在他身上发现。我们也受到了这种超乎师生之爱的爱抚，因为在我们回答问题时的模仿中，也有马老师的影子。

可惜，仅仅一学期。这年暑期我们这班毕业，赵老师和马老师都被无缘无故解聘，不知去向。

虽仅仅一学期，留给我们的印象却很深。他们不是以教育人的师长身份留在我们记忆中，而是作为思想垦殖者的一家使我们怀念。当北方天际响起滚滚闷雷似的炮声，生活像暴风雨来临前夕，动荡、惶恐，我们更加渴望得到他们的指引，更加悬念他们的行止安危。

一直到后来，我在心里常默念："赵老师一家现在哪里呢？"

出乎意外，我到延安后却得到了她的消息，是我小学的同学告诉我的。

那是1938年初春的一天。延安召集什么大会，各机关的队伍都正向着大砭沟的露天会场汇集。那天是延安初春常有的天气：刮大风，漫天黄尘，太阳昏迷不醒。但风尘中飘荡的是奔腾热情的歌声、口号声。他忽然发现，在擦边过去的"抗大"队伍中有赵老师。她和别的女同志一样，穿着一身男女不分的灰棉军装，走在时时要奔跑一阵的队伍里，举着拳头，喊着口号，唱着歌。大概是年龄的关系，又是曾被缠过的双脚，她跑起来显得比

记忆依然炽热

别人紧张艰难一些。而她的脸上却焕发着青年人的活力。她那特有的光辉四射的笑容，使他一眼就认出来了。

"赵老师！"

她愣了一愣，站住，抓住他的手，疑问地望着。他说出了小学时的名字，她马上说出了我们的县城。她拍着他的肩膀说："长这样高了！还有哪些同学来了？好好，都找到革命的家了……"他看她们的队伍眼看就要没入其他队伍群中，只好说："赵老师你走吧，以后我去看你……"只匆忙地交谈了几句，再去寻望她，这时才发现她左臂上佩带着志哀的黑纱。

原来马老师牺牲于敌后根据地。病弱的儿子也不幸死于非命。因此党批准她到了延安，即她所说"回到了家"。她的脸上没有因此刻下哀伤的表情，依然焕发着高兴的笑容。而这笑容下面隐藏着怎样的坚贞和顽强！不久以后，她又随着抗大队伍，离开延安，过了黄河。

一副光辉的笑容，闪现在远方……

我心里一直在问："赵老师她在哪里？"

1958 年春

原来是他——罗世文同志

当年我们一群年少流亡者，困于走投无路，求告无门，又面临必须作出抉择的人生关键时刻。一封未署名的回函、一位未露身份姓名人的会见，给了我们希望，把我们从绝境中引上光明之路。那么这写信人和会见者是谁呢？在我心里一直是个谜。

那是1939年，随着第一次反共高潮寒流袭来，我们校园的政治气候也凛冽起来，训育主任对我们的那副狰狞面孔就是标记。我们仍处之泰然而坦然，因为我们除了订《新华日报》别无背景。我们不过是受高尔基作品的影响，仿效他笔下的海燕，迎着时代风暴，栉风沐雨，作雏燕试飞。所以，我们仍如往常，下晚自习课后，继续留下读自己的书。为了不给校方以干涉的借口，我们每人自备了一盏点灯心草的小油灯，到时自动换上。我们这些夜读者实在像鲁迅先生在《秋夜》里描写的"乱撞"灯火的"小飞虫"，在书页上憧憬着"猩红色"的梦。即使如此，也不为黑暗所容。

记忆依然炽热

不出所料，训育主任突然破门而入。由于灯光昏暗，看不清他的面孔，却听到了他的鼻息。他挨个检查翻看每人在读什么，然后却不讲任何理由，严厉命令："熄灯！都去就寝！"这引起了我们七嘴八舌的抗议：我们没有点学校的灯，用的是自己买的灯和油；没有因为夜读误了起床上操，也没有影响上课……我的态度比较强硬，故意用政治性语言嘲讽说："读书难道也有罪吗？"他更加恼怒，夺门而去。这当然不是事情的结束。

第二天，第一堂课后，学校布告栏里便张贴出对我的处分决定。而且含沙射影、旁敲侧击"以儆效尤"。显然也是对着我们读书会的。学校的最高处分是开除，给我的处分是记两大过两小过，再有一小过就被开除。千钧一发。开除对我们这些年少流亡者来说，就是逼上绝路。我们商量决定："去延安！"这是我们唯一可以投奔和早已向往的去处。

去延安谈何容易！当年诗人艾青从大后方去延安，"和几个人化装成国民党的官僚，一路上经过四十七次的岗哨检查"，才有幸"安然到达"（《艾青诗选·我的创作生涯》），何况其他。虽然这是后来知道的，但当时谁都知道这路途的凶险。我们设想了种种办法和途径，都被自己否定了。没有特殊关系和身份掩护根本不能成行。我们唯一可以求助的门路只有《新华日报》，于是由我们的学长执笔，向成都的新华日报馆去信呼救。

答复的回信虽然没有满足我们的要求，但回信本身并没有使我们绝望。这不是一封答复可否的公函；虽然落款是"新华日报馆"，却是以个人的语气，充满亲切私意的长信，对我们的愿望和要求，表示完全理解和十分同情，还应和我们去信的倾诉，发

原来是他——罗世文同志

表了同感共鸣的议论，关切之情溢于言表，完全不像素不相识的陌生人。回信的信封也是普通的私用信封，寄信地址只写"成都祠堂街"。从这些细节上也能体会出对我们的爱护。这分明是出自某一个人的手笔，却未署个人姓名。这信使我们于失望中又萌生了希望，如同于茫茫黑夜里看到远处有无名的灯光在闪烁。于是决定前去面谈。我们读书会的学长和我受大家委托，带着这封复信，向着希望的灯火奔去。

从我们所在地德阳去成都，路程140多里，当天就到达了。祠堂街也并不难找，因为从沦陷区搬迁来的一些大书店都集中在这条街上，是著名的"文化街"。新华日报馆（准确说叫"重庆新华日报成都分销处"）临街有一间门面，像沿街的书店一样，开架出售各种书籍。因为顾客中常混有穿黄呢军装和形貌可疑的人，我们不得不在外面故作徜徉，等待机会。趁没有其他顾客时，我们便急趋柜台前，向柜台内那人说明身份姓名来意，同时掏出那封回信作凭证。他听后接过信便进入身后门里，我们又回到书架前乱翻书报。他出来后，趁无他人，通知我们明天上午九点在某茶馆有人去见我们。

某茶馆就在祠堂街繁华地段。我们于约定时间提前到达，选了一个僻静而又显眼的角落，在一张无人的茶桌前就座等候。这天是四川常有的淫雨霏霏的天气，檐滴如注，不断有撑伞人出入。一位戴雨帽穿雨衣的人穿过雨帘走进来，他在脱衣帽抖去雨滴的同时，机敏地扫视茶厅，然后从容地向我们走来。他身材颀长，面孔白净，戴着近视眼镜，像常见的中年知识人。他同我们一见如故，问了我们各自姓名，关于他本人自己并没有介绍。他

记忆依然炽热

听了我们在校情况的详细叙述，具体介绍了欲去延安，因一路的关卡陷阱，绝难成行。他深表同情。但目前他们确实没有帮助的办法，因此劝我们继续留校读书。接着关于当前抗战形势以及未来的前途，与我们作了广泛的交谈。他说："大后方也需要人工作。"他看我们已被说服，便告诫我们注意团结更多的同学，对校方也不必过于刺激，先在学校站住脚。至于我的特殊情况，他没有正面回答，望着我幽默地说："四川人民不会让你饿饭……"他起身准备离去前说："你们回校去，将有人找你们联系。"我们望着他的背影，一直消失在淫雨霏霏的街上。

我们回校不久，便有一位自称"成都来人"，先找到我们学长和我，以后又与读书会的其他同学见面。后来知道他是这一带地下党的中心县委书记。从此，我们与地下党有了联系并相继加入了组织，茫茫人海中有了人生港湾，再不是乱撞灯火的盲目者。

至于初次接见我们的那人，从那次会见之后再未见过，问起来，回答者总闪烁其词，故意回避。后来，我通过组织照顾，绕道到了延安，也就与大后方断绝了一切音信联系，那回信的播火者，那会见的引航人，是什么人也就成了谜。

完全出我意料，事隔已近半个世纪，无意中得到了答案。1986年秋，我顺路去重庆，借机去白公馆、渣滓洞凭吊。先在歌乐山下纪念馆瞻仰。展厅正面墙壁上挂着当年赫赫有名的车耀先、罗世文革命烈士遗像。其中一位令我惊讶：那不是当年接见过我们的人吗？再看像下的遗墨，那笔迹与当年给我们回信的笔迹完全相同，简直像当年那回信中的一页。啊！原来就是他，罗

原来是他——罗世文同志

世文！这突如其来的发现如闪电，回忆感想云集，我不由得惊叫一声"哎！"还想回头去召唤告知我那些当年的伙伴，虽然有的已离开人间……

从关于罗世文同志的革命生涯介绍中，我知道了他当年的公开身份是成都新华日报馆的负责人，党内是中共川康特委书记。他于1940年3月，距离给我们回信和会见不过相隔一年，即遭国民党特务绑架，投入黑牢，遭受长年监禁酷刑，坚贞不屈，于1946年8月在白公馆被"秘密制裁"（蒋介石的手令）。先用绳索勒杀，后用木柴汽油焚尸灭迹。

我咀嚼苦涩的回忆联想，沿着曲径继续向歌乐山的深处攀登。一步一阶，步履沉重。如果没有那回信的感召，如果没有那亲自会见的开导指引，我们那些年少伙伴们的命运将是怎样？不堪设想。是的，像他那样身居要职担负重任的人，可以不必亲笔给一些幼稚的流亡学生回信；也不必亲身接见我们那样的初访者。而这正是革命播火撒种者的非凡品格。先驱往往是革命的马前卒。是的，我的记述，在罗世文同志的壮烈功绩中，不足挂齿，或许他本人过后不再记忆这些事情。我们不过是他随手撒播的革命种子，却都成禾垂穗，对革命作了各自的奉献。我要首先到罗世文同志遇难处，献上旅觳对播种人的敬奠。

今年国庆节前夕，得知重庆歌乐山烈士纪念馆来京公展，我特意带上孙辈同去进行了一次圣洁的心旅。我再次肃立于罗世文同志遗像和笔迹前，难以移步。

最后我必须说，令人欣慰的是前来瞻仰者盛况非凡。这里的情景气氛与外面的兜售叫卖、物色选择似乎形成反差对照，然而

记忆依然炽热

这里的人们岂不是街上人群的分流？我们生活里有鲜活的潜流。"问渠哪得清如许？为有源头活水来。"体现了民族精神、道德情操的英灵先烈、革命传统，就是这活水的源头。因为有它，生活的河流才不至污浊淤塞，人生才不至于变得沙漠化。

（原载《光明日报》1986 年 12 月 18 日）

人　梯

我在北京突然接到济南寄来的一封讣告，很是惊奇。

我虽是山东人，但十几岁便流亡在外，后来也没有重返或工作过。山东家乡已无亲故，济南与我更是生疏，还是当年流亡路过的时候，在那举目无亲的城市住过一宿。

这是谁发来的，死者是谁呢？

我急忙拆开信封，展看加了黑框的"讣告"：

原公司副经理陶稷农同志，因患癌症医治无效，于1985年11月1日下午6时25分在济南逝世。终年69岁。

"陶稷农"这个姓名我记得。但我与他仅有一面之缘，以后46年再没有见过面，也无联系。他怎么没有忘记，一直到终年还记得我？我更为惊奇。

那是1939年初冬，在国统区的成都。当时我在流亡学校国立六中二分校（在四川德阳）上学，因为参加进步活动，被学校记了两大过两小过，在学校已不能立脚活动，取得地下党组织的

记忆依然炽热

同意，设法到延安去。恰好山西"民大"来成都招生，我便化名前去报考。

"民大"，是抗战时期山西的土皇帝阎锡山伪装进步，招徕人才，模仿延安的"抗日军政大学"即"抗大"，在山西建立的"民族革命大学"，简称"民大"。可能出他始料，不少进步青年就是借助他搭起的这块跳板，到了延安。我就是想通过报考"民大"，转途去延安。

当时"民大"派来成都招生的负责人与我党有联系。他一到成都就找川康特委负责人之一韩天石，请求协助此事。川康特委决定趁这个机会把要撤离的党员和进步青年送到前方去，以保护他们免遭迫害。

在当时，这是个秘密，而且经过正式考试和在报上发榜的手续。我当时不是党员，也没有正式的介绍引荐，主要依靠考试通过。除了笔试，还有口试，听说口试相当严格，并关系最后决定是否录取，实际是一次严格的考察、过滤。在我前面的一位考生进入试场被考问了很长时间才出来，满脸通红紧张。我也十分担心。这位口试的老师姓张。我隔着桌子坐在他的对面。他审视我的时候，我也观察了他。白皙，长发，穿着朴素的蓝色长衫。他问我从什么学校来的，听说我是六中二分校的，严肃的脸色变得温和一些。又低头看我的表格，然后问我在学校里是否也用现在的这个名字？我报考时用的是化名，我对他实说了原来的真姓名。他又仔细看了我一眼，马上理解地说："你就是……可以了。"表示口试通过。

这反使我有些不解。后来才知道，他原来是六中四分校（在

人　梯

罗江）的国文教员陶稷农，是全校知名的进步教员。他是临时改名换姓来成都帮助招考的。直到这次接到"讣告"，我才知道他以前和后来的经历。

陶稷农同志早在1930年代初参加过学生抗日救亡运动，曾于1936年8月参加"民先"，同年10月加入中国共产党。1940年8月任过新四军政治部干事、秘书等职。1941年7月因叛徒告密被日寇逮捕。1945年8月出狱后重新参加工作后，一度曾任山东省军区科长、济南市人民政府交际处长，1957年以后便离开军政机关，职位也步步下降，直到逝世前两个月才重新入党，不知为什么。

我与他仅是那一面之缘。在漫长的人生岁月中，那不过是时光的一闪。相遇偶然，说来也细微平淡，但这却关系我的前途命运，简单一句"可以了"，隐含着理解和信任，他毅然伸出援手，助一个青年人走上光明的道路。这使我不由地想起鲁迅先生说过的一句话：肩起黑暗的闸门，放孩子去光明之路。我知道，有不少这样的老师，解放前以教师身份作掩护，实际从事革命工作，把不少青年学生送入革命队伍。后来这些青年学生大多成了"领导"，而他们自己却默默无闻，甚至遭遇坎坷。他们不自炫，不攀附，不会拉关系，甘为革命作人梯。

我没有忘记那一面之缘。但我没想到他竟会记得那一闪而过的邂逅，还记着那无名的我，并向亲友讲起。否则治丧者不会知道他生前曾有我这个学生。但他为什么生前不通一声音信？我悔恨自己在他生前不曾主动询问致意于他。我想马上发唁电给陶稷农老师的家属，但不知家属有谁。即使发去，又谁能转致于死

记忆依然炽热

者，回答我的疑问？——只好遥致心祭。

并献祭于所有曾为人梯的灵魂。

（原载《光明日报》1988年12月4日）

我所了解的汪浙成、温小钰

汪浙成、温小钰同志应出版社编辑部之约，在准备编选这个集子之前，就写信来要我写一篇序言。这完全出乎我的意料，使我有些惶恐。因为我从来没有想到给别人写序，总以为给别人写序是权威或前辈的事情。所以我当即回信，除了感谢他们大概企图给予我一次荣誉的盛情，还诚恳建议另请合适的人选，或者自己谈谈创作经历和其中甘苦心得，才是读者所欢迎的。他们仍坚持原意，并非出于我所惶恐的考虑，确实出于互相之间有种特殊的友谊，出于友情的诚意。

虽然我与两位作者并无直接的交往，不过从一块工作的吕薇芬同志那里常听到他们的名字。她常谈起 50 年代北大中文系那段难忘的大学生生活。在她经常提到的同学名字中就有他俩。令人特别感兴趣的是，她提女友温小钰时，总是称她为"这小子"。例如她说："那时候我们住一个寝室，生活上全靠着我，连她的手巾、袜子都得我替她经管。'这小子'生活一塌糊涂，对人却

记忆依然炽热

非常热情，头脑极灵。"谈起当时她们的精神状态，她常举温小钰的例子。告诫说："小钰你'小子'要记住：当你自己感觉轻松舒服的时候，说明你已经右倾了。"对政治老师的告诫，她不但视为自己的座右铭，而且经常去提醒自己的同伴。

北大中文系毕业后，正如他们一篇小说中写的，"五十年代培养的一代人，党给他们一种奇异的生命力，到哪儿就在哪儿扎根"。他们两个浙江男女青年一起被分配到内蒙古边疆，服从组织安排长期在教学和编辑岗位上勤恳工作。至今温小钰同志还在内蒙古大学中文系执教；汪浙成同志解脱编辑工作也不久。在这之前他们热爱的文学创作一直放在了业余。

1980年云南昆明当代文学研究会年会闭会之后，可趁便去西双版纳参观访问。自愿前往的有七八位，其中有我和汪浙成同志，这是我们第一次面遇相处。他身材高大，体貌健壮，偶有内蒙古土语乡音，如果事先不知道他的籍贯，准把他当成蒙古族同胞。此行，除了云南文联同志引路，其他都是我们自己分工动手。他一路上总是跑前忙后，帮人提携，有时同时手提肩扛几个人的东西，挤车出站，颇为吃力，但他依然面带笑容，洒脱矫健。当人们称赞感谢他的时候，他不无感慨地解嘲说："君不见困难时期，我们内蒙古、东北人哪个回去不是像驴一样驮？这是任重而道远的历史锻炼。"同行者，都是诗人、作家，他却自报内蒙古《草原》杂志编辑。他确实像编辑记者一样热心观察访问，每次听人介绍总是像好奇的小孩，引颈侧耳，手触口问。有一天远途步行参观归来，大家都已疲劳不堪，他听说一位同志要去探望一位早年的同学，这位同学大学毕业后就从内地来到这里

我所了解的汪浙成、温小钰

"锻炼",已与当地农村傣族姑娘结婚成家,扎根多年。他听说以后,很是关切,要求带他一起前往采访。后来乘车时,他的衣袋被盗,他痛惜的不是别的,而是他参观访问的笔记本。他并不活跃多言,而他的言语行动都使我感到他身上有一股奔赴拥抱生活的热情和毅力。

后来又见到了温小钰同志。见面审视,除了她那开阔丰满的前额给人以突出的印象外,并没有特别不同的地方,如果说有的话,就是比一般朴素的女同志更加朴素。原来"这小子"的称谓,完全是女友间友谊的夸张。事先还听吕薇芬说她健谈,"有她在座,就不用听别人的"。汪浙成也谐趣地说:"在家里,我们两个人的话都是让她一个人说了。"见面交谈,确实觉得她开朗聪敏,但并不像一般健谈者先声夺人,口若悬河。当人们争题夺话的时候,她反倒沉静寡言。一次当话题集中到 1950 年代和当今一代青年人的对比时,她加入了进来,展开了论述,很快把大家吸引住了。从她的学生们谈到她自身,从事实例证到理论分析,深情倾诉又娓娓动听,雄辩而不逼人。说话时没有什么手势动作,只是偶尔扶扶鼻梁上近视眼镜,拢一拢前额的复发,如果留心观察,便会发现她的眼光凝聚,宽阔的前额更引人注意。一席谈话结束,吕薇芬和汪浙成先发制人地说:"是不是大家都听她一个人的了?"原来这就是他们所说的健谈。

我与他们的接触不过如此。如果说我们之间有点知交的话,那是由于他们的作品。

熟悉我国 20 世纪 60 年代文学创作情况的人,应该熟悉他们的名字和作品。我对他们的注意是由于他们的短篇小说《积蓄》。

记忆依然炽热

《积蓄》也是描写我国当代中年知识分子命运的。作品描写的是一对中年教师关于他们的生活艰窘，工作劳累，事业追求，家庭烦恼，描写得精细逼真，历历在目。堪与当年的《人到中年》媲美。这是我看到的最早一篇反映当代中年知识分子生活命运的作品。这一对中年夫妻，日积月累，连孩子夏天的冰棍钱都克扣下来，才有了一笔积蓄。最迫切的是计划购置一台黑白电视机，孩子可以在自己家看电视，不必挤到别人家忍辱受屈，家长也不必为此分心。但是，因为接待他们大学时代的同学一位美籍华人，他们忍痛动用了这笔长年的积蓄，以免在外籍人面前显得寒碜，有失社会主义祖国声誉。作品描写的这对中年知识分子的艰窘处境令人心酸同情；而他们那片爱国的赤胆忠诚，更让人肠热感动。

但是这篇作品还没有引起应有的重视，就被继出的《人到中年》遮掩了。我欣赏《人到中年》，同时也为《积蓄》惋惜。就在上面提到的1980年去西双版纳的中途，汽车小息，我们下车活动，我作为与汪浙成同志结识交谈的话题，把这个意见对他讲了。他当时没有说什么，只是微微一笑。到达目的地以后，晚上他找到我，详谈了他们创作这篇作品的旨意。小说中这对中年知识分子的形象中，有他们自身的影子。他解释说：《积蓄》中还隐含着对现实的感慨的寓意：个人积蓄不多，国家积蓄也不多，再也不能折腾了！当时对这样深层次的感慨，我也没有发觉。只是对这篇作品未被注意，确实也心有不平，因此他与我有了心交。哪篇呕心沥血之作，不是作者嘤嘤求友之声？哪个作者不希望得到自己的读者？普希金曾说：他为他的读者而活着。

我所了解的汪浙成、温小钰

一年后，我又读到他们的中篇小说《土壤》。我认为这是他们的力作，也是当时整个中篇创作中的一只硕果。就它浓缩的生活容量来说，可以算得上一部长篇。在吕薇芬同志家里，我访问了两位作者，围绕着《土壤》作了一次长谈。交谈之前，汪浙成同志问我还记不记得去西双版纳途中的那次谈话。因此使我们的交谈开门见山，推心置腹。

《土壤》里的魏大雄这个人物是过去作品中少见的成功形象。魏大雄是一个双重、多面、复杂的反面形象，不是让人一眼看透。他深谙政治权术，但他是凭着实干成绩博得政治优势的。他城府很深，作风又洒脱大度；奉迎与干练巧妙地镕铸一身。复杂的形象产生于复杂的社会土壤，作品在社会环境方面描绘得也具风采。另外作品中的辛启明和黎珍也是成功的艺术形象。而且这两个形象对读者心灵产生的是悲剧的震撼，寄托着作者对生活与美学的理想。当时的评论文章肯定的多是前者，对后者尚未涉及。我就此提出了自己的读后感想，征询作者的意见。温小钰同志就此问题，关于青春、时代、生活，作了深入而娓娓动听的表述。《土壤》的手法是采用三个不同"我"的第一人称，这是以前作品中所没有的。这可以使不同的人物自陈心迹，又便于从不同人物的多角度展开生活，确有新颖之处。不过仍是严谨的现实主义手法，与当时的"现代派"、"意识流"技术上的争奇比异不同。他们风趣地说：在时髦的风气下，坚持一点现实主义传统也可谓是一种"创新"。这次谈话使我进一步获得了对他们的印象：他们不仅有一股奔赴拥抱生活的热情和毅力，而且在思想艺术上有冷静的主见和自信。这引起我重读他们过去作品的兴趣。而且

记忆依然炽热

读了他们过去的作品之后，更加深了这个印象。

《白云之歌》是他们最早的一个短篇小说，发表在 1964 年第 1 期的《萌芽》上。同年 10 月号《人民文学》"新花集"栏目予以转载，后来又被选入 1964 年"萌芽"短篇小说集和 1965 年出版的《青年作者短篇小说选》。虽然这篇作品并不是他们最优秀的作品，却有代表性，作品展现的是内蒙古沙漠地带的奇异风光。不读这篇作品很难想象出沙漠上种种壮丽的奇景。"跳出地平线"的旭日，射出万道霞光，使晨雾颤动，把沙海装扮成"用珍珠镶嵌的地毯"；沙漠地带又是"风的故乡，突然之间风会从四面八方兴冲冲跑来。"像有个性的生物，奔跑追逐，纠缠打滚；无垠大漠，无际长空，又是如此空寂辽阔，地平线上行着驼队，驼峰上闪耀着人影。他们后来的作品，从题目上就可以看出地方的特色：《白沙杏的故事》、《喧闹的牛耳河》……人物情节差不多都展开在内蒙古独特自然风光的背景上。即使写的是当地"钢城"，城市中也飘散着沙漠、草原的气息。《土壤》在这方面不仅写出了外在风光的变幻莫测，而且写出了内在的生命变迁。不论是扎根在沙漠的矮小植物，深深筑窝的鼠兔，匆匆觅食在沙漠中的甲虫，都写得那么富有生命力！关于深陷在沙漠下的枯木遗骸和涸谷遗迹的描写，别开生面，醒人耳目遐思，构成了《土壤》的一个重要特色。从《白云之歌》到《土壤》，可以看出作者长期不懈的迤逦行踪，在祖国这片疆土上，开垦了自己创作的领地。

作品中自然环境描写，应该是典型环境的一部分。鲁迅作品中的"鲁镇"、"未庄"，由于富有江南景色，而更具典型环境的

我所了解的汪浙成、温小钰

特点。赵树理、周立波、柳青、孙犁等作品中的各具特色的典型环境，都是各在不同的自然环境怀抱中。沈从文的作品独具风格，有口皆碑，作品的一个显明特色就是湘西的自然风光。普希金甚至把地理条件作为民族性的一个重要因素。回想那些伟大的俄罗斯文学作品，伴随着作品中的人物形象和社会生活风貌，呈现在眼前的是俄罗斯大地的风光，在我们脑海中留下了俄罗斯文学广阔深厚的印象。自然环境的生动再现不仅需要相应的文笔，更需要理解和热爱。

《小站》、《苏林大夫》、《妻子同志》、《琐屑的故事》相继发表在《白云之歌》之后，也是这两位作者创作处女期的作品。这些作品有一个共同的主题，就是"应该怎样生活和愿意怎样生活"的矛盾。其中《苏林大夫》关于这个主题的揭示最明确，作品开始就是主人公苏林陷入这矛盾的苦恼中："应该怎样生活和愿意怎样生活。谁能把这二者统一起来，他就不会有这许多矛盾苦恼，成为一个幸福的人。可是，我……"他大学毕业时，曾希望到草原上去繁殖改良马种，开展自己理想的事业，结果却被分配在他以为无所作为的林区小兽医站工作。后来他逐渐认识到这个工作岗位的重要意义，逐渐建立了感情，不但认识到这是"应该过的生活"，而且成为他"愿意过的"了，这时候，他才感到了"从未有过的充实和幸福"。《妻子同志》和《琐屑的故事》表面看来是写的夫妻间的爱情，其实是这一主题的伸延和深入：丈夫不应该把妻子看成"我的老婆，而再不是同志"，妻子不应该是"只需要丈夫，而不需要其他的女人"；"妻子这个称呼，应该是爱人、姐妹、朋友、同志的总和"。而这种新型的夫妻关系不

记忆依然炽热

能产生在家庭小圈子内,只能建立在共同的工作劳动上。《妻子同志》中这对夫妻间爱情萌发和枯萎、家庭离异和重圆,从中得到的教训与其说是如何处理夫妻关系,不如说是如何对待生活。《琐屑的故事》写的是三个女性不同的爱情遭遇。一个原来学的冶金专业,她本来应该到她有作为的工厂矿山去工作,婚后为了安乐的家庭生活,而牺牲了自己的专业,结果"没有了自己的生活","只是××的老婆"。不过三十岁年龄的她,已感到像老太婆一样苍老、惆怅。另一个女性曾追随着丈夫在生活的水面上飘来飘去过,当她觉悟到自己没有权利放弃自己的知识和理想,而在生活中扎下根以后,即使与丈夫分道扬镳,也感到幸福。正如她自己说的:"只有把根子深深扎在劳动和建设的土壤里,才不会变成攀附在别人枝条上的柔藤。"第三个年轻女主人公,坚强秀美,正跨在"生活分水岭",从自己的受骗和以上两个女伴的经验中,她不仅"结束了自己轻信的、盲目的爱情",而且重新确定了自己奔赴的生活目标,不应该为某个"他"而来,应该为草原钢城的建设者而去。这里提出来的问题,不仅是关于爱情的选择,而且是生活的选择。汪浙成和温小钰后来的作品,已远非如此天真单纯,但依然可以看出贯串其间的思想脉络。他们总是从不同的"生活分水岭"上观察生活和展开人物命运的描写。一些正面人物,即使曾受到过所谓"应该怎样生活"教导的欺骗愚弄,也未动摇应该怎样生活的坚定信念而转向个人的打算,如作品中的辛启明、黎珍。即使生活有负于己,己也不应该负于生活,如《积蓄》中的那两位中年知识分子。对于浩劫中的受害青年,同情他们的不幸遭遇,但不同情他们破罐子破摔的生活态

我所了解的汪浙成、温小钰

度,指给他们的是应该积极生活的道路。

历史的转折,给这两位作者的创作也带来了转折性的变化。长期生活经历和思想感情的蕴藏、积蓄,一旦得到机遇便喷吐焕发,他们创作了自己的异峰突起的力作《土壤》。《土壤》的主要成就是刻画了深刻、复杂的人物形象,从人物形象的刻画上又可以看出作者对社会透视剖析的深度。过去他们的作品比较薄弱的一环就是缺少人物性格的刻画,创作的焦聚还没有完全对准人物。在这里,我们仿佛看到过去的人物突然都成长丰满起来。同时,又开拓了新的创作眼界,继之又写出了不同于《土壤》的成功作品,如《苦夏》等。

他们正沿着自己的创作道路远远地走来,又向着新的创作目标坚定地走去。

以上不是序,只是我对他们的了解。

1983 年 4 月 1 日

(原载汪浙成、温小钰小说集《别了,蒺藜》序言)

文心的探寻者何西来

我以为何西来同志用《探寻者的心踪》给自己的这个集子命名是很恰当的，又有双关意思。因为这个集子的多数文章是对于当前作品的评论，这些作品从不同方面和不同程度上反映了历史新时期的生活内容和问题，进行了各自的寻求和探索。因此，都可以称为"探寻者的心踪"。收在集子里的关于这些作品的评论，以及其余几篇理论性的文章，都是对于新时期文学创作思潮和理论的探索，记录了其本人探寻的心踪。

何西来同志属于我们所谓的中年一代。"中年"这个概念在我们国家，在我们时代有着复杂的外延内涵。对于他们来说，主要意味着沧桑辛酸和重任在肩。他们不管是否受过"错划"、"审查"的政治苛待，谁都没有躲过十载历史浩劫的腥风恶浪。那时，他们正当青春年华，血气方刚，无不自以为是弄潮者，而"中流击水"泅游浮沉。现在，虽韶光流逝，但也较早成熟。因为他们曾与自己的国家、人民风雨同舟，亲历灭顶之险，也

文心的探寻者何西来

就更加深切地体味到了历史的教训,意识到了自己的时代责任。中年作家成为新时期文学创作的中坚,他们的创作喷发洋溢着一股强烈的时代气息,这并非偶然。作为一个中年评论工作者,能敏锐地感应着这种心迹脉搏的跳动,也非偶然。

其实何西来同志并不是搞当代文学评论专业的,他的研究专业是文艺理论,原来的学识根底又在中国古典文学方面。在大学期间,他就发表过关于杜甫研究的长文,如果他在这方面发挥自己的专长,肯定会超过他在当代文学作品评论方面的成绩。然而,作为一个中年人,时代的责任感胜过个人的爱好,明知自己的所长,又有同辈人在这方面成就令人眼羡,这都未能动摇他对现实问题的关注,对同代"探寻者心踪"的探寻。正是由于这样的缘故吧,他的评论不是隔岸观火。对于评论的对象,不是漠然无情地做出严苛的理性的裁判,而仿佛是与自己的战友促膝交心,有感情的热流,心心相印的理解,同感共鸣的赞助,齐奋共勉的鼓舞。即使严格的批评意见,也使人觉到出于诚恳的建议和提醒。其中《一个执着得近于固执的诗人》很能代表这种至情。

我们经常听到对文学评论缺乏艺术分析的指责,要求加强艺术分析的呼吁。确实,从批评成为批判,文学评论成为审判,"政治标准第一"的唯一要求,艺术分析必然退居末位。近年来文学评论的面貌确实大有改观。不过,又使人产生这样的疑惑:是不是多用几个"美学的"、"审美的"、"美感的"空洞概念就算艺术分析?这使我们想到鲁迅先生的评论。

鲁迅先生的评论文章中没有"美学"之类的字眼。他还警

记忆依然炽热

告文学青年不要受文章作法之类写作秘诀的欺骗,而他对作品的评论确实做到了真正的艺术分析,他为一些作品写的序言,也都是精湛的艺术分析。他的《新文学大系小说二集》,可以说为我们树立了文学评论的典范。对于作品既能体察入微,又能概括全貌。例如关于废名创作的特点概括:"作者过于珍惜他有限的'哀愁'","就只见其有意低徊,顾影自怜之态",多么生动准确。对于当时一种创作倾向的批评:"咀嚼着个人身边的小小悲欢",至今流传。在"好处说好,坏处说坏"的实事求是的评论中,蕴涵着对作者的体贴爱护,令人感到亲切。茅盾先生给《呼兰河传》写的序,也可以说是作品评论的典范。序言写道:"它是一篇叙事诗,一幅多采的风土画,一串凄婉的歌谣。"准确地勾勒出这部作品的艺术风貌。同时也指出作品的"美""有点病态",指出这是由于作者和广阔的进行着生死搏斗的大天地完全隔绝了的缘故,以致"这一心情投射在'呼兰河传'上的暗影"。真可谓思想与艺术分析概括的统一。对于《呼兰河传》精当的评价,恐怕至今还没有人超过。

  从这里是不是可以悟出:作品评论除了理性的逻辑思维,首先需要有对形象的欣赏和感应,欣赏和感应的第一步就是对作品深入的体察。对作品的评价既需要逻辑的推理归纳,同时也需要形象的描述和综合。读者即使不曾读过被评论的作品,从这艺术的概括中也可以获得作品的完整印象,感受到作品的血肉生命。这样的评论具有独立存在的价值。从这个意义上来说,文学评论也是艺术创作,即艺术地再现作品对象的创作。因此评论者除了有冷静的头脑,还需要有强烈

文心的探寻者何西来

的感情,与创作者相应的通感共鸣的感情。因此我认为本集中的作品评论,首先在感情上对作品的深入体察,因而能感受到作者的"责任感和勇气",捕捉到作者"心灵的搏动与倾吐"。

西来同志的文章有己见,有激情,但毫无主观武断,强加于人。开诚坦率,切磋容让得如同他平素的为人。他曾与不少人合作写过文章,始终都合作得融洽无间。合作中不是没有分歧争论,但从未因为与自己观点意见的分歧而分崩离析,结怨记仇。所以在他周围经常聚集着一些同志,或坐或立,进行学术上的交流,即使争论也是心平气和,即使伤人恶语,也不介意,不存芥蒂。一次在他家,我毫无忌惮地批评了他的一篇文章,他始终静静地听着,倒是他爱人忍不住同情而掩口笑起来。他站起来豁朗地解释说:"这有什么关系?有不同的意见好嘛!"

他的这种治学为人的态度,以及与同志们的这种关系,是已故所长何其芳同志的遗风。何其芳同志在学术观点上是很有主见甚至是固执己见的,但对于不同的学术观点又很民主。他的某一学术观点形成之前,都要广泛地听取不同的意见。他的每篇论文发表前,都要先打印出来广泛征求意见。对每一可取的意见,包括标点符号的订正,他都虚心接受采纳。从来没有因为学术观点不同而影响对一个人的感情,更没有因为学术上的分歧而挟私报复。人民内部的学术争鸣,正应该如此。这样才有利于学术发展和深入。很难设想,在双方以"先生"、"老顽固"相讥讽的气氛下,学术讨论会是友好

记忆依然炽热

正常的,不会把分歧变成仇人。这样才会不把自己的意见引入偏执极端。这种探寻的精神和态度,也是可取,而且值得提倡。

1983 年 6 月
(原载《探寻者的心踪》序言)

心灵的烛照

盛英同志把她多年心育笔耕的成果集束收获起来，出书前认为应该有一篇序言。她又不忍心去打扰年高的长辈，也不奢望高明，于是便找到了同行中较熟的我。她的要求很低，"随便写点什么"。我才敢应允。

说我们"较熟"，确实是就比较而言的。其实我和她相识并不太久，那头次的见面，仿佛就是几天前的事情。

几年前，当时她是天津《新港》文学杂志的编辑，来北京组稿。《新港》的主编万力是我的老同学，托她顺便来看看，转致劫后余生的问候。不料她还是我们单位几位中年同志"复旦"中文系的同学。由于这两层关系，虽然初次见面，便有了广泛的共同话题，畅谈也无所戒备顾忌。当时十年浩劫过去不久，不仅记忆犹新，而且遗迹还触目皆是。党的十一届三中全会思想路线的风帆刚在破冰斩浪，时有风横雨阻。虽然谈的都是一些熟人私事，却是社会大环境、时代大气候

记忆依然炽热

中的风丝雨片。她并不多言健谈，由于正直坦率，总是无保留地倾吐衷肠，情绪激昂。有时候谈到别人的逆境遭遇，像她自身受到了委屈，孩子般蹙眉嗫嚅。谈到令人宽慰高兴处，便笑逐颜开，笑声朗朗。她的正直坦率中有一种童稚的天真。她那绞手的动作，也富有表情，从中可以看到她内心的激动。不过，她宽慰欣笑的时候多，蹙眉激愤的时候少，即使嫉恶也不是那么如仇。后来我在她的《我爱"辛德莉拉"》中，看到了她自己的告白："也许我年幼时过分地倾心于童话，加上长期接受革命理想主义与革命英雄主义的教育和熏陶，人虽已步入中年，但依然怀着美好的憧憬、温良的心情，带着微笑看世界，看人生。'冷眼'对于我来说，是那样地不习惯。"因此，初次见面就给我留下了深刻的印象。即使后来再没有更多的交往，也就成了老熟人。

后来她经常来北京组稿，而且有时就在我上班的社会科学院大楼走廊上相遇。看来她还是那副天真外露的笑容。但有一次是在电梯中意外相遇：我中途登入电梯，她早已在角落里，却没有看到我，也没有留心周围的人，她低头沉思，甚至自己此刻身在何处似乎也没有留意。她陷入沉思。此刻她那严肃内向的表情，与那个笑容可掬外露的她，判若两人。电梯停止，她抬眼突然发现了我，仿佛觉得有什么失态，有些不好意思，随即嗔怪我不给他们的刊物写稿，调侃地掩饰她一时的不自然，又如往常相遇时那样，搓手欢笑。虽然仅是瞬间所见，却给我留下了另一深刻的印象：严肃内向。

这同时也解开了我心中隐隐疑问：她在四处奔波的编辑岗

心灵的烛照

位上，又怎能自己不断地发表文章？原来她是在组稿的旅途中，在审稿、发稿的间隙编织自己的成果。她是一位刻苦的思考者。

她的评论文章，也给我留下了类似的相反相成的印象：既富感情色彩，又重理性分析。在不长的时间内，写出这样数量的文章，算不上多产，也够得上勤奋了。

但她并不是这样的评论家：对于任何作品都能发表非常自信的意见，显得渊博。也不像随时追逐着文学新浪头，像浮标那样，引人注目。她始终关注的是新时期女作家的创作。

她的作家论，都是把作者放在与其相近或相反，不限于女性的作家群体中，进行比较评析。不仅通过其作品描绘出创作者风貌，而且从群体的比较中显示其不同的艺术个性，展现了作者所处的文学背景。所以读来觉得内容充实严谨，视野开阔。有的虽然不是作家论，却是对同一作者发表连续评论，是对作家创作的追踪，循踪考察其前进的轨迹，探讨其前进中的问题。即使对于某一具体新作的评论也不是孤立地就作品论作品，而联系作者以往的创作，揭示其新的意义。除了关于具体作家作品评论，还有对女作家群的综合论述，对于女作家们作品中涉及的爱情、道德等问题，进行了专题探讨。她最近写成的专著《她们更向往现代文明——试论新时期女作家对社会人生的思考》，更是对新时期女作家创作的宏观的考察。

这不是一般的评论文集，而是有系统、独特内容的文集。称为"新时期女作家论"或许更名副其实。文章的文字本身也独具特色，在精细的艺术赏析和理论思辨中，还可以亲切地感觉到与

记忆依然炽热

自己评论对象之间的心神交会,用她的话说,"犹如星星与灯火那样交相辉映"。篇篇文章皆可以说是心灵的烛照。

(盛英《新时期女作家论》序)

刘士杰印象

　　二十七年前,即 1964 年暑期,刘士杰同志从上海复旦大学中文系毕业,被分配来京文学研究所(那时还没有中国社会科学院的建制,属于中国科学院)。与他同时被分配来的还有其他上海、厦门、南京等大学中文系毕业生,在这批江南学子中,他的年龄不一定最小,却显得最年轻,而且童稚天真,所以都称呼他"小刘"。这称呼一直保持到现在,因为他原来的童稚天真未改。难道他躲过了"文革"二十七年的风风雨雨,未曾被沾湿?他并不是躲避着风浪,对生活隔岸观火的人。我曾亲眼看到在"文革"动乱中,他怎样与人磕碰,被人推搡。但他事后并不记仇,依旧嫣然笑脸对人,与人和蔼相处。许多人经历了这样的风雨世面,变得成熟老练,甚至有了城府,他反而更加自觉地保持着本来的童稚天真。所以,人们依然毫无顾忌地称呼他"小刘"。他也欣然不讳。应该说这也是一种成熟,经过风吹浪打的磨难,更加豁达乐观,为人处世仍不失童真。这种没有芥蒂的情愫,对于

记忆依然炽热

一个文学工作者来说，更加需要。

当年如果按照他的素养和志趣，分配到中国古代文学研究室，从事诗词和戏曲的研究，也许会更适合，更能人尽其材。当时由于当代文学研究刚从现代文学研究中独立出来，特别缺乏人手，所以他被分配到了当代文学研究室。当年的大学毕业生普遍具有这样的观念：对于工作的选择，首先考虑的是工作需要和服从组织分配，不斤斤计较是否与个人所长和志趣完全对口，所以他与其他人一样欣然来当代室报到，而且别有一番激动的心境，像一个刚入伍的战士初次着装上岗那样的新奇兴奋。至今我还记得他当时的羞涩嗫嚅的激动情态。难得的是，如同他至今未失童心，对于这一专业也仍保持着当初的新奇和激情。

刘士杰同志为人的特点也表现在他的为文中。他的评论文章没有"评论家"的架子，没有勉强硬作的职业气，更不是以鸣鞭为职业。这里收入的文章有长有短、议论有深有浅，但笔下有真情，有灵性的感悟。一种与读者进行平等对话，交流感情的态势，不能不令人感到亲切。

《审美的沉思》是刘士杰同志的"处女集"。他在编辑这个集子的时候所以想到我，要我为之写序，主要是因为从二十七年前初次相见那天起，我们就一起在当代文学研究室共事。在他是念于旧情，出于好意；但我对他只能说些耳濡目染的肤浅印象。

(刘士杰评论集《审美的沉思》序言，载《作家报》1993年1月3日)

钻探与思辨的何火任

我与何火任同志是一个单位的同行。我记得他是从外交部调到中国社会科学院又来文学所的，还是我接待的他。他来后拿出的第一篇研究论文，也是我最先阅读的。老实说，也许受文章题目的局限（好像是《文学与法制》），文章中政治、政策性的议论胜于文学性的评析，明显打着实际工作者思维的印记，从中不难看出他大学中文系毕业后与文学的疏离。他此次回归文学，并不是被动和自己随意的决定。不久，我在报刊上发现他的一首晶莹的小诗，像火苗一样灼烁在眼前；继之在《诗探索》上读到他的一篇诗评，与我最先阅读的那篇文章已大不相同，写得相当精粹，使我记起他是武汉大学中文系毕业的学历，于是我从中仿佛看到了文学火种粲然重燃。其实曾使他疏离了文学的实际工作经历，反馈为文学助燃的柴薪。不过相处日子不长，我就离开原来岗位，我们便很少接触了。只听说他主要负责"中国当代作家研究资料"丛书和《中国文学大辞典》的

记忆依然炽热

工作,他承担了丛书中的两集的编辑和辞典中大量条目的编撰,另外大量烦琐的组稿、审稿等,甚至主编的工作任务也压在他肩上。我还听说他正在默默进行着《贺敬之评传》的撰写准备工作。我有时到研究室取书信,虽然不是坐班的日子,也见他埋头在卡片箱、成堆的稿件中。我对他学术工作的了解,仅如此而已。

当他把这厚厚的 30 余万言的书稿摆放在我面前时,我惊讶了。他来所后这些年在报纸刊物上发表的文章上百篇,选入本集的只是其中的一部分。我对他的了解实在太少、太皮毛,又怎能说出深刻的印象和意见?

由于时间的限制,书稿各篇未能全部细读。有几篇因为所写对象与自己多少有点个人关系,颇有兴味地逐字阅读了,这就是关于谌容、张洁创作道路的两篇:《她以文学为生命》和《张洁及其创作》及阎纲访问记《有这样一位园丁》。分别对她们的创作历程和成就,阎纲的评论贡献,作了全面翔实的论证和评价,其中不少是直接调查访问来的第一手材料,鲜为人知。至于其他各篇只是粗略地浏览一遍,只有笼统的印象。有两点共同的印象很突出,即钻探与思辨。

本文集分为三辑,也就是说文章分属三个不同的方面,而每辑各篇又是各自独立的单篇,这容易使人产生内容分散的错觉;其实,这三个不同的方面,都是关于当代作家和作品的内容和问题,都是关于当前创作和理论这一中心主题的思考。很像石油钻探,每个钻井各有独立的价值和意义,而这些散点的钻井,却又是向着共同油层矿区掘进。这种研究方式,虽然不

钻探与思辨的何火任

如从立项就属于系统工程的专著引人注目,但可以殊途同归,异曲同工。大部分论文都是正面论证阐释,但不是平板地论述,仿佛面对不同的论者,通过论辩使自己的见解观点得以充分展开。这种分别钻探,共同思辨的特色,不仅使读者感到新颖,而且启发读者的思辨和联想。

(何火任《当代文学论集》序,载《湖北日报》1996年12月27日)

意外的机遇

作为中国读者，对于斯特林堡，有一种特殊的亲切感情。

早在1874年，当时25岁的斯特林堡，在斯德哥尔摩瑞典皇家图书馆当一名助理馆员。图书馆里堆集着大批的中文书籍，无人问津。有人故意为难斯特林堡，建议他来整理。他却严肃地应允下来。从此，他刻苦学习中文，第二年便完成了这些书籍的编目。同时对中国文字的起源进行探索研究，晚年写出了一部专著《中国文字的起源》。作为一部学术著作，或许未臻完善，由于当时种种局限，难免有疏漏。无论如何，它都是一部艰巨的著作，特别是表现了他对一个遥远国家的深情。

到斯德哥尔摩后，我望着瑞典皇家学院图书馆自成它院的高墙厚壁，黑色圆屋顶，盼望着前往参观的安排。那古色古香的建筑，在古树围绕中，格外古朴肃穆，似乎岁月在此常驻，斯特林堡还在里面伏案工作。多么想亲近他的遗迹，抚摸那著作的书页！但是没有来得及安排，我们便离开斯德哥尔摩去了南方的隆

意外的机遇

德。不料，这殷切的愿望，却在隆德意外实现了。

我们在隆德下榻的旅馆，不在闹市，而在背街的一条胡同口，这里没有车喧，也少人来往。隔道相对近在咫尺有一庭院，院内树木扶疏，有一幢两层旧式小楼，不知主人是谁，门户常是关着。一次，从院子另一面经过，发现墙壁上嵌着一方白大理石，上面刻着斯特林堡于某年曾在此居住的瑞典文。原来我们成了斯特林堡旧居的近邻。这个偶然的发现，使我倍加欣喜。我常在住的二层楼临窗伫望那个庭院的树木，人不在了，树木依然有情。有暇就到那碑牌下徘徊，那上面镌刻着他曾居住的年份——1897。他本来就是旅居，过客去后将逾百年，但他留下了永不泯灭的历史足迹。

后来我们到隆德大学中文系访问。系主任特意领我们去参观他们的一个藏书室。那是瑞典著名评论家临终时留赠的藏书，都是一些珍本。我们来到时，正有一批本国的图书管理人员在参观。多数是妇女，每人手里都拿着笔和本子，一位学者风度的年长者，正在指点着四壁书橱里的藏书讲解着什么，气氛如同上课。但他很欢迎我们临时插入的来访，向原来的听众交待几句，便转向我们。依然像刚才如数家珍似地向我们介绍这些珍贵的藏书。我顺便问他这里是否有斯特林堡的《中国文字的起源》，我不过是随便问一问，他却惊喜地停顿下来，故意不作回答，急转身走向一排书架。弯腰蹲伏，很快从书架底层抽出一本厚厚的蓝皮精装书。他拿到我面前，打开来，让我看上面的黑体汉字，侧起头凝视我。然后，我们会意地笑了：原来这就是《中国文字的起源》的最早版本。他看我喜出望外，又一个急转身，从室内一

记忆依然炽热

端,迅速取回一尊白大理石的半身人雕像,举在我面前,让我辨认。我说:"斯特林堡。"他说:"瑞典现代文学之父!"紧接着补充一句:"瑞典的鲁迅!"

这使我想起冯至同志的一篇文章《乌普萨拉散记》。文章提供了这样一件珍贵史料:1924年秋天,鲁迅在北大讲课,讲到斯特林堡,顺便指出这个译名不够准确。鲁迅说,如果名字原文的结尾是burg,译为堡,可以说音意兼备;而名字的结尾是berg,就不应该译作"堡",而应该译作"贝"。冯至认为鲁迅的这个意见完全正确。所以他一直译为斯特林贝。不过,他并不反对已经流行开的斯特林堡这个译名。

我国的现代文学之父鲁迅,晚于斯特林堡。1912年斯特林堡逝世,那时鲁迅开始文学活动不久。1909年《域外小说集》出版,鲁迅在序言中说:"异域文述新宗,自此始入华土",其中没有斯特林堡的作品,好像后来的译著中,也未提及斯特林堡。但冯至同志的回忆说明,鲁迅对斯特林堡是熟知的。

我把这些向他作了转述,并说明这是冯至同志1981年访问瑞典的时候,被诱发出来的。他听后高兴得几乎要跳起来。他高举起斯特林堡的雕像,连连叫着斯特林堡和鲁迅的名字。他这激动的举动,使那些女士们个个瞠目结舌,期待他的解释。他先热情客气地把我们送出室外,便赶忙转回去,然后我们听到室内爆发出热烈的掌声。这是对两个现代文学之父的崇高礼赞;也是两国友好心灵拥抱的撞击。

回到旅馆后我临窗伫望,又想到斯特林堡与鲁迅的一件小事。他们生不同时,地处遥远,而在一件小事情上他们所取的态

意外的机遇

度,却不谋而合。他们生前都是当代文豪,都有资格和应该获得诺贝尔文学奖。但是鲁迅出于淡泊谦虚,未去争取;斯特林堡出于狷介自信予以排拒。这在一些对诺贝尔奖心焦眼红的人看来,未免遗憾。其实,应该遗憾的不是他们,而是诺贝尔奖金:不但未曾得到,而且永远失去了他们可以给予的荣誉。而他们却获得了更高奖誉——"现代文学之父"。这是人民和历史给予的永恒奖赏。只有活在人民心里的才是永生;只有被历史刻下的足迹,才永不泯灭。

我凝望着庭院中的树,小巷的路,这人生过客的见证者,虽哑然无语,却默默有情。

(原载《光明日报》1987 年 7 月 19 日)

人到无求品自高

早就闻知冰心老人生前居室内经常悬挂着"淡泊明志,宁静致远"的条幅。可以说是她为人的信条。后来,从一篇回忆冰心老人的文章(好像就刊载在《湘泉之友》上)中得知,居室内还有一条幅,是书录林则徐一首诗的联句:"事当知足心常乐,人到无求品自高。"可以看作冰心老人的自白。其中"人到无求品自高",尤其发人深思。

人品是做人的首要目标,品德是伦理道德问题的核心。关于这方面的论著可以说无数,论者广征博引,试问深中要义者有几?有些人刻意修炼终生,而功德圆满者又有几?甚者倒修炼成道貌岸然的伪君子。由于这诗句的启发,使我联想到的却是近前身边的例证。

我想到黄梅在《岁寒心——我的父亲黄克诚》中写到的其伯父。伯父是一位普通的农民,当年父亲离家到县城去求学,是伯父用一条扁担为他挑着书箱行李送行。父亲后来参加了革命,一次因部队被打

人到无求品自高

散,回家躲避,连祖父都埋怨他"惹祸",是伯父把他隐藏在猪圈棚顶、后山洞穴,偷着给他送水送饭,掩护他渡过生命的险关。后来转赴上海重新接上党的关系,因而才有后来的革命履历。全国解放后,父亲当了"大官",伯父不但依旧在家乡安心务农,而且从未来过北京。"庐山会议"父亲遭到公开点名批判,免职罢官,"蛰居矮屋",伯父才特意来京探望父亲。见面之后,伯父并没有一般所预料的悲伤感叹;相反,他望着父亲身体无恙,欣喜地连声说好,并说:"这样就好,这样就好,过去你当那么大的官,多么危险哪,我都替你担心。"——这是何等的品格!

我又想到萧乾先生的《我的右派生活》。文章中写他当年被错划"右派"后,被逐出京城,别妻离子,孑然一身,在"飘零荒滩碱地"的农场接受"劳动改造"。因为他刚刚经历了"从朋友到判官"、"从微笑到狰狞"的炎凉,记忆犹新,对这里的人们也不存有幻想。然而这些同炕共餐的农工们对他却像亲人。这种意外的家庭般温暖反使他不安,以为是农工们不知道他的"右派"身份而产生的误会。他便主动地试问他们,是否知道自己是什么人,声明自己是"右派"。完全出乎他预料,其实农工们都早已知道,反而故意幽默地反问:"你不就是老萧吗?""'右派'怎样?'右派'不也是中国人吗?"等等。他们都是无所贪求的普通劳动者。没有豪言壮语,没有道貌岸然的说教。也不必像流行歌曲天天唱人人多一份爱心,世界将变得如何美好。只要没有欲壑,少一份贪求,贪污腐败就不会如此猖獗,人品自然高洁。

感谢冰心老人,她不但用文字传递着高风亮节的薪火,更用"无求"的品格为世人树下楷模。

"江枫渔火"质疑

在唐诗中，张继的《枫桥夜泊》恐怕是流传最广的一首。不但在国内，日本也广为流传。据说，日本来华的旅游者，由于这首诗的关系，到苏州必到寒山寺。有些日本人在家居客厅中，悬挂有《枫桥夜泊》的诗碑拓片。

《枫桥夜泊》诗碑，最早有宋朝王珪（郇公）书写，早已不见。后来有明朝文征明待诏所书，字迹漫漶已不可辨认。今立于寒山寺碑廊的唯一《枫桥夜泊》诗碑，系俞平伯先生的曾祖父俞樾（俞先生是在曾祖父怀抱中长大的）书写。光绪丙午（1907），江苏巡抚陈筱石重修寒山寺，特请经学大师俞樾重写《枫桥夜泊》一诗，刻石立碑。

值得注意的是，俞樾在碑阴中，对诗中"江枫渔火"提出了质疑："诗脍炙人口，惟次句'江枫渔火'四字，颇有可疑。"他根据宋人龚明之《吴中纪闻》记载，"江枫渔火"，本作"江村渔火"。他认为"宋人旧籍可宝也"，价值千金。因此写入碑阴，

"江枫渔火"质疑

"以告观者"。最后作诗一首：

> 千金一字是"江村"。
> 幸有《吴中纪闻》在，
> 待诏残碑不可扪。
> 郇公旧墨久无存，

可能因为缺乏更多证据，他持慎重态度，故仍"姑从今本"。

俞樾就此还写了另一份碑阴，也"正式书写完毕，签名盖章"，但"未正式应用"，"也未轻易示人"，一直由家人珍藏。最近俞樾的玄孙俞润民（即俞平伯先生之子，父子一起生活）、玄孙媳陈煦合著的《德清俞氏》一书中予以披露，"以供中外学者研究比较"。全文转录如下：

> 唐张懿孙《枫桥夜泊》诗，脍炙人口，然第二句不甚可解，"江枫渔火"四字文义不贯，于下"对愁眠"三字又似不贯，向以为疑。检《全唐诗》，"渔火"作"渔父"，因疑"江枫"二字应一转作"枫江"，诗题一本作"夜泊枫江"，"枫江渔父"或即其自谓也，因作一诗以正其误：
>
> 有客寒山寺外过，闲将旧句一吟哦。枫江一转与题合，渔父传抄作火讹。妙悟不从雠校得，佳章翻觉□（原缺）瑕多。老夫小试研经技，欲起前贤问若何。

同时写就的两份碑阴，用前者而未用后者，显然是经过斟酌

291

记忆依然炽热

择定的。仅就证据来说，《吴中纪闻》不如《全唐诗》更直接，为什么反而取前者而不取后者？在"妙悟不从雠校得"等四句诗中，等于作了说明。他对"江枫渔火"的质疑，并不是从发现了异文从考据开始的；而是从最初的阅读"文义不贯"，"向以为疑"，再加上他作为诗人的"妙悟"。

作为一般读者，我当然谈不上对该诗有什么"妙悟"。但确有疑点。主要是"江枫"，在我来说一直是一个盲点，不知所云，如换上"江村"，便觉眼前一亮，顿时豁然。"月落乌啼霜满天"，与"江村渔火"形成浑然一体的夜景。"江村"给霜天寒夜以人间味；星点"渔火"把沉沉夜色衬托得更加黑暗沉寂。如果把"江村"换成"枫江"，地点坐实了，却没有了"江村"的气氛意境。"渔火"换成"渔父"，不仅失去了诗的一个亮点，而且多出了一个主体，分散了主题。俞樾认为"渔父"是诗中主体"或即其自谓也"。那么"客船"就没有了主人，"客船"在诗里也就失去了着落。事实是，"夜半钟声到客船"才是该诗的眼和穴，幽深邈远，写出了羁泊者的孤寂，拨动人们普遍的心弦：人生如旅。

以上，主要是为了向更多的读者推荐新披露的材料，顺便写了点个人的领悟，如有不当，请指正。

（原载《文学遗产》2004年第1期）

喜读《湘泉之友》

我是《湘泉之友》之友。因为我不会喝酒,写不出与酒有关的文章,未曾给贵刊投过稿。但我却是《湘泉之友》的一个忠诚读者。不敢说每期每篇文章都没有漏过,却可以说大部分都曾拜读。

其中一个主要原因,不少作者是我经常思念的熟友。都远在各地,难于相聚,互相都懒于写信。即使通信,又怎能如写文章那样尽情尽兴,绘声绘影?骆文、陆地都是延安鲁艺时期我的老学长,后来很难见面。同骆文同志还见过几面,都是因开会的机遇,只能匆忙握手,寥寥数语。同陆地同志简直不记得曾经相遇。他惠赠的大作长篇小说《瀑布》是通过中间人的手。而在《湘泉之友》上,我们却有了亲切的精神会晤。

骆文经常在《湘泉之友》上发表文章,如同经常听他促膝谈心。记得有一篇是描写东北边陲少数民族风情的,文情并茂,优美动人。从中看到了他的风姿,还勾起了我曾身临其境的记忆。

记忆依然炽热

亲切之感，无异作了一次结伴旅行。意外之喜是最近在《湘泉之友》上看到了陆地同志的一篇文章（恕小弟直言，老兄对《思痛录》的批评指责，难以苟同），从婉转多姿、温厚商榷的行文中，隐约见到当年神韵口吻依旧。后来见到老同学李纳，她也提到该文，是她的云南一位友人从《湘泉之友》上剪下来寄给她的。通过该文获得了一次难得的无形聚会。

我也曾剪下《湘泉之友》的文章寄人。那篇文章的作者我不认识，其中写到的孙剑冰，却是我的好友。文章写到作者与孙剑冰、黄永玉等一次采风出差，当时黄永玉正在构思曹雪芹的画像，关于曹雪芹的手，尚未胸有成竹。他忽然端详起孙剑冰的手，似乎启发了灵感。我觉得有趣，便剪下来寄给了孙剑冰，并附上几句戏言。他却认真地回信辨正说："我怎能有曹雪芹的手？黄永玉当时就对我说'不像'。"由此开通了我们长期的隔绝。

即使都在北京，甚至一个单位，也不是常聚，相聚亦无缘从容交心、吐露衷肠。如毛星同志，长期同在一个单位，原以为了解无遗，后来在《湘泉之友》上发现有他写的一首古体诗，令我惊喜。我一直认为他专致于理性的逻辑思维，达到偏执的地步，未曾想他还隐藏着一颗感情的诗心。曾同一研究室的古继堂，年龄上不是同辈，没想到他也"退了下来"。在一次离退休干部集会上见到他，不免惊讶。"你怎么混进了我们的行列？"他说："年前就办了手续。"真是日月如梭催人老。"现在忙些什么呢？"他自嘲说："闲人还有'忙'什么？"我也当真，未免相视会心一笑。会后读《湘泉之友》，发现了他的"诗二首"，看题目就不是闲适之作：《行贿者》和《夺珠之恨》。前者反讽凌厉，后者愤恨

喜读《湘泉之友》

如火。原来他那憨憨一笑，是掩饰他"退下来"并未"退却"的狡狯，默默中披坚执锐。过去他不写诗，岂不是在台湾文学研究之外，又开拓了新域？

仅有一面之缘的文友，能得到进一步的了解，也主要在《湘泉之友》上。吉林的丁耶，多年前在哈尔滨见过一面，相处时间短暂，而他那敢于直言的性格，给我留下了深刻的印象。而更多的了解则是后来不断读到他在《湘泉之友》上发表的文章。最近又读到他的《酒仙》一文，亦庄亦谐，皮里春秋。文章中写的他的那位小同乡，身经两次大地震，都死里逃生，人称"地震漏子"。作者本人遭际的政治坎坷，颇为近似，也可以说是一位"漏子"。文章调侃说：小同乡"生前总是抱怨没有被厂里提升为正科长"，不知"是不是已被酒仙杜康提拔成正神"？他本人无意个人升迁，只管在大灾大难中把宝刀磨砺得更加锋利。叶楠、白桦这对文坛上的孪生兄弟，至今我都分辨不准两人谁是谁。从《湘泉之友》他们的文章上，却有了分明的区别，从他们的独具文采的文章中看到了他们的各异。……例子举不胜举。

《湘泉之友》上的学术小品，也有一定的篇幅。虽篇幅不多，比较简短，却如沙里淘出的金粒，不如戒指首饰耀眼，却是十足真金。在这里我要提的是于光远同志的酒文化专栏。他是我的老领导，20世纪50年代初在中宣部时，他是科学处处长，我是文艺处工作人员。两个处是一个支部，常在一起开会，常听到他的讲话。他与文艺处长林默涵的讲话迥然不同，林逻辑严谨，有人形容他跌倒爬起来，马上就能一、二、三、四……总结出经验教训。于光远这位博学广识的科学家，讲话并不"科学"，十分随

记忆依然炽热

意散漫。而且爱笑,往往尚未讲到可笑处,自己已先笑得合不拢嘴。然而,常在无意中讲出精彩,讲出卓识。每读他在《湘泉之友》的专栏文章,便想到他的讲话,确实有些散漫,却散漫得诱人:散漫中有学问,散漫中有识见,散漫是一种情趣。

当年于光远领导的科学处与其他处不同,特别注意招揽选调一些有大学学历的青年精英。当今举足轻重的中央党校副校长郑必坚、龚育之、中科院院士何祚庥等,当年都是他手下的年轻俊杰。当时中宣部副部长周扬已注意到这点。有一次两个处的人在一起开会,周扬巡视出席会议的人员后开玩笑说:"还是我们文艺处,坚持工农兵方向!"因为文艺处的骨干都是从根据地出来的老干部。大家也都会意地笑了。可见于光远同志眼光的超前。

《湘泉之友》可谓精神茶座。我读《湘泉之友》常是晚上临睡之前,不是正襟危坐,似乎有些不敬。而对我来说,这是一天中最惬意的时候。结束了一天的劳碌,一身轻松;不会有人来访,也不会有电话干扰,正是与远方的师友从容神会的最佳时候。如果情有未尽,还可以由梦来延续补充。

很可惜,《湘泉之友》停刊了,"精神茶座"倒闭了,茶友们只好星散,再也无缘享受这免费的精神会餐。谁能恢复?这可是一个善举,盼着。

(原载《湘泉之友》1999 年 4 月 30 日)

文学的旅行

六年过去了,在这两千个昼夜如梭交替中,我始终没有忘记1980年的一次旅行。

在昆明的文学聚会结束后,我们几个北方的与会者,决定到西双版纳去。体验一下亚热带的气候,领略一下那里的风光。

橄榄坝是西双版纳的典型代表。在屏幕上、照片里、绘画中,曾多次瞻仰过,虽然觉得朦胧邈远,但并不陌生。然而,一旦身临其境,灿然于面前,便愕然了,而且到处是神秘的诱惑。

这里不分春夏秋冬。田陌地埂上的豌豆花刚刚裂瓣,溪渠两岸的芦苇穗已经放白。这边稻田正在收割,那边田里又在插秧。春花秋色,谷茬秧苗,一起为田野图绘点缀。只有毫无霜雪的顾忌,新竹才会如此赤裸着嫩体,恣肆拔窜。一株株像北方赶车的大鞭,伸扬在丛外。

隐藏在绿树丛中的幢幢竹楼,都只露出一个尖顶,顶多再露出一面小窗或一段栏台。绿色的篱笆上开满花朵,有的像躲在暗

记忆依然炽热

　　处向外窥视的眼睛,有的像欢迎客人的笑面。棕榈树如鹤立鸡群,多指的掌芭伸入高空,可以抚蓝天,揽白云,夜间可以摸月摘星,它们是这片绿色王国的旌表,每个阁楼的哨兵。

　　我们来到这里时,村寨的傣族男女正在场园里忙着担谷入仓和担粪送田。妇女们穿着紧箍胸腰的短衫,松宽的长裙,都跣足长发,确实像画里的人物。不论谷篓还是粪筐,担在这些细腰柔肩的女性身上,都像是花篮。她们都习惯于排成雁形行列,翩翩齐步,扇动着扁担,真是舞台上的画面。

　　原来春可以常驻,耕种和收获可以同时,芦苇并不是只喜欢秋风萧煞。如果社会气候适宜,人呢?

　　这次旅行本身也是很有意思的。可以说是老中青三代人的同行。

　　老诗人方冰最年长。不过长期的磨难,磨蚀去了诗人的外表和心态。他一身旧布制服,常敞着怀,一双布鞋还不太跟脚,肩背微驼,步履蹒跚。他归队不久,仍像曾长期担任的农村公社书记,诗人的心态尚未返青。踏上橄榄坝这片神奇的土地,大家都目不暇给,他却一眼盯在了场园边半露天的作坊锅灶,灶膛太高太旷,木拌子的火舌刚能舔到锅底。"这多浪费柴,应该……"他急步走去,没有留神脚下,话没有说完,便摔在地下一堆木拌子上,晕了过去。他强睁开眼睛向围拢来照料的当地人们频频示意,不要为他耽搁了劳动。从此他的一支胳臂吊上了绷带。但他仍忘我地观察研究着这里的土地、庄稼、住房,关怀着人民的生活。所以他总是被大家招呼催促着:"跟上来!"因为他总是不断驻足或反顾。

文学的旅行

　　张抗抗在我们中间最年轻。方冰待她完全像一个长辈，一路上，他像呼唤晚辈的乳名一样叫着"抗抗"。他像所有老年家长一样，对晚辈总是担心多于信任。虽然人早已成人自立，但是还左右照扶，恐怕跌脚摔伤。一天晚饭后，张抗抗一个人走出了招待所，已经是深夜还没有回来。橄榄坝的白天是一片浓绿，到了夜间便是一片漆黑。各家灯火也被包藏在团团浓黑中。大家有些慌了。于是打电话询问公社、学校以及估计她可能去的地方，但都没有打听到。大家决定分头出外寻找，而劝说方冰留下。他说什么也不肯。腿脚快的走远了，他落在后面，便一声一声向远方喊着："抗抗……"呼声突然中断了，大家又回头来寻找他，他已摔到了沟里。大家最担心的是他的心脏，他连连说："不碍的，只是脚崴了。"从此他手里又多了一根拐棍。后来他在《西双版纳风情》一诗中写道："诗——我带走了，心——留给你！"在这里他留下的是一颗执着而苍老的心。

　　张抗抗终于自己来了。她一点也不知道刚才因为她发生的一切。她听说后很是诧异："是吗？"她表示道歉和感谢，但嘴边出现的却是不以为然的苦笑，仿佛说：一个人怕什么？深夜怕什么？这么多年不都是一个人在漆黑中摸索过来的吗？然后她向大家解释：白天参观橡胶农场时，遇见一位工人，是上海知青，约定晚上去作客，因为交心长谈，所以深夜未归。当时她没有讲他们长谈些什么，后来她寄散文集《橄榄》给我时，信里特别嘱咐我必须读一读其中的《澜沧江溯水》，"您会想起我那次的'失踪'"。

　　……十年前一船船的上海知青唱着歌，戴着花来到橄榄坝的

记忆依然炽热

橡胶农场。这里的自然景色确实美得迷人。可是这里的茅草房倒塌了,没人修理,伙食天天是"玻璃汤",从千里外带来的香肠要"上供",山蚂蟥钻被窝咬人痒得恨不得能剜下一块肉来,也不发一双山袜。橡树干上刻下了无数刀痕不流乳浆,流的是心里鲜红的血。十年过去了,灾难结束了。本来可以不走的,可是返城证明用的公章挂在窗台上……当年抗抗是杭州的知青,一列列火车把他们送到了北大荒。十年后,两位南方知青在此意外相逢。是的,灾难结束了,但并不意味着顺水行舟。她遥望着远山密林,凝视着礁石和旋涡,独自在思考。

由张抗抗的"失踪",诱发出了中年人的自省,他们说他们一代,有一种天赋的群体意识,能够自觉地在集体中找到自己螺丝钉的位置。确实,从旅行开始就能看出:汪浙成、晓凡身强力壮,甘愿扮演搬运工的角色;程树榛对于行程住宿的考虑建议都很在行;阿红精于计算账目,毛遂自荐担任会计……他们从张抗抗的反差对比中,看出了自己身上的时代烙印:喜欢栖堆,习惯一致,响应号召多于自己思考。

我们三个时代的人,在反差中作了一次互有启迪的文学旅行。虽然从那次旅行后再没有相聚,但觉得仍然结伴同行在亚热带的国土上。

(原载《光明日报》1986年10月16日)

"文革"中文学所的一些人和事

"晴转阴"

姚文元批判《海瑞罢官》的文章发表后,《光明日报》的记者乔福山同志到文学所收集反映。当时我在学术办公室接待他。因为他经常来文学所了解情况或组稿,与文学所的一些学者专家也都熟,所以就任他自己去采访。采访后来到办公室,大致谈了谈采访的情况,普遍反映把学术问题与政治问题如此硬性联系,都认为勉强,特别对文章那种不讲道理的气势派头,一致反感。他以个人身份对此也表赞同。当时谁也没有想到背后的政治阴谋。

这时文学所按照上面的布置,派出未参加上一期安徽"四清"的人,去江西参加"四清"。其时,比"四清"更浩大严峻的政治运动,正在来临。在驶向江西的火车上,我们在广播中突然听到公开点名批判罗瑞卿的文章。罗瑞卿是公安部长,一向是主席安全保卫的负责人,实在出乎人们意料,令人震惊,同时预

记忆依然炽热

感到政治风云的不测。

　　同行的张白山同志，是《文学评论》的编辑部主任，有长期做编辑的政治经验，与作为主编的何其芳同志有较多的接触，关于这方面他有所了解。听了广播，我们一起琢磨，悄悄议论，担心留在家的其芳同志对此缺乏应有的警觉，应该提醒他。写信已来不及，只有打电报。电报上又不能明说，临时想出句词："请注意天气变化，晴转阴。"电报没有打。打了又怎样？天意叵测。不过说明当时的一点心意而已。

一张无名的大字报

　　《我的一张大字报》出来后，刘少奇同志从排名第二猛降到六七位，虽然名义上还是领导人，而"四人帮"（虽然那时还没有这个名称，其实是这样）操纵造反派，在群众大会上竟公开喊出"打倒"的口号。出席大会的周总理马上从主席台的座位上站起来，背转脸，表示反对。他当众宣告："我还准备与少奇同志共事。"学部的造反派，也正在蠢蠢欲动。这时在文学所六楼后墙上，贴出了一张大字报，用传抄的形式，将周总理的这一态度公布出来。大字报没有标题，也没有落款，更没有署名，用无声表达了心声，吸引了许多人来阅读，并默默共鸣。可能至今人们还不知道这张大字报的作者是何许人。但我却无意中窥见，张贴大字报的是文学所的陈骏涛。我一直记着那悄悄贴完大字报，匆匆离开的身影。

"文革"中文学所的一些人和事

"当时只能那样"

三顶吓死人的大帽子："叛徒、内奸、工贼"，三本罪证材料，发到每个人。栽赃诬陷越多，漏洞越多。在当时那种逼人的形势下，岂容人质疑反问。当时我"靠边站"，临时在图书资料室里给我指定了一个桌位，桌上也摆了一份指定人人必读的"材料"。隗甦是图书资料室的负责人，革命群众，但为人正派耿直，又都是从东北调来的老熟人，对我依旧如故，不另眼相看，每经过我身边，有意无意做出慰藉的表情。这次她从我身边经过，望望那材料，不屑一顾，鄙弃地扭头仰脸而去。当时还有些拿不准，是我的过敏，还是她的本意。当时还不便核实，一直存疑在心。"文革"后，一起回忆起"文革"的种种，我便趁机当面向她核问。她嘿嘿一笑，自嘲地说："咱们都不是张志新，当时只能那样。"

隗甦这位耿直正派的女同志，不幸过早地去世。而她那嘿嘿一笑的自嘲，我永远不会忘记。

瘪茄子

现在记不得当时的具体年月，是江青（当时大家私下都叫她"三点水"）大搞篡党窃国政治阴谋、横行称霸的时候，女皇宝座似乎虚位以待，等待劝进。她以毛主席的名义从有关单位调集了一些人，注释古典诗词，供她消遣。文学所被调去的是古代文学

记忆依然炽热

组的刘世德等人。有一天刘世德同志回所，拿着两个茄子交给我，说："这是江青同志从自种的菜园里摘下来，让我转给文学所。另外还有萝卜、南瓜，分送给其他单位。"当时我是所的总支书记，所谓的"一把手"。我听明白了。但我装糊涂地说："这是江青同志奖励你们参加注释工作个人的，我们不能无功受禄。"他一再肯定说明是让他送交单位的，我一再说明单位收受不起。互相推卸都很坚决，却并非认真僵持，互相都笑着说，笑里似乎有什么不便明说的话。最后，为了不使他为难，我说："好吧。"就把茄子接下来，顺手放在了办公室卷柜顶上。总支副书记张宝坤同志可能出于稳妥的考虑，建议报告请示学部领导。她向学部领导汇报请示后，学部没有说别的意见，也是让我们收下放起来算了。

据说，其他有的单位收到后，受宠若惊，举行仪式，敲锣打鼓，欢呼迎接。新华社收到的是两根萝卜，因为无法分享，便煮了一大锅萝卜汤，好像琼浆玉汤，每人分得一羹。不久以前（不出一个月），我在报刊上读到陈四益同志的一篇文章（很遗憾，报刊名称和文章题目都忘记了），其中还说到当年新华社的这件事。当时他在新华社，可见不是编造误传。

我们收到的那两个茄子，一直搁在那里无人过问，任其抽缩，最后成了瘪茄子，扔进了垃圾箱。当然，如果当时学部是"四人帮"直接控制的单位；如果当时的学部领导不是林修德、刘仰峤、宋一平等那样的领导；如果刘世德同志或其他知情人向江青那里反馈小报告，事情的结果都不会如此平安。

"文革"中文学所的一些人和事

"默　哀"

"人民的总理人民爱，人民的总理爱人民。总理和人民同甘苦，人民和总理心连心。"恐怕没有比这更朴素的语言，高度概括了人民与周总理间的深情。

在"造反有理"的一片喧嚣中，除了"中央'文革'领导小组"，所有机关都陷于瘫痪，所有大小"走资派"的"狗头"都被"砸烂"。国将不国，全靠周总理奋力支撑，才使国家大厦未塌。当造反派冲击人民大会堂，要揪斗国务院副总理兼外交部长陈毅同志的时候，周总理挺身而出，迎立劝阻。劝说无效，他便大义凛然地说："那么，你们就从我身上踏过去吧！"国家不能没有这样的栋梁，人民不能没有这样的精神支柱。

钟惦棐同志生前关于周总理说过一句话，我一直铭记在心："周总理把共产主义精神人格化了。"

周总理有病，已不是秘密。虽然他依旧衣着整齐，精神矍铄，儒雅慈和地出现在大会主席台和电视屏幕，但已难掩他身体的瘦弱，两颊的斑点憔悴，人们已暗暗担心。但是一旦噩耗传出，如雷轰顶，令人震惊。

噩耗传出后，我不知道学部大院里其他单位怎样，文学所的同志们不待任何通知布置，立即自发地集合起来，举行悼念。当时运动虽然还没有宣告结束，但已不像从前，人人必须天天到所集中，挨整或整人。老先生们提前结束干校生活返京，已不必来所上班。所以当时自发集合起来悼念周总理的不是文学所的全

记忆依然炽热

体,但也有大半个会议室。已不能详记。不过,我清楚地记得有蔡仪同志。因为他是唯一的老先生。我想可能因为他住在建外宿舍,离得近,听到噩耗就匆匆来所,正好赶上悼念。

也许人们难以想象,悼念会上只有肃静,没有啼泣。一是因为人们还未从突来的震惊中清醒过来;二是马上想到的是总理的死与"四人帮"的迫害有关。如果说批周公旦、批宋江还是鬼蜮伎俩,含沙射影;那么趁总理病重,"四人帮"在他们把持下的"大参考"上,竟公然转载香港报刊上国民党特务写的文章,诬陷伍豪(即周恩来)曾经叛变。丧心病狂,狼子野心已昭然若揭。就在得到总理病逝噩耗之前,人们还在咬牙切齿地纷纷议论。人们的哀痛被悲愤、愤恨所梗阻。人们的悲痛闸门彻底打开,是在总理遗体要火化的时候。人们望着驶向八宝山的灵车,欲挽不能,挥泪哭喊。那悲痛欲绝的场面情景,真是惊天动地。我不知道文学所哪些同志曾亲临现场;但我可以肯定,从那些现场悲痛者身上,也就看到了文学所同志们的悲痛。

升 旗

上面那样的一个简单的仪式,当然不足以表达人们对总理的哀思。仪式之后,人们便商议筹划怎样举行正式的悼念。不常来所的人,也来所了。一直到下班回家吃晚饭的时间,人们还聚在办公室里议论筹划未散。就在这时,学部打来关于总理逝世的紧急电话通知:"不准开追悼会,不准佩戴黑纱、白花。特别提示:各机关单位不得降半旗。"真是岂有此理。等于在群众悲愤怒火

"文革"中文学所的一些人和事

上浇油。激愤沸腾，但又无可奈何。一声"快出来看！"把人们呼唤出楼外。只见大院正面大楼顶的旗杆下，正有人在升国旗。国旗升到旗杆顶部，又缓缓降至志哀的半旗位置停住。

这时已是夜色朦胧，只能望见升旗人的模糊身影，认不出是什么人。不一会儿，那消失的人影从正楼门洞里走出来，并朝着文学所的方向走来。本来人们要像迎接一位把手榴弹塞进敌人碉堡、把人们心中的旌旗高高升起的英雄那样热情迎接他，但走近一看，那人却是还戴着"5.16"分子帽子的本所的王春元。此刻，人们一时难免迟疑了。王春元此刻仍怒气未消，有所指地唾骂了一句十分粗野却很能解气的脏话，自己知趣地走过人群，独自走进楼去。本来大家还想知道他是怎样找到国旗，又怎样摸索着爬上楼顶也一时就语塞了。都还有些尴尬，但不长久。很快，在共同的悲痛和哀思，在集体悼念活动中，那些野心家、阴谋家在群众之间制造的对立、猜忌、怨恨隔阂，都被涤荡消除干净。

"留　心！"

1976年1月8日总理逝世。群众自发的悼念被强行制止。官方举行的追悼会，草草了事。追悼会上，年迈的朱德元帅，挂着拐杖亲临现场，在总理遗体前深深鞠躬……"四人帮"压制造成的沉默，正如鲁迅先生说的那样，不是在沉默中死亡，就是在沉默中爆发。沉默在酝酿着爆发。

4月5日是清明节，是中国人扫墓祭奠的传统节日。总理没有留下骨灰，没有墓碑。天安门广场上无名的革命英雄纪念碑，

记忆依然炽热

正是最好的寄托。早在清明节前，纪念碑下就有了花圈，碑座四周张贴出了悼词挽联。"四人帮"也就随之放出风声，说什么幕后有黑手操纵，坏人在煽动。那首"欲悲闻鬼叫，我哭豺狼笑，洒泪祭雄杰，扬眉剑出鞘"高高挂上纪念碑之顶。这消息不胫而走，这火炬也点燃了群众心头怒火，人们纷纷拥向天安门广场纪念碑。

我闻讯后，主要出于好奇，便悄悄骑上自行车前往。不料中途遇上了熟人哲学所的邢贲思（当时还没有现在的身份名望），也骑着自行车前往。我们并排边走边议论。他指着络绎不绝的人流，感慨气愤地说："谁有本事能煽动起这么多的群众！"我被纪念碑四壁、栏杆上的悼念诗词感动，更为那些拥挤传抄的人群感动，我也抄了一些回来。谁能想到"四人帮"已安排了公安机关的便衣，混在其中。更没有料到，我的身后就有人跟踪。此人出示证件，问在办公室外间办公的康金镛同志，那走进屋里的我是什么人。她替我应对打发走以后方才告诉我。她悄悄提醒我要留神警惕。后来我又不止一次到过天安门广场，那真是花海人潮。广场周围的树上和柏树篱笆上都缀满白花，如大雪后的覆盖，令人不由得默诵起艾青的诗句："雪落在中国的土地上，寒冷在封锁着中国呀……"在人群中我遇到过戈宝权同志，但我们都互相故作不相识。遇到过作家雷加，他倒是胆大，高声对我说："我可没有在这里看到过你！"我回应说："我也是。"那场面，那群情，怎能无动于衷！

"文革"中文学所的一些人和事

花圈·挽联

清明节前夕,学部召集各所领导人会议,传达上面的紧急通知,一律不准到天安门广场,更不用说送挽联花圈。文学所是总支委员唐棣华同志出席会议的,回来照章作了传达。而人们自发的悼念活动,并没有因此停止,反而更加积极地进行。办公室的张朝范同志,为大家采购了扎花圈、写挽联用的纸张,足够佩戴的黑纱,抓紧时间,日夜进行准备。我头一次看到文学所的女同志们如此齐全,不分彼此。什么这派那派,什么你是我非,在共同的大是大非面前,在共同的大悲大痛中,都已烟消云散。一面坐在一起扎白花,一面相对涕泣共诉悲愤。

花圈扎好后,意犹未尽。除了悼念敬挽的飘带,似乎还缺什么。又在花圈中间添上了"冻死苍蝇未足奇"字句。

当时的总支宣传委员何文轩同志,张罗挽联。为了写出更好的挽联,特意请长于此道的胡念贻同志操笔,并向他保证,一切后果由他承担,解除胡的顾虑。一共写了两首,都制成长幅幛联。后来都被收入《天安门诗抄》。因为"诗抄"是按体裁互相打乱混编,都没有作者姓名,不知是其中的哪两首。胡念贻同志当然知道,但他已去世,我请何文轩同志辨认,他只能确认其中的一首《西江月》,现抄录如下:

　　五十余年心血,四千万里山河。
　　谁知天下起悲歌,忽地巨星陨落。

记忆依然炽热

矢志忠于领袖，赤心力战群魔。

一番栽获一番多，遍地花红似火。

从不久前，即 2002 年 1 月出版的乔象钟著《蔡仪传》中才知道，她和蔡仪同志在丙辰清明节也写了悼念总理的诗，蔡仪三首，她一首，一起冒着风险，到天安门广场去张贴。书中写道：

夜间，我俩把这四首诗用大字抄在一张宣纸上，装在背包里，装了一瓶糨糊，亲手贴到天安门前。

他们的四首诗也被收入《天安门诗抄》。他们张贴时，"似乎"也"看见有人影朝我们走来"，"甩开了那个黑影，平安地回到家里"。他们的诗中有这样的诗句："遗业艰难谁予负？烟波浩渺实堪嗟。""抢天呼地无答应，更谁重镇此乾坤？""空有如涛伤心泪，神鹰高逝永不还。"

最近我又知道，邓绍基同志写过一首《菩萨蛮》，其中有"丰碑百尺瞻雄伟，中华多少工农泪"，"浮雕昭信史，热血平生事"等句，由刘士杰同志到天安门去张贴。童怀周编的《天安门诗文选》（续编 275 页）上收录了这首词，但有误植。当时文学所是否还有这样的匿名者，现在尚不知。

清明节那天，文学所的男女，排成双行长队，佩戴黑纱白花，跟随在自制花圈联幛之后，走向天安门广场纪念碑。抬花圈、挑联幛领头在先的是文学所的两位壮汉和硬汉：王春元、杜书瀛。整齐的行列，悲壮的阵容，又是一些书生，格外引人

"文革"中文学所的一些人和事

注目。

沿途我没有看到学部其他单位的队伍。却遇到了不少分散在人群中学部的人。面遇外国文学所的一位熟人，他半开玩笑地威吓我说："好你的，居然带头！"我说："我不是作为总支书记，而是作为一个普通党员。"确实，我不过是跟随行进在队伍中，然而也分享了身在其中的悲壮激动。

文学所的故事多，这不过是我临时想到的点点滴滴。

2002 年 12 月初

（原载《岁月熔金——文学研究所 50 年记事》，中国社会科学出版社 2003 年版）

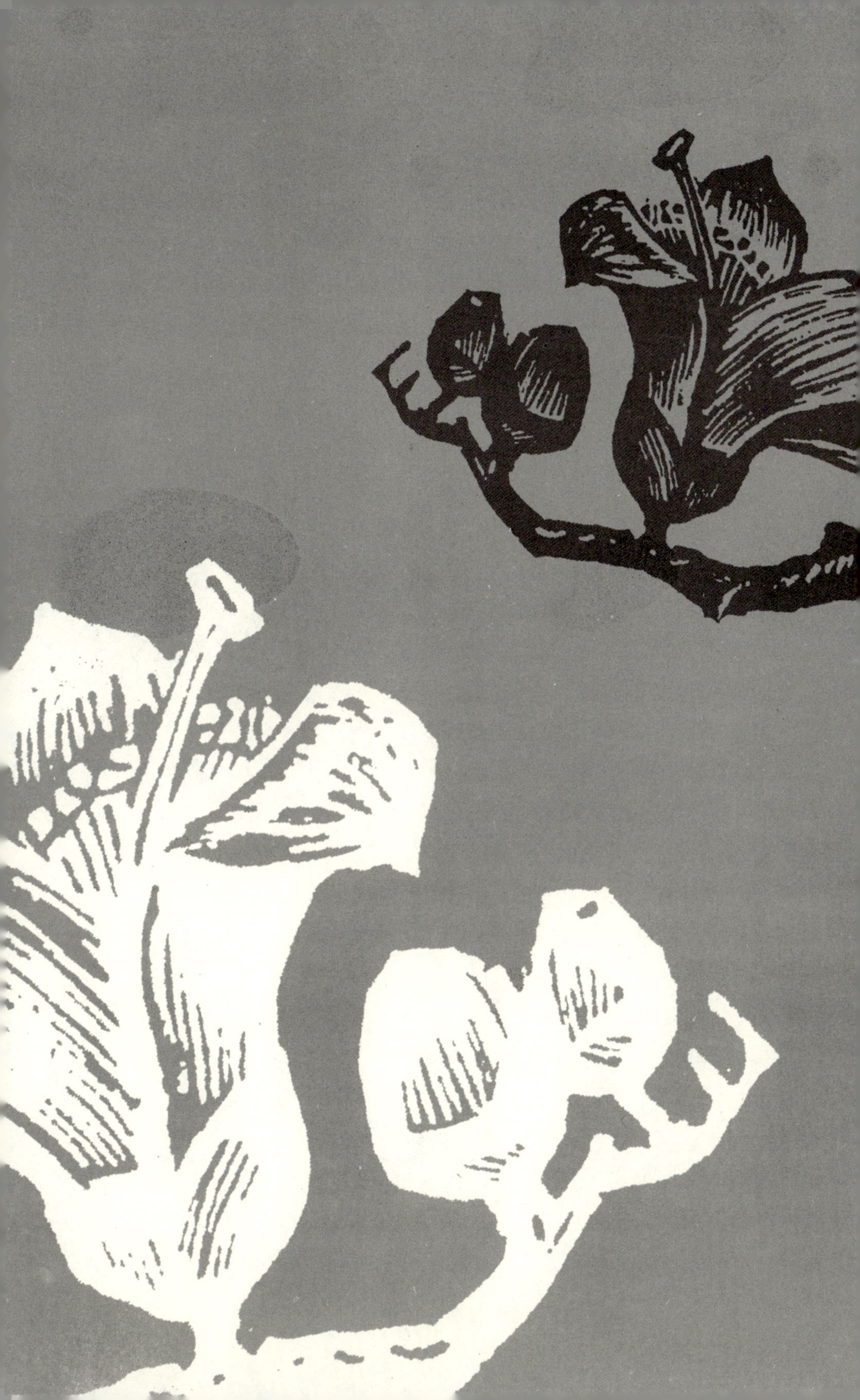

饮不尽的苦酒

人常说"天涯若比邻",岂不知比邻也若天涯。堂兄洪恩高小毕业就到远乡教书了。远乡的小学依旧如私塾,一个先生领教着一帮年龄大小不齐的学生,没有寒暑假,只有麦收假和年假,只有那时他才回家,可以在村里见到他,此外,便如在天涯了。

为什么在他自己还是一个孩子的年龄,便去做了孩子王?为的是让他哥哥继续上学。1937年这年暑期,他哥哥济南高中毕业,找到职业,再回头来供他上学。因家境贫寒,兄弟俩只能如此互为肩梯。由于他年龄已大,超过了一般中学招生的年龄限制,只能投考没有严格年龄限制的乡师。这年暑期刚好我高小毕业,投考的也是乡师。因此,我们虽年龄阅历相差悬殊,却成了同班同学。后来又一起流亡,食宿一起,才成了手足兄弟。

"日暮早投宿,鸡鸣先看天。"旅宿在贴着这副对联的荒宿茅店,灭灯躺在草铺上,听着远处断续的柝声,对空呻吟的犬

记忆依然炽热

吠，难以入睡。我和他不由得谈起家乡的人和事。出乎我意外，他忽然认真地问我："听说桂香跟你……好？"虽带有调笑的意味，却显然有意回避了那个含有猥亵意思的"相好"字眼。我没有立即回答。桂香家与我家斜对门，不是同姓，却是近邻。她的父母早逝，从小就跟她的光棍大爷相依为命。我们从小一起拾柴打枣，还曾一起念过几年小学，来回路上互相踩影追逐，蛮憨无猜。一直到很晚，我们才有性别的概念。

那是一个很偶然的机会，夜晚我和她结伴回家，中途必须穿过一片墓地。那片墓地是村里人们常议论的凶险鬼怪故事的渊薮，白天经过都令人毛骨悚然，何况夜晚。但我们别无选择，只好硬起头皮，互相身体贴紧，手握着手，共同去迎接一场噩梦。一直到走出墓地，望见了村庄的灯火，听见了熟悉的狗咬，才敢回头正眼望一望那片阴森的幽黑。这时，她突然停下来让我先走，却又连连警告我"不要走远！""别回头！"一会儿，她跑步追上我，羞臊地问："你不？我不看你……"虽然恐怖已经过去，再没有必要，但我们却又重新贴紧身子，手攥着手，互相感受对方的心跳和手心的沁汗。从此，我们有了共同警戒守护的感情园地。

随之而来的却不是"相好"的浪漫故事，而是无可奈何的分离。那年暑期，我们都面临着人生的抉择。她哀怨地告诉我，她听见有人在她大爷面前为她提媒。她不情愿，但除了出嫁能有什么前途？我只能表示一点同情。我高小毕业，除了继续升学，未来也没有别的指望。而报考在即，家里却拿不出报名费。这时她主动给了我一元钱（都是一些皱折的毛票），让我去报

饮不尽的苦酒

名。因此我才没有失去升学的机会。她不要我还钱，只要求多洗一张相片给她。不久便战火逼近。当战争的炮声隐约传来时，村里人们还在场院里围着她大爷听故事。起初人们以为是夏夜常有的干打雷，待辨别清楚后，人们都慌乱了。在惊恐慌乱中，她跑到我身边，像当年夜过墓地那样，贴紧我，紧握我的手。但我没有给予同样的回握，只能各自独立承受命运的颠簸……说明这些情况后，我才对他的问题作了肯定回答：桂香跟我确实是"好"。

因而，我再也不能继续对他隐瞒我离家出逃的实情。我入学的学费是家里用高利贷借的债（家里能忍痛这样做，多少受了桂香的影响），原指望我入学后，从每月五元的公费中节省出钱，先按月付息，以免"驴打滚"，以后再设法还本。不料债主却因战事提前催还，刻不容缓。家里实在没有办法，便逼我退学，讨回学费还债。学校已打点起来准备南迁，我明知不可能，还是尽到了自己的努力。我回家说明，家里只有母亲一人，未容我细说，便像疯了一样逼我立即回校，哪怕下跪求情，也要讨回学费……我不知道在这之前发生了什么事情，也没想到以后将会发生什么事情，仅从她这副披头散发的焦急形象，我不能违抗，暗下了另外的决心。我说："好吧，一定把学费追回来。"同时我撒谎说："顺便把行李也拿回来。"从家里拿了一条捆行李的绳子，就离家了。以后的情况他都知道。当他爷爷闻信赶到火车站来送他，发现我也挤在煤车上，便惊讶地问我："家里知道吗？"我撒谎说知道。他唉声叹气地责怪我家大人，怎能放心让一个孩子离家远走！其他人都挥泪话别，依依不舍，

记忆依然炽热

唯我木然地暗暗焦急,恐怕车开迟了家里人追上来……这些,我一直瞒着他。

他听了后,再没有说一句话。

在他长时间的静默中,我感到我与桂香的感情得到了理解。同时感到他在重新认识我。从此以后,他对我变得严肃而深沉。

流亡过程中,常有一些部队打着某某军校的招牌,用抗日的名义,来到我们中间招生,其实是扩兵。学校当局想甩掉这些包袱,也积极配合,并以经费来源断绝威胁。我也曾动心过,都被他安抚下来。后来是中央军校来招生,我背着他也报上了名。他知道后十分焦急,责备我为什么事先不同他商量。他以堂兄的身份坚持留我,他说如果放我单独离去,将来无法向双方的家长交待。私情不能打动,便用道理与我辩论,他反驳我说,如果为了抗日,为什么不自己直接去前线?!……他千方百计地劝阻挽留,而我决心已定,打好行李,只待指定的时刻,夜间乘火车离去。

晚饭时一些同学为我们要走的同学饯行,他也勉强参加。饭后回住处的路上,我把身上仅有的一点财产留给他:一支金星钢笔和几元钱。因为据招生者宣传,到军校后将一切不缺。他也勉强收下。回到住处后,他机警地避开别人眼目,把我单独招呼出去,引到一个幽暗僻静处站下来,他劈头严肃地质问我:"如果有红军,你参加哪一边?!"他在我举步歧途的时候,使我悬崖勒马,而且引入人生的新境界。

在战火纷飞的革命战争年代,除了那人人共有的改天换地的目标,我心里一直埋藏着一个宿愿和期盼,就是见到桂香,

饮不尽的苦酒

会晤洪恩。没有桂香当年的援助,不会有我后来的学历;不是洪恩的指引,也就没有我后来的革命历程。如果不是她和他,我后来一生的历史将另写。即使我不能给予实际的回报,也要对他们说出我应该说的话。我却延误了时机。当我决心赴汤蹈火、追踪天涯的时候,已经晚了。而且,他们都带着坎坷命运的伤痛,结局不幸。我只能悔恨,悔恨终生。

永久的悔是自酿自斟的苦酒,使人沉吟缅怀,反顾自审。永久的悔是一杯饮不尽的精神浊醪。

(原载《光明日报》1994 年 8 月 6 日)

背负着家园

　　实不忍心推辞记者的约稿，口称"朱伯伯"，是那么热情诚恳。但是，真面对"名人聊斋"的栏目命题，我却提笔为难了。

　　说老实话，我是拥有一间完全属于我的房间。一角架了一张单人床，临窗置一张较大的书案，此外全屋靠墙处树立的都是书橱书架。而书橱书架上排立的都是一些必读备用和与自己专业研究有关系的实用书籍；既无珍藏孤本善本，也无精致琳琅的摆设。说来寒碜，床头案边，连一般人都有的条幅字画也无。莫说是斋（"名人"更不沾边），连书房也称不上；不过是一间属于自己的陋居。

　　不过，我很习惯这样简陋。这习惯可不是一年半载养成的，对于我来说，甚至是与生俱来的。

　　抗日战争开始那年，我还是个刚上初中的孩子。侵略者的铁蹄已逼近家乡，为了逃出做亡国奴的环境，在炮声隆隆敌机疯狂

背负着家园

轰炸和扫射中,我回家拿了一条捆行李的绳子,便与同学结伴离乡了,从此开始了行无定居,居无定室的流亡生活。

我们离别了父母,失去了家园,全部所有就是随身的行李。开始,我们只知把被褥衣物捆成一卷背在身后。这样不但勒手勒肩十分吃力,而且长途行走不便。后来学会了打士兵背的那种方形背包,用背带分挎两肩,紧贴背后。也像士兵一样,行李上塞着备用的鞋(那年代鞋比帽子重要)。士兵们的行装里还有干粮袋,我们则是可以随时取读的书包。行装几乎成了身体有机的一部分。

我背负着这样的行装,辗转于河南、湖北、陕西、四川的旅途,跋山涉水,从家乡山东辗转流亡到延安。一路歇宿的是农家茅舍、荒僻小店、断绝香火的寺庙、空荡荡的戏台。有一次路过一个县城,不得已借宿一个妓院的旁院。第二天早起后,不料与妓女同桌进餐。她们做完一夜的卖身,卸掉艳装脂粉,像普通的年轻女子一样,跟我们吃的是同样的粗食淡菜,使我有幸看到灯红酒绿的背后,她们青春的倦容。

我们的行装不仅仅具有床铺的功用,而最重要的是里面有书籍。当时的一些中外名著,都是在旅途中见缝插针阅读的。

毛泽东同志说,他的一些诗词是于长征路上在马背上"哼"成的。确实,"苍山如海"、"残阳如血"、"原驰蜡象"……这样的诗句在书斋中是想象不出来的。报告文学作家黄钢生前在一次会议上,向与会的青年文学研究者介绍他的创作经历说,他曾受到基希的报告文学《秘密的中国》的影响。他说该书是他在敌后行军中读完的。说到这里他情不自禁笑道:"现在让我来考验一

记忆依然炽热

下我的记忆力。"于是朗朗背诵起来,大段大段的文字一字未漏。朗读后依然难抑激动。当时也引起了我的深深共鸣。我们那代文学工作者的基本学业是在抗战的行程中完成的。现在提及某些书,首先呈现在眼前的,还是当年阅读时的树荫、河边、暗屋、昏灯。行装成了我们的连体,书籍是我们前进的精神动力。后来从延安出发步行去东北,我的主要行李还是当年从家乡带出来的只剩下棉絮的被子,此外便是书和笔纸。

回想起来,我们当年很像背负着家园行进在生命旅途上的蜗牛。

关于蜗牛的生物本性我毫无所知。但从孩提时我就同它玩耍。到小学,算术课堂上老师曾出过一道蜗牛的算题:蜗牛沿墙爬行,昼进3尺,夜退1.5尺,墙高1.5丈,问:须几天爬到墙头?这算题并不难,而关于蜗牛本身却给我留下了疑问:蜗牛是昼进夜退还是昼夜不休?同时也令我对蜗牛观察思考:它为什么行进时把居室也带上,是不是出发时就预计到可能达不到目的地;即使如此,也不反悔退归?它经过的路线上都留下了白色的黏迹,从此可知它行进的执著,而且并不因为缓慢而藏拙,行过之后,绝不灭迹。其实它背负的居室并不精雅,一旦生命停止,除自己化为无,剩下的不过是薄薄的一层空窠。

我无意以蜗牛自比,虽然我的居室仍像当年行装的扩充,如果命名为蜗居则是溢美。

我确实喜爱蜗牛,同时也喜爱那首关于蜗牛的儿歌。这儿歌在我听来,是对生命的天真叩问和催行:

背负着家园

蜗牛，蜗牛，
你先出来犄角，后出来头……
据西方传说：能登上埃及金字塔尖顶的，只有雄鹰和蜗牛。

（原载《中华锦绣》1995年8月）

桥儿沟的星辰

我在延安五六年，可以说都在桥儿沟。不过主要是在桥儿沟的鲁艺。我真正成为一个桥儿沟乡的公民，只有一年多的时间。然而这段不长的时间，却给了我深刻的感受和丰富的印象，使我梦回神往，桥儿沟是我心中的故乡。

乡政府的庭院

桥儿沟乡政府的庭院，坐落在接近山顶的高坡上。那院子不过是挖窑时顺便平整出来的坪地，院墙也主要是挖窑时削平的山壁。一面向阳的山坡，从山脚到山顶，层叠错落地布满农户人家，乡政府就遮掩其中。陌生人需要询问和别人的指点才能找到。本乡人当然不必，而且都有各自通向乡政府的捷径，往往不是从正门，而是从窑顶墙头滑溜进院子。乡政府与小学共处一个院子，而乡政府只占了一孔窑洞。这个"政府"给我的第一个印

桥儿沟的星辰

象就是简陋。只有一张办公桌和几条长凳。在窑内贴墙处有两条木凳支着一张为我才设的床。小学校本是乡政府的下属单位，倒比较气派。教室是一个两孔大的窑洞，门上有半圆的大窗户，其余两间分别住着两位老师。乡政府把自己的一份特权让给了教育。

我背着行李来到乡政府报到的时候，老乡长正坐在办公桌前调解一对夫妻的纠纷。他正以乡长的身份，用长辈的口气，半劝说，半批评，批评中常夹着"毬"这个字眼。两个人都不坐凳子，男的蹲在地上，女的倚着门框，都低头耐心地听着。老乡长说话低声细语，有些婆婆妈妈。但有时他不得不提高嗓门大声喊，因为隔壁教室里教师在高声领读。下课以后，这乡政府的院子里更是一片娃娃们的喧哗。看来他老乡长已经习以为常，并不影响他的工作。

从老乡长的劝说批评中，可以听出这对年轻夫妻来乡政府诉讼已经不止一次了。我到乡政府以后他们还不断来找老乡长。主要是女方坚持离婚，男方不同意。女方虽然坚持离婚，却说不出充足的理由，男方所以坚持不离，除了因为像他那样生活在偏僻后沟里的庄稼后生娶个婆姨十分艰难以外，可以看出来他确实喜爱这个俊气的妻子。老乡长虽然对男方常用带"毬"字的批评口气，对女方却婉言细语，但是听得出更同情于后生。调解的结果总是让他们回去好好地过生活。这个案子的女方一直缠着老乡长，他始终未动摇。凭他的经验断定女方背后有人在挑唆。后来清楚了，确实有人暗中挑拨，要把女方改嫁给当地女干部的弟弟。真是凑巧，后来我离开延安时，与这位女干部同行，她的弟

记忆依然炽热

弟作为她的勤务员，也与我们一起离开远走了。这使我更加佩服老乡长对当地人情世俗的了解。也为他松了口气，不必再为后沟里那对男女庄稼人的和好费舌操心。

乡长姓贾。贾姓在这面人家密集的山坡上是老户大姓，其他杂姓多少也与贾姓有姻亲或干亲的瓜葛。姓贾的地主富户，早在土地革命"闹红"时逃走了，不知去向，剩下来的都是一般人家，毕竟是坐地户，宅院大都在山脚，院落整齐，门前有树。贾乡长就是这样的一般人家，家里有一孔深窑，半眼小窑，夫妻俩，妻子显然比他年轻。原来养着一头牛，自耕自种不多的几坰地，自当选乡长后，不能一心种地，便把牲口卖了，耕种求亲戚帮忙，另外靠当乡长每月有粮食补贴。因为日子过得当然不如从前，所以难免受妻子的唠叨。久而久之唠叨和被唠叨都成为家常便饭，并不存心在意。他所以能被连选为乡长，一是他为人平和公正，虽然说话啰唆，却有耐性；二是他在贾姓中是年岁最大的长辈，也就是全山坡中的长辈，有天然的群众基础；三则是他不是共产党员。当时边区实行"三三制"政策，在各级政权中都要注意吸引非党人士参政。选举时，乡支部的党员当然要努力贯彻保证，恐怕这是最重要的一条。当时边区又实行精兵简政，乡政权只有一个脱产名额，其他干部委员都是尽义务。那时的党组织已经公开，但党组织和党员还保持着当年地下党的传统，支部书记不设专职，更不是"第一把手"。党组织的活动都是在劳动的空隙，主要是在劳累了一天的夜晚进行。党员们把支部布置的任务都看得很神圣。这里的党组织，使我亲切地感觉到像人体内的心脏血脉，从外表看不见，暗中却给全乡的生活输送着活力。

桥儿沟的星辰

来到乡上交组织关系的时候,我才知道支部书记原来是小学校的李老师。对于他,我很难用一个名词概括。他是一个地道的小学教员,与另外那位年轻的高老师一样,摇铃上课,管教学生。同时,有关学校的一切公文经费、事项杂务,都是他管,实际是校长或主任,但根本没有这样的职位。他并没有上过正规的师范学校,甚至也没有读过多少书,并不像知识分子,却很有教学经验。他能掌握每个学生的特点,了解每个学生的家庭环境,跟学生们的家长都很熟悉,又不仅仅是老师与学生家长的关系,仿佛是邻里。在课堂上他总是声色俱厉,下课后便很随便。他的实际年龄也不过刚近中年,政治上却相当成熟老练。不然不会让他兼任支部书记。他不是本乡本区人,听那口音也不是本县人,他是上面派下来的。跟随他一起来的还有妻子女儿。妻子不识字,没有工作;女儿还不到上学念书的年龄。这是一个长期流动的家庭。全家就在分给他住的那孔窑洞里起灶生火。三口人吃他那一份教师供给当然不够,那就靠妻子的勤俭和家里的支援了。看来岳父很顾念女儿女婿和外孙女,每逢端午中秋,总是风尘仆仆地背些米面吃食来。另外一位高老师家是外乡,也在他家搭伙,他们待他像自家的亲弟弟,饭桌上融洽相让真如一家。而李老师在妻子、女儿面前却总是一副严肃的面孔。

几乎每天晚上,李老师的窑里都有聚会。没有通知,一些党员干部也都来看一看,问一问,即使没有公事也要聊一聊。晚上,他像白天上课一样忙。

不过,支部书记终究是他的兼职,他的主要任务还是教学。所以,支部布置任务后,组织执行和监督检查的责任便落在副书

记忆依然炽热

记赵步喜的身上了。赵步喜的公开正式的职务是乡自卫队长兼指导员，但谁都知道他党内的职务，是行动的核心人物。

赵步喜从外貌到经历，都是一个地道的陕北受苦人。紫铜色的面孔，健壮如雕塑般的胴体筋骨。他那双粗糙坚硬的庄稼人的手，已不是骨肉，而是劳动的化石。其中也记载着他在旧社会的苦难经历。他原不是本地人，是逃荒流落在这里的，给姓贾的地主揽长工。因为他勤劳吃苦，东家一直招揽他。后来，村里的一家贾姓户主因病早逝，只留下年轻的婆姨和一个幼娃。不论从哪方面考虑，这年轻的寡妇都肯定要改嫁，而且也没有理由阻止。而这家户主是地主贾家的近支，为了不使这个花了财礼娶进的婆姨走掉，带走贾姓的一根小苗，便说服她与赵步喜成亲。赵步喜实际是做了贾家的倒插门女婿。这也就是为什么赵步喜的大儿子姓贾不姓赵的原因。

赵步喜的婆姨，长得并不俊，脸皮比较粗糙，鼻子有明显的酒糟红斑。两只缠裹的小脚格外小，小得像没有，而是两条腿直接杵立在地上，因为立不稳，必须不断地换脚移步。像这样缠脚的女人，都是靠双膝跪着劳动。她言笑拘束，却有一双皲裂的大手。一看便知，她是一个曾被封建枷锁禁锢束缚得变态的女人。赵步喜却非常喜爱她，尊重她，而且以有这样的婆姨自豪。每有来客他都首先把婆姨叫出来介绍给客人。一次延安马市长来乡检查工作，我陪着到他家去。他首先大声喊出他婆姨，让她跟马市长握手。他婆姨腼腆羞臊得不知怎样伸手，他帮婆姨把手送了过去。送过去的却是左手，反而造成婆姨的错乱尴尬。他们恩爱夫妻的欢笑容颜，完全掩盖了旧社会烙印在她身上的丑陋。

桥儿沟的星辰

我从来没有听到赵步喜向人苦诉他在旧社会怎样不幸,也未见他在人前夸耀当年"闹红"时的英勇;但是可以看出他是经过苦难熬煎和革命锻冶的庄稼汉。他豁达乐观,爽朗愉快,高声说笑,大嗓呼叫。同时又不无提防,玩点小花招。对于那自私奸滑者,不免暗设机关,但往往是隐瞒不住,自己先失笑泄密了。他有时简直像孩子般天真。

他的家与乡政府院子相隔不远,在乡政府不远的拐角处坡下。他们父子们经常扛着犁杖,牵着牲口,从乡政府院旁窑顶的盘旋小路上山,或背着柴捆从山顶滑行般下来。在苍茫暮色中,最后出现在天幕山梁间的活动剪影,总是他们父子。不过很快就会听到赵步喜的高嗓门。他端着大饭碗,来到乡政府李老师家,凑在一个饭桌上,边吃饭边谈工作。谈的是支部工作,而涉及的却是全乡的方方面面。两人谈得最多的是关于贾乡长。因为全乡的工作,主要通过乡政府布置推行,支部不能直接发号施令、代替包办,党员也只能起模范带头作用。李老师根据党的统一战线政策,要求赵步喜和党员一定尊重贾乡长,支持他的工作。由于赵步喜与贾乡长都是本乡老户,加上与贾姓还沾亲带故,有时就不注意,在会上抢接乡长的话茬儿,开玩笑时半真半假揭乡长的短。事后李老师总是严肃地提醒他,他也像一个勇于认错的学生,愉快地承认接受。在年龄上他是李老师的兄长,而在政治和组织关系上,他却像弟弟遵从李老师,积极主动地帮助乡长召集会议,执行贯彻,做些跑前跑后的工作。

我到乡上不久,头一次到偏远的刘家沟村去布置工作,就是他主动带我去的。这本应是贾乡长的责任,除了乡长腿脚有些懒

记忆依然炽热

怠而外,确实因为刘家沟离乡政府太偏远。

这天晚上,他主动来约我一起出发去刘家沟。刘家沟在桥儿沟的沟里面。逆着从沟里淌出来的浅溪,我们一直往里走。开始还不断有收工下山的人与赵步喜招呼嬉笑,后来随着夜幕的降临,偶尔从远处高山上传出"信天游"的歌调,再未遇见行人。这倒给我们一个交谈的好机会。开始是些散漫的话题,后来他便向我叙述起他在土地革命时期的故事。因为有的故事就发生在这山沟里。

山沟越来越狭窄,山壁越来越陡峭,似乎到了山谷尽头。忽然面前显亮,山谷又分岔出两道斜向的山沟,迎面的高高山峰上,有点点灯光像天上的星星。赵步喜指着迎面的灯火说:"那就是刘村长的窑。"然后冲着那灯光大声呼唤起来:"刘村长!刘村长!刘村长在屋没?"把各家的狗都惊动了,一起冲着山下狂咬。这时山峰高处有人应声说话,用的是戏谑的口气:"老赵你喊毬啥哩?你又不是没有来过!"赵步喜便转向那声音喊:"李大!刘村长在没?新来的副乡长来开会哩!"那人改变了口气,热情回答:"刘村长到外乡办事没有回来。你快引着上来吧。"

开完会已经是深更半夜,不能回乡政府。来时他已估计到可能要在这里留宿。因为村长出外没有回来,赵步喜和我应约到李大家去住。我们三个人睡在一铺炕上。吹灭灯以后,赵步喜与李大利用这个难得的机会,一起叙谈起"闹红"时他们共同的往事来。因为怕影响我睡眠,他们都尽量抑制着激动和说话的嗓门。待我睡下一觉醒来,他们还在继续着他们的密谈,谈到我们来时路过的山谷。话题由过去转到了当前乡上的工作,还悄声地议论

桥儿沟的星辰

到我。其实他们并没有把我看成副乡长，而是看做鲁艺的学生。赵步喜完全像一个长者，对我充满谅解和关怀。第二天早晨醒来，李大和他的婆姨招待我洗脸吃饭，却不见了赵步喜。原来，他早走了，直接上山锄地了。这时我才醒悟过来，昨天晚上来时，他为什么特意扛上一把锄头，拿上一件棉袄。我问到赵步喜，李大用嘲讽的口吻夸他说："人家是劳模嘛！"当天晚上，他端着饭碗来乡政府，笑嘻嘻地向我道歉，他没有陪着我一起回来。

春节闹秧歌

乡政府最紧张忙碌的时间，不是农忙季节。那时乡政府里除了脱产的乡长和我，白天见不到别的委员干部，他们跟普通庄稼人一样，在山上扶犁吆喝牲口。用现在的话说，他们比庄稼人还庄稼人。他们必须在生产劳动上出众，才能在公益负担上带头。赵步喜在乡里说话所以有威信，因为他在这两方面都是模范。他们父子务农的勤苦，别人都比不上。他家的院子虽然隐蔽在山腰拐崂处，但无论从哪个角度，都能看到他家那一年四季突出院墙外的柴垛，那是勤劳殷实人家的标志。农忙过后，特别是临过年关，一年的公粮公草的上交，年节的拥军优属等任务，都要在年节以前完成。这也是对每个委员自身表现的检验。乡委员们不断地出入来往，开会讨论，不但赵步喜，其他人也都不断地跑出院外，站在崖畔上呼叫什么人。那时乡政府根本没有电话设备，却很像有一部忙碌的传呼电话。同时另一项重要工作也在进行，筹

记忆依然炽热

办春节秧歌的另一套人马，也都集中在乡政府院子里。整个院子比小学生没有放假的时候还要热闹。其情景和声响，仿佛花季的蜜蜂蜂巢，不过这里看不到只受供奉的蜂王，都是工蜂，平等协作，筑巢酿蜜，营造生活。

我主要帮助编秧歌。"乡政府那摊子工作，有贾乡长和赵步喜就行了，咱们帮着编秧歌。"李老师作为支部书记，这样对我说。我到桥儿沟乡是接替葛洛同志的工作，葛洛要去敌后，当时还在待命，也来参加编秧歌。大家商量决定，除了已有节目，决定新编一个宣传反对买卖婚姻的新秧歌剧。我们集中在高老师的窑洞里（学校放假，高老师回家去了），进行集体创作。而在编剧过程中真正起了编剧作用的是农民宋老大。宋老大不是他的正式名字，因为在他们宋家兄弟姐妹中居长。他不当家管事，生产劳动也不引人注意，平常也就很少称呼他的正式姓名。但是临到闹秧歌的时候，人们都不能不想起他。他没有正式上过学校，却粗识文字；以前爱看唱本，后来便关心新书报；他能用真嗓假嗓哼唱当地流行的各种戏曲小调。这时"宋老大"便成了人们尊敬的名字。他确实有一种艺术的灵气，剧中人物的性格特点，戏剧的情节，主要是他想象设计的。那些最形象生动的语言剧情，都是出自他的口，或者经过他反复修改琢磨出来的。他一旦浸沉在艺术想象中，常常置别人于不顾，旁若无人，男巫下神一样，模拟着剧中人物念白哼唱，如醉如痴。一个高大的汉子，用假嗓唱着细声坤腔，格外妩媚动人。相比之下，我们倒成了宣传的目标，图解政策的艺术门外汉。

剧中最重要的角色是"媒婆"和"女儿"，前者是买卖婚姻

桥儿沟的星辰

的体现者，后者是买卖婚姻的受害者。演出成败全在这两个角色上。扮演"媒婆"的王拐子和扮演"女儿"的榴，都是乡上秧歌队的台柱子。在每次演出中他们都是主角。王拐子因为腿拐瘸，不能上山种地砍柴，便在山下街口大道边摆一个小摊，靠钉鞋维持生活。他却是全乡文娱活动的积极分子，遇上排练演出，宁可几天不出摊。他经常扮演女丑角，演得滑稽夸张。在演出现场还能随机应变，插科打诨，逗得观众大笑，或惹得妇女笑骂他。他也是宋老大得心应手的好助手，每个戏都是经过他临场排演修改，才变得更加精彩生动起来。

扮演"女儿"的榴，是一个贫家少女，她是一个天生的小演员。她父亲长年卧炕，黄瘦咳嗽。她没有兄弟，只有一个尚不懂事的小妹妹。他们一家人的生活，主要靠她和她母亲的手工。母亲纺线织布，她替人做针线。她长得圆脸大眼，一看便知是纯朴人家的姑娘，但纯朴中却透着俊俏灵气。因为家里困难，她没有上过学，也错过了上学的年龄。她却经常拿着针线活，倚在乡政府院门口，静听老师在教室里讲课。还经常拿着针线活到李老师窑里串门。她虽然没有上过学，却认识不少字。她有一副天生的好歌喉，清脆甜润，唱起来又动情。她第一次参加秧歌队扮演《小姑贤》里的贤惠小姑，就感动得一些妇女们流泪。从那以后秧歌队里没有缺少过她，她还吸引进了别的女孩子积极参加秧歌队。

王拐子男扮女装，头上梳着大髻，手里拿着长烟袋，故意用自己大幅度拐瘸的双腿，丑化媒婆的形象。他把媒婆演得活灵活现，夸张讽刺得入木三分。榴扮演的"女儿"逼真动人，演到人

记忆依然炽热

物的悲伤处,自己也感动得流泪。

桥儿沟乡的秧歌队,因为这个新创作的剧目,更加出了名。《反对买卖婚姻》的剧本,后来被张庚同志收入最初编选的解放区秧歌剧选中。我不记得剧本曾经发表过,剧本末尾括注"朱寨记录",可能直接选用了经我一字一句笔录下来的底本。剧作者署名是"桥儿沟乡集体创作"。确切地说,应该是桥儿沟乡宋老大等集体创作。可惜从中看不到王拐子和榴的精彩表演。

我们这边编秧歌的,在严肃紧张地假戏真做;乡政府那边,贾乡长、赵步喜和委员村长们,面对严肃的现实问题,进行着喜剧性的讨论、表态、争议。赵步喜不时来报道他们那边的情况和问题,也是乘机观赏这边的热闹。本来他心里对宋老大有非议,认为像他这样高大健壮的身板,应该成为劳模,起码不应扛着镢头上山,还穿着整齐,像走亲串街,不像受苦人。他虽然没有明说过,态度上却使人觉得出来。这时他看着宋老大编秧歌的表现,被他这另一种的刻苦劳动感动了。因为自己既不会编,也不会唱,在宋老大面前反而谦卑起来,向宋老大暗示歉意和讨好。他满脸嬉笑站在一旁,观赏得有时入迷了。

编完秧歌已临近年节。我便协助乡长组织给各军烈属家分送烧柴,然后便是亲自分发年糕、油圈、蒸馍……每到过年,各家各户都纷纷主动地把准备自家过年的食品礼品送到乡政府,转给军烈属。一时间,未来得及分发出的成箩成筐的年节食品,在我和高老师的窑洞里摆满一地。这时,各户窑顶的烟囱整天冒着烟,各家切剁烹炒的声音相闻,炊烟蒸气和着飘散出来的香气弥漫整个山坡,欢乐的年节已经是急不可耐地拍打各家门

桥儿沟的星辰

户了。

桥儿沟乡的年节最隆重的仪式,已不是各户之间互相请酒拜年,而是集体闹秧歌。不但在本乡闹,而且到外乡闹,一直闹到在全延安城郊范围的秧歌比赛大会上,展尽了风采。

到延安去参加秧歌比赛成了全乡最隆重的日子。这不仅是展示秧歌的风采,也是展示乡政府的阵容和气势。乡政府的委员、各村的村长都要参加,或者背鼓,或者打旗。在秧歌队里没有上装表演、吹打弹拉任务的自卫队员,都束装整齐,扛着红缨枪,列队维护在秧歌队伍左右。不用说,这天的秧歌队伍格外的重彩浓颜,花枝招展,锣鼓喧天。我们的老乡长和赵步喜也改装换貌了。

虽然老乡长穿的仍然是往常那身蓝色制服,这身衣服本来是标志他是半公家人乡长身份的,却穿得松松垮垮,看去跟庄稼人的衣着没有什么两样。这天,不知他年轻的妻子是怎样帮他整饰的,腰里还佩扎了一根皮带,头上加了一顶崭新的鸭舌帽,挺直腰板,走在队伍前面,再不是平常那样弓背哈腰、步履蹒跚。那神情俨然是一乡之长,半拉公家人。赵步喜则以乡自卫队长兼指导员的身份堂皇出面,头上扎着羊肚毛巾,腿上打着裹腿,扛着红缨枪,一身戎装,跑前跑后,更是少见的严肃威武。当队伍从乡政府院子迤逦下山出发时,各家婆姨们都抱着娃娃站到崖畔窑前观赏欢送。只有刘家沟的自卫队没来乡上集合,因为他们已事前约好直接翻山到延安去迎候了。

在这喜庆欢腾的日子里,我却意外地接到了一封从敌占区辗转寄来的家信。信封上的投寄地址写的不是延安和机关单位,

335

记忆依然炽热

而是"陕西省肤施县桥儿沟天主教堂",当时我只能这样通知沦陷区的家人,所以信直接寄到了乡上我的手里。信的内容很简单,主要是通知我父亲去世了。我父亲的年龄并不大,与赵步喜的年龄相仿,也是一个穷苦的庄稼人,但他一生只有苦难。我并不奢望他能过上桥儿沟乡人们的生活,只希望他知道世上有这样的地方,他也会有这样的生活。但他并不知道,而且永远也不会知道了,带着他同代人的绝望和永远的遗憾去世了。我没有哭泣,因为只有剜心的痛惜,没有了眼泪。

1945年8月,我也像葛洛一样被调回学校待命远行。很快便带着对桥儿沟乡人们的深刻记忆和眷恋,离开了延安,到了长期在日本帝国主义统治下的东北去开展工作。那时东北是一片无政府的混乱。但桥儿沟乡的记忆使我勇气百倍,充满信心,相信在这满目疮痍的土地上也会建起桥儿沟乡般的乐土。现在回想起来也许觉得幼稚可笑,我在一个新打开的县城开展工作,做的第一件事却是组织群众编秧歌、扭秧歌。我怀揣手榴弹,单枪匹马进入人地两生的农村开展工作,也主要是眼前有桥儿沟乡人们的影子,心中有桥儿沟乡的蓝图。

桥儿沟,我心中的故乡!每次回想起来,种种记忆如熠熠星辰。1986年秋季,我终于有机会重返延安,曾专程去桥儿沟看望。一方面,一时很难穿越四十一年的睽离间隔,感到陌生;另一方面,又仿佛回到了过去,急不可待地去寻访熟人旧址。但是,我寻找的那些熟人都已不在或星散了,我成了这里的陌生人。然而,我并不感到空虚失落。因为我很快就发现桥儿沟乡的前辈们的种种,依然生动地活在人们的亲切记忆中,记忆

桥儿沟的星辰

犹新。我还遇到了贾乡长的孙子,走进过去赵步喜的院落,看到人们正从某种束缚中解脱出来,焕发着当年那种生产积极性和主动性。我心中的故乡不是乌托邦。

(原载《当代》1992年第3期)

重晤鲁艺

桥儿沟在延安城以东十多里，是一个普通的陕北农村山沟峁梁，将近 60 年前，"鲁艺"前面常冠以桥儿沟，诗人天蓝（当时鲁艺的教员）一首长诗的题目就叫作《我是桥儿沟的一个公民》。这里却有一座稀有的天主教堂。教堂是西方哥特式建筑，大块的糙纹基石，青砖墙面，拱门长窗，塔式尖顶，十字架高耸天空，绕着教堂的墙基，有一道曲溪汇入延河。它给桥儿沟点缀上异国的风采。

仿佛建筑者开始已预料到未来教堂的命运，幽静、错落的庭院布局，敞亮的窑洞设计，正适合作校园校舍，连教堂的铜钟，也适宜传达上课下课的号令，钟声嘹亮而悠扬。除了教员多住在沟内东山窑洞，学生们大都住在山下这庭院内。上大课、听报告，大都在教堂里面。教堂还是周末舞会的舞厅，排练演出的剧场。教堂一侧的广场，也就是运动场，常有篮、排球比赛。每有集体活动，如上山开荒，进城参加大会，都在这里集

重晤鲁艺

合出发。这原来的天主教堂，变成了另一意义上的圣堂。一律灰布制服的男女学生，在这里过着清苦的生活，像圣徒一样向革命艺术奉献虔诚。

多少年，我期待着重晤母校。每念及此，我便想起曾长期主持鲁艺工作的周扬同志，他制定的"艺术工作公约"中的部分条文，我至今还能背诵，想起为鲁艺文学系开设过《中国市民文学》课程的茅盾先生，还可以在照片中重见他在校园树荫下讲课的身姿，想起冼星海在鲁艺创作的《黄河大合唱》，可以说这首音乐的黄河，就泉涌于鲁艺。对于他们，对于鲁艺的一切，后人不是应该去追念吗？

1987年初夏，我这个当年鲁艺文学系的学生，第一次有机会重回延安。当我重晤母校的时候，我不免动情而且愕然了。倒不是它破败得已不复辨认，而是那些坚固的砖面平顶窑洞依然健在，使我可以立刻想起当年曾做何用，谁曾居住，但格局面貌已全非。据说它曾几经易主，先是做当地农机修理厂，后归当地陶瓷窑。几届主人根据各自的方便和临时需要，拆除和堵塞了不少处，零乱得不成格局。目前看来似乎是某一单位的职工家属宿舍兼库房。教堂作了库房，门窗钉封。从隙缝向里瞧，只见黑洞洞的废料杂物堆积。教堂确实苍老了，一角裂开了大的裂缝，墙壁在向外倾斜，出屋来晾尿布，生炉子的职工家属和路过院落的个别职工，对于我这个来访者投以奇怪的目光，好像他们根本不知道这曾经是一个革命艺术学院。这里竟然连一个文字的标记也没有。

这不能不使我想到，在延安革命纪念馆里陈列着毛主席解

记忆依然炽热

放战争时骑过的一匹白马遗体,被修整得栩栩如生,独占了一间明亮宽敞的展览室。在王家坪毛主席曾居住的地方(并不是他的主要居留处),他一度用来洗澡的小平房和使用过的木澡盆,都珍护着供人瞻仰。难道鲁艺的历史价值不如一匹马、一个木盆!当年毛主席曾手书"团结、严肃、刻苦、虚心"给鲁艺作为校训,手迹放大深刻在校园广场的墙壁上。这为什么不加保护,让墙圮字泯!我感到困惑矛盾,单用个人迷信不能完全解释。于是我又想到清凉山某窟穴、游亭处的碑石题刻。当年不过是"抗大"、"鲁艺"的学员,因为身居要职,便与时代历史名人并列题刻。一位随从者的即兴之作,居然也单独立碑锈刻。当然,这不一定出于本人的要求;一旦有变故,即使本人强求保留也难如愿。崖壁上不是又留下因此挖补的狼藉吗!这又是什么迷信崇拜!

我回京后,鲁艺老人见面都问我重晤母校的观感。我说什么呢?我看到的是文化、历史意识的淡薄,比岁月的风雨暑寒的侵蚀给鲁艺校址留下了更深的斑痕,当年的教堂如垂暮聋哑老人,以它的断裂倾斜暗示文化历史的断裂倾斜。这些都难以言传,我只好回答,"一言难尽"。

不过,我告慰他们:桥儿沟教堂还曾是中共中央六届六中全会开会的会场,因此教堂门的泥路旁立有写着某某会址的十字木牌。幸有这样的政治原因,有这个政治十字架的支撑,断裂倾斜的教堂一时还不至于坍塌成没有任何标记的废址。

(原载《人民日报》1989 年 3 月 11 日)

廊桥遗笑

建国门立交桥是北京的一个重要门户。凡是乘飞机来北京者，都要在东郊机场落地，然后换成其他代步，从这里进入市内。它处于北京市区东西主轴线长安街的东端，是出入市区的咽喉。它是改革开放后，最早"亮起来"的最靓丽的景观，吸引了摄影者前来拍照。

但是，有多少人知道和见证过它的过去？不知其过去，很难说完全了解其现在。我不知是有幸还是不幸，曾与它共度过漫长的蹉跎岁月，坎坷历程，而迎来今天。

我也只能从上世纪 60 年代说起。1964 年，现在中国社会科学院的前身中国科学院下属的哲学社会科学学部，从西郊中关村迁进城里，原来属于海军机关的一个大院内。这个大院被人称为"海军大院"，位置紧靠建国门，宿舍则在建国门外。因此，搭建在建国门护城河上的桥梁，成了学部人们上下班必须的过渡。所谓桥梁，不过是用一些立柱横板搭成的简陋结构，

记忆依然炽热

既无顶棚，也无栏杆，聊供行人车马来往。而当时正是全国解放后国民经济恢复发展时期，交通繁忙，不但桥面显得狭窄，整个桥体也摇摇晃晃，而发出不堪的呻吟。我们这些上班人，穿行在行人车辆中间，还常被泥污溅身，然而大家却互相传递着会意的微笑。因为这繁忙的过渡，正是过渡年代的一幅缩影，那扭曲的呻吟，仿佛是在歌唱。学部的搬迁和独立挂牌，意味着新的开始，所以，大家行走在这桥上，分外感觉如同在与时代同步。

建国后召开的第一次全国哲学社会科学会议，就是在这年这院内召开的。周扬代表中宣部向大会作主题报告，毛泽东亲临会场同与会者合影留念。从此人们便把"海军大院"，改称为"学部大院"。

与此同时，建国门桥的新蓝图也在展开，要在原址上重建一座上下两层的立交廊桥。而且，以当年的建设速度，很快地第一层水泥桥面就铺成畅通。我们这些上下班的人们，走在这开阔的新桥面上，互相间的会意笑容，不是可想而知吗？这使我后来常想到《我们走在大路上》这首歌。这是后来"文革"中创作流行的歌曲，开阔欢畅，与当时"文革"现实相对照，其实相反，不过是自我安慰陶醉的幻想曲。其所以流行传唱，主要由于解放初期那段蓬勃生活的记忆。这时大家伴随着宏伟工程的迅速进展，愉快地来往于这宽阔平坦的桥面上，确实有一种走在社会主义大道上的豪爽。

"天有不测风云。""无产阶级文化大革命"如同晴天霹雳，突然降临。历史在此断裂，生活从此脱轨。正在进行中的立交桥

廊桥遗笑

后续工程，立刻陷入休克。连正在施工中没有用完的水泥木石，使用的工具，都没有清理，狼藉在那里。尚未成形的高层桥梁墩柱，以及那些半截子工程，也都瘫痪在那里，无人顾及，无以名状。"文革"过后人们谈起，才说那景象如同陷入泥塘的坦克，或正在沉没的军舰。我们与之一起渡过了悠悠十年的蹉跎岁月和坎坷经历。

"文革"锋芒所向"四旧"（文化），"臭老九"（知识分子）首当其冲。而且，由于一位通天人物（身为党中央副主席的康生，也即"四人帮"的军师）的直接操纵，学部成了他阴谋诡计的排练场。挂黑牌、戴纸帽、剃阴阳头、游街示众……种种糟蹋文明、侮辱知识分子人格的恶作剧，都曾先在这里排练。最早一次全院范围的大批斗，我曾亲在其中，亲尝其苦。

那天的前一晚上，突然"勒令""走资派"、"黑帮分子"、"反动学术权威"，所有"牛鬼蛇神"，明天上班时间都必须到院集合，不得请假和借故缺席，否则后果自负。那天早晨，我遵命上班，进院门前，遇见哲学所的金岳霖先生也正来赴会。金先生是独身，长期的日常生活完全依靠一位像家人一样的男生活助理料理，他上下班和出外开会，本来应该也可以有所里出车接送，他出于自律，自备了一辆黄包车，都是由这位男生活助理蹬车代步。自提出破"四旧"后，他自动把黄包车改换成平板三轮车。那天，他就是躺在平板车的褥垫上来赴会的。在远离大门的地方便自觉地停下来，由男生活助理扶持着艰难地拄着拐棍走进大门。这时大院内被勒令赴会的已排成长队，全国学界耆宿泰斗、知名学者都聚集在此，真是"洋洋大观"！他们平生埋头学业，

记忆依然炽热

深居简出，难得一见。然而，他们现在都是被当作革命的对象集中在这里。他们大都像金先生那样的年老体衰，已不能直立，狼狈地排列成队。外界人一定想不到，在这洋洋大观的队伍中，竟有曾是党中央总书记、外交部副部长的张闻天；文化部原副部长夏衍；作协党组书记邵荃麟。把他们放在这里确实不伦不类。因为他们在"文革"以前，受到不同的批判（张闻天因为1959年在庐山会议上赞同彭德怀的意见；夏衍因为1964年文化部整风中被定为错误路线的代表；邵荃麟因为1962年在大连短篇小说座谈会上曾赞同写中间人物）后被罢官免职，贬谪到学部当一名研究员（张闻天在经济所，夏衍在亚非所，邵荃麟在外国文学所）。都被挂上黑牌，戴上高帽，排成长列，在院子里游街示众，其狼狈情况可想而知。不记得是谁，因为脚穿旧军鞋，被认为有辱解放军，强迫他当即脱下。他只好提着鞋，走在沙砾上，其狼狈不堪，却成为被羞辱的笑料。这是"洋洋大观"的耻辱，耻辱的"洋洋大观"！

游街示众后，接下来就是接受批斗，即任人打骂羞辱。虽然我自己被审问斥责已自顾不暇，但相隔几人的队伍后面，那无理的破口大骂，狠狠的抽打，使我也不由得转脸去看。原来被打骂的是钱钟书先生。他一脸伤痕，血迹模糊，但他却在笑！眼含蔑视的苦笑。这幅在我看来的惨笑，使我永远铭记。

为了频繁不休的批斗，学部大院的后院特意搭建了一个专用的大席棚舞台。我也曾在这舞台上跑龙套陪斗。不亲身经历是不会知道那低头哈腰作喷气式的滋味。那不仅是羞辱，也是难堪的体罚。想不到这痛苦难忍的姿势，竟使人浑身出汗，头上的汗水比眼睛里的泪都来得快，很快就能滴答一地。我是一壮汉，连我都如此，何况其他？台下人是看不见体会不到的。我身旁的唐弢先生，有严重的糖尿病，这时早已汗滴如雨、忍耐不了，他哀告恳求哪怕让他跪下，说时已瘫倒在地。副所长唐棣华同志，她的副所长职位早在1959年庐山会议后，受丈夫黄克诚（"彭黄反党联盟"成员）的连累，早已有名无实。这时她作为走资派和"黄克诚臭婆娘"的双重罪名，受到格外的惩罚。她也因为不能支撑而哀求，却反而让她跪下，因为知道她有关节炎，膝盖不能弯曲……

张闻天同志也在这舞台上被批斗过。一次，我从旁经过，正遇上他在此被批斗。他以同样的姿势站立，回答种种审问斥责，仍不失尊严。但我不忍心停步多看。虽然我和他没有任何个人关系，但他身上凝聚着中国革命的历史，他的名字代表着革命的理想，当年我到延安时，他（当时名洛甫）还是党的总书记，在《新民主主义论》（发表时的题目是《论新民主主义的政治与文化》）出现前，他的那篇关于当时文化运动的论纲长文，曾作为党的指导文件，我们都曾学习过；解放后他的关于美国经济的报告，曾作为重要的时事学习内容，我也曾聆听过，留下很好的印象。那些学界的耆宿泰斗权威，不论认识的或不认识的，都是由于他们的著述和品格，都是自己所尊敬心仪。对于他们如此的批斗，无疑是对自己革命信念理想的亵渎凌辱，比对自身的羞辱批斗还难受。

学部大院是"文革"的一个缩影。学部从"文革"开始就改名为"毛泽东思想哲学社会科学部"。新的招牌赫然醒目；院内

记忆依然炽热

高耸伟大统帅挥手指方向的全身巨大塑像;"将无产阶级文化大革命进行到底!"的巨幅标语,横贯主楼高空;这也就是当时学部的全部内容。在这里人只分两类:革命群众与牛鬼蛇神。即使上下班走在同一桥面上,两者也区分得泾渭分明,即使不像仇人,也如同路人。这景象倒是与那休克狼藉的桥面相协调。

日复一日,年复一年,所有要批斗的对象都已"打翻在地,再踏上一脚",被"砸烂"的"狗头",已狼藉一地,因无批斗对象,无底的"文革"转向"派仗"。因为这是避开"牛鬼蛇神"进行的,只有互相比试谁更"左"、更狠的时候,才把牛鬼蛇神拉出来作为比赛的靶子。所以事后我们才知道,其激烈的程度不亚于对"牛鬼蛇神"。

一次,一派抄了另一派核心人物的家,在抄出的日记中发现了所谓矛头指向伟大领袖的反革命言论,为了置对方于死地,便作为现行反革命的铁证公之于众。这位日记的主人,便成为现行反革命分子,在大院内被轮番批斗。日记的主人是"文革"开始那年的大学毕业生,从外地南方分配到北京学部哲学所。他还没有开始研究工作,就被来势非凡的"文革"裹胁。在此过程中,他把自己在这方面的真实见闻和感想,写在了日记中。哲学所的齐一同志与我是邻居,又是牛鬼蛇神的同类,曾把日记复印件给我看过,从中可以看出,"文革"以来他的真实内心经历。从开始的疯狂迷信,到后来的迷惑不解,种种质疑,使他陷入矛盾痛苦,而无处诉说,只好在日记里向着伟大领袖哭求哀告,像信徒向上帝祈祷那样诉求告知,写道:"还要揪哪些人?""文化大革命什么时候才是到底?"……即使在日记里也不敢直书名号,而

廊桥遗笑

用红色的五角星代替。这就是他的"铁证如山"、"恶毒攻击"、"现行反革命"的罪证。

我也是借着一次偶然经过批斗大棚的机会,有意停步,目睹了对他的批斗。这位全院皆知的"革命小将",曾叱咤风云。而这时他已不再是以往的英姿飒爽,而是披了一件旧的黄军棉衣,自觉以罪人的身份站立着,任人口诛。他不解释申辩,而且一言不发,当全场高喊"打倒"、"砸烂"和"罪该万死"的口号时,他也主动地顺从举手。显然他已预料到自己的最后下场,反而表现得十分理智、平静。

就在这之后的一个星期天的晚上,学部突然发出通知,号召大家到院开会,批判死有余辜的现行反革命分子。原来,这天晚上在北京火车站附近,发现了他卧轨自杀身亡的尸体,于是连夜召开批斗"罪该万死、死有余辜的现行反革命分子"的大会。要求人人参加,企图在大院内重振"文革"的声势。这却成为"文革"的一个回光返照。据出席会议的人说,那虚张声势的表演、声嘶力竭的声讨,实际是在掩饰各自内心的隐痛和共鸣。

就在他走向自己生命终点的前夕,即那个星期天的下午,我与他曾在建国门桥桥头相遇。那天下午,我从城里办完事回建外宿舍的家,他从建外宿舍出来要进城去,于是在桥廊下迎面相遇。我要躲避已来不及,只好低头而过。他却主动地对我微笑,令我不解。等他走过以后,我回过头去张望他,不料,他也正在回头来再次看我,而且故意表现出善意友好的微笑,甚至有些依依不舍。这与以往在桥上相遇如同路人完全不同。当时正是下午

记忆依然炽热

三四点钟，晴空朗日，那笑颜格外灿烂。同时，我发现他的穿着也非以往，上下一身整洁。后来知道，那是他在建外单人宿舍清理完自己的遗物后，先到城里邮局，把所有的工资和余钱寄给南方乡下的母亲，完成他最后的一次孝心。他是在向世界人生作最后告别的微笑（包括我在内）。不知他这回头的一笑，是惜别留恋，还是轻松解脱？我特意查阅了让·诺安著的《笑的历史》，都没有关于这笑的记述诠释。那笑是那么短暂而脆弱，像一张燃烧的薄纸在熄灭前最后一瞬间的闪烁。而这瞬间的回眸一笑，却定格在桥头，以后每当我经过都再现在眼前。

严冬终于过去，春天终于来临。改革开放的新时期，在断裂停滞的历史废墟上重新起程。休克的建国门立交桥半截子工程，又复活了。连当年桥下的护城河，也被改造成环城马路。桥下日夜你追我赶来往的车流，如果孔夫子健在，他立于桥上面对这奔流，不知将作何等"如斯夫"的慨叹？

经历了十年无休止的折腾后，学部大院内，已是一片文化废墟。全部人员也"无罪流放"到"无期干校"。本来准备"就地消化"，由于周总理的干预，这条战线和人员才得以幸存。

对于胡乔木和邓力群同志，关于他们在执掌思想文化战线大权时候的是非功过，可以有不同的评价，甚至非议。就重建学部这一点上，他们的功绩则是被公认不可磨灭的，至少在学部是有口皆碑。他们秉承邓小平同志的旨意，进入学部后，深入到各所各单位，深入调查研究，作深入细致的思想工作，使人们从盘根错节的矛盾纠葛羁绊中解脱出来，恢复正常工作和研究业务，为冤假错案平反，为学者专家恢复名誉，使知识重新得到尊重，使学部从一片废墟上得到复苏，而且在拨乱反正中，走在思想学术战线的前沿。

对此我也有亲身的体会。胡乔木同志亲自来文学所召开座谈会听取意见，亲自主持会议。他为了让大家都能有充分表述意见的机会，当中间一位学者要发言的时候，他临时风趣地对他说："因为您是文学家，没有表达上的困难，所以只给您十分钟的时间。"一次在大院里，我与邓力群同志相遇，他特意把我叫住与他同行，边走边谈，主要劝我与所的一位同志主动和解，共同把所里的工作搞好。他提醒说："都是延安（时期）的老同志，又是（鲁艺的）老同学……"语重心长。

在此基础上，由原来隶属于中国科学院的哲学社会科学部，进而改建为与中国科学院同级别的直属国务院的中国社会科学院。在原址上扩建起崭新的高层大楼，面目一新。在这筚路蓝缕的阶段，他们亲任院长或副院长。胡乔木同志为了提升中国社会科学院的学术声誉，亲自登门拜访钱钟书先生，请他出任副院长。从一个文学所的研究员而直接跃升为副院长，前无先例。这不仅是给钱钟书先生的个人殊荣，也是学界共同的光荣。钱先生在职期间，曾多次率队出国考察访问，进行学术交流，他的博学卓识，得到普遍的赞誉，也为中国社会科学院赢得了声誉。中国社会科学院的建立，应该说是人文科学战线上的一座丰碑。

由于国家的重视，继任者的贡献，锦上添花，中国社会科学院已是名副其实的全国最高学府。并与世界学界进行着广泛的学术交流。

耸立于原来学部的位置上的高层大楼，其辉煌外观已今非昔

记忆依然炽热

比。高耸平洁的楼面,仿佛京城门户的一面大迎壁。对面则是隔街相望的古城堡观象台,古今相映成趣。两者与立交廊桥相连,如同一体,构成一巨大景观。这里临近使馆区,本来就比较整洁美观。加以后来的精心绿化美化,绿茵铺地,花木扶疏,如同公园。特别是一到夜晚,灯饰霓虹连成一片,光辉灿烂。从四周任何一个方向眺望,都像光辉灿烂的笑脸,蕴涵庄严、坚定而伟岸,以辉煌的具象揭示着下面这一名言:"巨大的历史灾难,历史总是以巨大的进步作为补赏。"(恩格斯)

这使我更加回忆起那遗留于廊桥的微笑。一个年轻的生命,他当时不可能预见到今天,更不能像我们这些健在者一样,渡过难关后,可以挽回补偿。因此,他更令人难忘。他以年轻的生命点燃了一束爝火,我们不应忘记。

(原载《当代文学研究》2008 年 4 月)

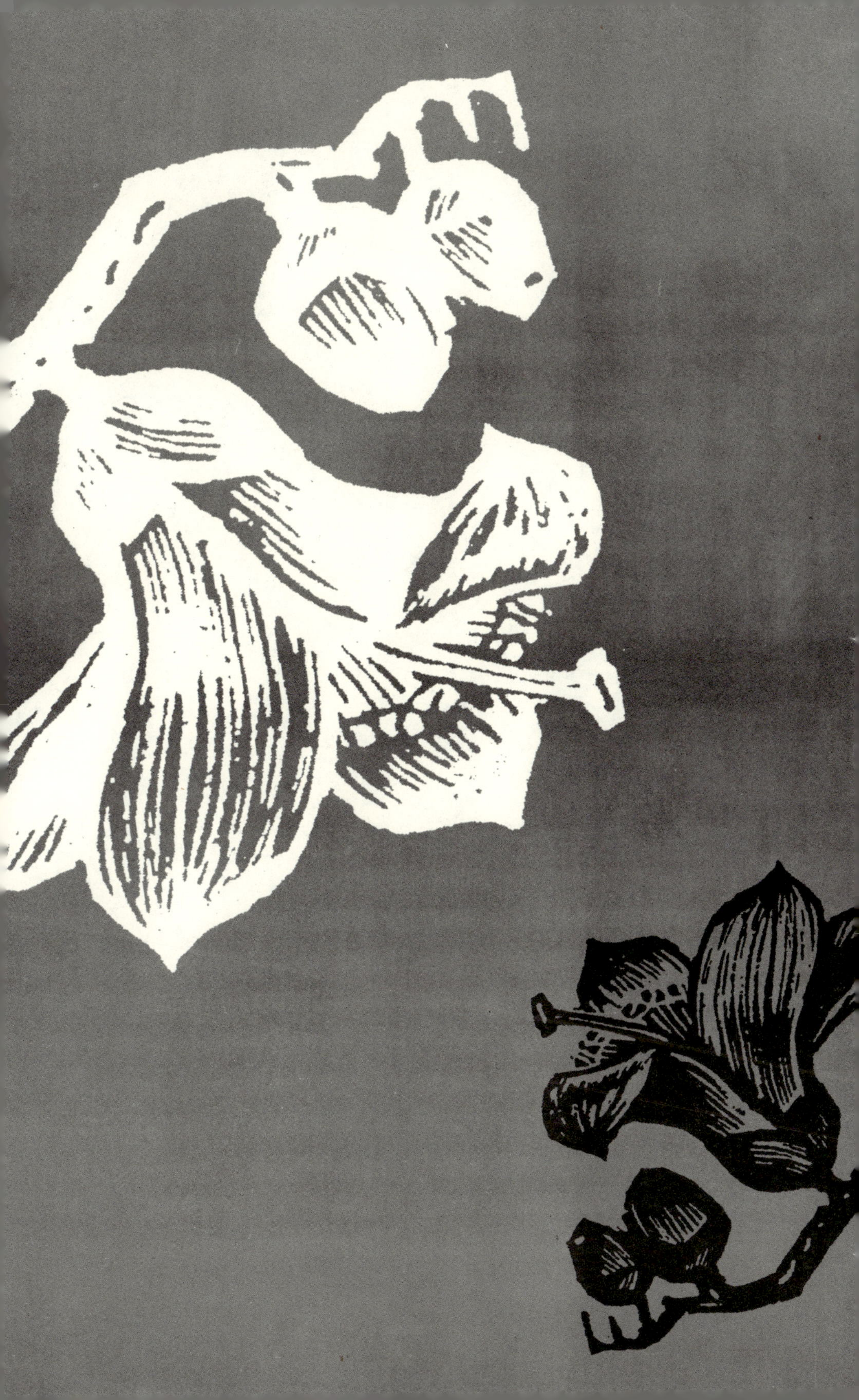

朱寨先生访谈录

白　烨

时间：2005年3月4日下午
地点：北京朱寨寓所
访问者：白烨

一　关于调查胡风及有关人员的情况

白烨（以下简称白）：朱老，胡风事件是当代文学史上一个影响深远的重大事件，其中许多历史细节在后人看来仍有些扑朔迷离，你当时在中宣部文艺处工作，是不是对内部情况有更多的了解，请你谈谈你所了解的这方面的情况。

朱寨（以下简称朱）：的确如你所说，胡风事件历时很长，过程曲折、情况复杂，不仅外人、后人，就是连当事人如我也仍有些扑朔迷离。虽然我在这方面接触、了解有限，但确实接触、了解到一些别人不知的情况，至今我还没有见到有人表述。至于

记忆依然炽热

这与整个事件有着怎样的关联和意义，由于种种局限，我自己也不明确。应该披露出来，供研究者共同参考。现在你给予我一个机会，当然愉快地从命。

白：人们对于胡风和胡风问题的关注，是在1954年前后。但实际上胡风与党内文艺界的矛盾早就存在着，并在一定程度上具有着公开性。

朱：对胡风文艺思想的批评，在党领导的左翼文艺界内从抗战时期就开始了。先是在国统区大后方重庆，文学界党内外著名人士，采取内部座谈讨论的方式，没有公开文字的批评。公开点名批评胡风的文艺观点和路翎的创作倾向是1948年的香港《大众文艺丛刊》。胡风的《论现实主义之路》就是对那次批评的总答辩。这是胡风的一本重要理论著作。建国后由中宣部出面召集主持小型会议，继续对他的文艺思想进行讨论批评。当时他居住在上海，1952年7月19日周扬去信，"我们将讨论你的文艺理论问题。"邀请他来北京。试图改变他的理论观点，因未达到预期的目的，便改为公开的批评，这就是林默涵、何其芳两篇批评胡风文艺思想文章的发表，这两篇文章基本内容都是他们在座谈会上的发言。同时也请胡风写文章答辩。直到这时，都是作为阵营内部的思想论争。林的文章用了"反马克思主义"的结论定性，而在当时这并不是一个政治概念，属于思想、理论、学术范畴。林的文章说得很明确："以这种错误的文艺思想为中心，在胡风周围曾结成了一个文艺上的小集团。"对此他解释说："不是说他们有什么严密的组织，不，这只是一种思想倾向上的结合。"何的文章《现实主义的路，还是反现实主义的路?》题目本身就是

朱寨先生访谈录

一个文学理论的命题。即使后来对他的文艺思想开展的带有运动性的批评，最上纲的结论也只是资产阶级唯心论。而且，不久把批判资产阶级唯心主义的主要矛头指向了胡适。

白：何其芳当时说起他写此文的缘起，主要在于指出"胡风的文艺思想与毛泽东的文艺方针的根本区别"，也即胡风的文艺思想背离毛泽东文艺思想的"根本性质的错误所在"。周扬在《我们必须战斗》的文章中，也把胡风与"我们"的问题主要定性为"观点之间的分歧"。

朱：当时我还在东北，虽然在东北局宣传部文艺处任职，并没有引起我的注意，不曾留下特别印象，不过是文艺界的论争而已。最近翻阅当年胡风的日记，在京开会期间没有受到什么压力。如：

> 1952年9月6日：
> 下午二时半，到文联开会，开到近七时。
> 发言者：周扬、丁玲、雪峰、何其芳、胡绳、王朝闻、林默涵。
> 未发言者：严文井、袁水拍、陈企霞。开会后，与胡绳等六人到小馆吃饭。
> 12月1日：
> 夜，周扬、林默涵、严文井来，先谈理论，后谈鬼。谈到工作。

并非剑拔弩张，视如仇敌。胡风在京开会的那段日子，除了

记忆依然炽热

亲密友好，与在京的文学界人士有广泛的交往，经常聚会餐饮。即使与论争对手林默涵、何其芳也保持有私谊的会晤，如：

> 1952年9月25日：
> 下午，与林默涵到中山公园，谈到八时过。
> 10月8日：
> 何其芳来，提"意见"，一道到小馆吃饭。后来调来北京，对他的生活、工作等方面都给予了适当的安排。

白：我们往往用后来的经历体验想象、描述当时的历史，好像周扬"整"胡风蓄谋已久，看来事情并非如此，而是有一个发展演变的过程。

朱：是这样的。事情的转折是从批判《红楼梦研究》及《文艺报》开始的。因为他在1954年10月31日－12月8日全国文联主席团和作协主席召开扩大联席会议上作了两次涉及整个文艺全局的发言，从而引燃了对他的批判。

白：当时周扬在大会上作的大会结论性的发言《我们必须战斗》，第三部分的标题就是《胡风先生和我们的分歧》，意见很尖锐，口气也很严厉。

朱：这可能与毛主席的干预有关，我记得过后不久在一次小型会议上，周扬在谈及该文时讲了点背景情况，提到毛主席批评他软弱，其中有两句话我至今还记得："你当年的战斗性哪里去了？""羊长了两只角是干什么用的？"紧随其后何其芳的批评文章题目为《没有批评就不能前进》。不过仍没有超出文艺思想、

朱寨先生访谈录

理论范围。事情的突然变化，由于舒芜提供的胡风信件，经过摘录编辑公布以后。

白：从文艺观点的批评到舒芜提供信件，其间还有一些情节是不是也谈一谈？

朱：当时胡风的《我的自我批判》要加按语在《文艺报》上发表，"编者按"本来由主编康濯执笔，他事先征求周扬、林默涵的意见，稿成后周扬又作了个别文字改动，然后送毛泽东审阅，他在稿子留白处，用铅笔写了两个大字"不用"亲自另拟了稿子。据林默涵的记忆，原来的稿子"内容和口气都温和得多"。并同时改在《人民日报》上与舒芜提供的信同时（1955年5月13日）发表。原来材料拟的标题是《关于胡风小集团的一些材料》，将其中的"小集团"改为"反党集团"，"编者按"是毛泽东所写，按语中号召：胡风集团的一切分子站出来向党交代，交出与胡风往来的密信。

白：你是从什么时候参与胡风事件的调查的？

朱：第一批材料公布后（具体时间不记得了），林默涵同志单独找我谈话，他说：少奇同志看了报上公布的"材料"很吃惊，不知胡风为什么如此充满仇视？要我们调查了解下他的历史。所以派我去国家工商联向王达夫同志调查了解胡风在日本的历史。王达夫与胡风是同乡，曾同时留学日本，一起参加过日共的组织活动，先向他了解胡风的那段历史。王达夫同志是全国工商联秘书长，老共产党员。大概他已意识到问题的严重性，所以，回答问题、介绍情况都非常谨慎，可以说没有谈出什么。我回来向林默涵作了汇报，他没有表示什么，也未再布置继续调

357

记忆依然炽热

查。不过接着给我一个外地与胡风有关系的名单，派我出差去南京、上海、杭州外调。名单人数现在记不准了，现在准确记得的只有南京的欧阳庄、上海的王元化、杭州的方然。后来在调查过程中又牵连出一些人，最后增加到二十人左右。

白：当时文艺处还有谁参与了这项调查？

朱：没有。当时是十分保密的。文艺处只有我一个人参加，包括副处长苏一平同志在内都不知道，都只知道我出差，不知道做什么。外地接待的都是当地宣传部的负责同志，南京是江苏省的文艺处长艾煊，上海是宣传部长夏衍、文艺处长吴强，杭州是宣传部长黄源。他们都很重视，这无疑也是给他们传递了重要的信息，看做本身的任务，指定专人积极协助。

白：具体是怎样调查的？

朱：因为十分保密，不与本人和所在单位见面，通过当地宣传部门间接了解。因当地宣传部门并不掌握情况，不少人名他们也未曾听说过，如艾煊同志看了南京的调查名单，只有欧阳庄这个名字他有点印象，其他都没有听说过。现去调查了解时间不允许，因此主要靠调阅现成的本人档案。所以我带回来的材料，主要摘录的本人档案。

白：共调查了多少人？

朱：因为在调查过程中又牵连补充了些人，最后增加到二十名左右。

白：你当时总的感觉、印象怎样？

朱：总的印象是：这些人几乎都是从旧社会过来的小知识分子，都曾在国民党统治下的机关、团体、组织中任职，有的还加

朱寨先生访谈录

入过国民党、三青团。当时，根据地、解放区出身长大的人如我，加上长期受"左"的思想熏陶，未免如临大敌。返程经过南京，艾煊同志探问我在以上两地调查的情况，因为遵守保密纪律，我没有具体回答，但我深沉地透露了一句："相当严重。"这是我当时的真实感受。

回来后，准备先向林默涵同志口头汇报，然后根据他的意见要求再加整理。因为他忙，找不到机会，材料没有整理。后来，一个周末半夜，突然电话打到宿舍，通知我马上回中南海办公室。回去后整个院子只有林默涵的房间有灯光，见到我第一句话问我外调回来的材料。他听了我的回答也无可奈何，让我马上去整理，两小时后周扬同志来取。

白：两小时来得及吗？

朱：作分析综合的整理肯定来不及。只好把每人的简历及主要政治情况誊抄一遍，两小时后周扬同志来取时刚好誊写完，没有通过林默涵同志过目就直接交给了他，他什么也没说。显然，他是来中南海出席会议的，会议的议题肯定与胡风集团问题有关。

白：能推算出是哪一天吗？

朱：最近看到《周恩来年谱》里有这样的记载：

5月17日：凌晨，到毛泽东处开中共中央书记处扩大会议。会上谈关于胡风问题。

5月18日：晚，到毛泽东处开中共中央书记处扩大会议。会议讨论关于胡风问题和接见印度梅农问题。

记忆依然炽热

> 5月23日：晚，到毛泽东处开会，会议讨论有关胡风问题。参加者还有邓小平、彭真、陈毅、罗瑞卿、陆定一、周扬、谭震林。

从会议的日期和有周扬出席这两点，可以基本肯定是5月23日。既然周扬会前特意要这个材料，他一定会翻阅，发言定会提及引用。看到第三批材料那段批语后，从文句到口气，都不像凭空的想象发挥，而是得到了新的材料。因此我以为与我提供的那份材料有关系；但又不能确定，至今仍在扑朔迷离中。

我一直以为胡风的被捕时间，不会是第一批材料公布（5月13日）后的第三天（5月16日）那么快，定性"反党"，还没有定性"反革命"。而以为是我外调回来后。公安部把抄家来的胡风日记、书信，临时从中宣部、作协调集一些人帮助整理，其中有我。调集我们的时间很突然，东西都杂乱地堆放在办公桌上，像是刚缴获来的。没有说明原因。不过，《日记》附录的《胡风生平年表》中明确写道："5月17日凌晨，被逮捕受审查。梅志也同时被捕。"该文引《陆定一传》：

> 陆定一说过，胡风案件要定"反革命"性质时，毛泽东找了他和周扬、胡乔木商谈。毛泽东指出胡风是反革命，要把他抓起来。周扬和他都赞成，只有胡乔木不同意。最后还是按照毛泽东的意见办，定了胡风为"反革命"。

当年参与审查胡风案件的王康在《我参加审查胡风案的遭

朱寨先生访谈录

遇》(《百年潮》1999年第12期)中也证实此说:"胡乔木还说,他对毛主席的决定提出不同意见后,担心自己的政治生命可能就要完了。"王康当时对胡风案稍有不同意见,立刻受到罗瑞卿的呵斥并说:"王康!你这个意见是个坏意见!"

《杨尚昆日记》也有记载:"5月19日:下午饶案五人小组继续开会……同时听了一些有关胡风集团的材料。……胡风案,是一个反党反人民的专案,已决定捕起来。"

胡风的日记也可以作参证:

13日

上午,练拳。

"自我批判"在《人民日报》上按语发表,同时发表了舒芜的"材料"。

区政府及军委工作组来量房子,要征用。

其日记15日以后中止。日记里和后来日记编者都没有说明。

白:好了,这个问题我们先谈到这里,下面请您谈谈您所了解的关于批评秦兆阳修改《组织部新来的年轻人》小说原稿及其有关问题。

二 关于批评秦兆阳修改《组织部新来的年轻人》的经过

白:王蒙的小说《组织部新来的年轻人》和对于小说的争论,可以说是中国当代文学史50年代的重要事件。事情已经过

记忆依然炽热

去好久，怎么1957年5月《人民日报》上又突然发表文学界批评秦兆阳修改小说原稿错误的消息？黎之的《文坛风云录》中是这样写的：

> 《组织部新来的年轻人》的讨论本来告一段落，当年小说被选中作为优秀作品入选，编者在序言中给了不少篇幅的评论。毛泽东听周扬等人说小说缺点部分是编辑秦兆阳改的。毛泽东提出要批评编辑。作协党组原拟让《人民文学》编辑部写篇文章在《人民日报》上发表。茅盾主张先开个座谈会，然后把座谈会记录发表，以便说明《人民文学》修改王蒙小说的情况，同时谈谈作家与编辑的正确关系。
>
> 5月7、8日两天，作家协会召开了座谈会，会上郭小川、萧乾、刘白羽、严文井、葛洛、陈冰夷、韦君宜、戈阳、李岳南、陈斐琴都就编辑与作家的关系发了言。茅盾在会议开始和结束都讲了话。秦兆阳讲了《组织部新来的年轻人》的修改经过并作了检讨。王蒙作为作者作了两次发言。他讲了与编辑的合作过程。也对编辑提出了希望，他希望编辑同志处理稿子时，多几分社会主义同志态度，少几分商人气、江湖气。

白：我知道黎之是李曙光同志的笔名，他曾长期在中宣部文艺处工作，知道不少文艺界内部情况。你当时也在中宣部文艺处，对此你所了解的情况是怎样的？

朱：李曙光同志我们相识较早。1954年大区撤销后，同时从

朱寨先生访谈录

外地调来北京中宣部文艺处,一块工作多年,直到1958年我来到文学所。他则一直没有离开,直到"文革"以后。他是记者出身,又是诗人,文笔不错,经常帮助林默涵、周扬起草稿件。因此他知道一些高层内部情况,他的《文坛风云录》在这方面具有优势。我就从中获得不少内情,其中有毛主席关于文艺的言谈,对于了解"文坛风云"的内幕背景有帮助。

白:这本书对于当代文学来说,是极具史料价值的。但有关批评秦兆阳修改《组织部新来的年轻人》这一段,描述得过于概括了一些。

朱:这是因为有关批评秦兆阳同志修改《组织部新来的年轻人》的来龙去脉,他没有我知道得具体准确。因为我是当时的知情人,而且是由于我整理的一份材料引起的。

白:是吗?没有听你说过。

朱:我一直未曾讲过,现在讲出来。

当时中宣部已不在中南海办公,搬进了沙滩新建的办公大楼。一天(具体日期不记得了)上班时间,林默涵同志来到我的办公室,他手里拿着一卷什么东西,后来知道就是经过秦兆阳修改的《组织部新来的年轻人》底稿。他简单说明王蒙的小说《组织部新来的年轻人》发表时经过了秦兆阳的修改,然后交给我一个任务:把他修改了哪些、怎样修改的,与原作对照比较,写成一个文字材料。

白:你没有问为什么?

朱:那年头没有这么多"为什么",叫干什么就干什么,不该问的也不问。他没有指示怎样写,但意图是清楚的,加以比较

记忆依然炽热

分析指出修改的错误。他要我尽快完成。两三天后，我写成一个两三千字的东西交给了他。他看后，让我先在文艺处办的《情况汇报》刊登。那期只有这一篇内容，成了专号。后来部主办的《宣教动态》全文转载。

白：《宣教动态》可是很有影响的内刊！

朱：不知毛主席是怎样从《宣教动态》上看到了这篇东西的？林默涵告诉我：毛主席看了后，指示对秦兆阳要开会批评，并且提出由茅盾出面主持。公开批评秦兆阳的起因在这里。这是林默涵单独向我透露的。后来批评秦兆阳的会议我没有参加，会议上的情况大概就是黎之的书中所写的。

白：你说的《情况汇报》是怎样一个内刊？

朱：是文艺处办的，油印，不定期，页数也不固定，主要对象是文艺处内部。这是我在文艺处工作时创意主办的。

当时文艺处的机构很简单，处以下按文学、艺术、电影分组，不设组长，由处长分别兼管。文学组人员最多，负责与文学界联系、出席会议，阅读全国主要文学报刊书籍，了解情况，发现问题，工作量比较大，林默涵亲自分管，指定我协助。本来规定小组定期开会汇报，因为他处以外的事情特别多，实现不了，有了情况、问题也不能定期、及时地向他汇报。所以我出主意采取这种书面方式，故名《情况汇报》。这得到了林默涵的赞同与肯定，同时刊登其他组的稿件，随之也就成了全处的刊物。我离开以后也未停办。

不知你是否还记得毛主席的两个批示是批在什么文件上的？

白：我记得第一个批示（1963年12月12日）是批在中宣部

364

朱寨先生访谈录

向中央写的报告《关于全国文联和各协会整风情况的报告》的草稿上。第二个批示（1964年6月27日）批在什么上模糊了。

朱： 就是批在我说的这个《情况汇报》上，批在《柯庆施同志抓文艺工作》一文（根据内容和文风我估计出自文艺处工作人员艾克恩同志手笔）旁边。人们一般只知批语，不知点名批给中央书记处书记彭真。当时彭真立即召集周扬、林默涵，商量如何传达贯彻。从此以后，文艺界就不得安宁了。

白： 这些文件：一个未发出去的报告草稿；一个油印的小型内刊，怎么会到毛主席的身边，并引起他老人家的关注？

朱： 我听说是江青别有用心搜集提供的。

白： 是吗？没有听你说过。

朱： 我一直未曾讲过，现在讲出来。

白： 你介绍了一些很难得的情况，这对人们了解当代文坛非常有帮助。无论是从一个文学晚辈的角度还是从一个研究者的角度，我都希望您能就您所经历的重要事件多写出一些回忆性的文章来，这种"活"的史料，是当代文学研究所必须的。

朱： 我确有这种想法，根据自己的记忆和身体的情况量力而行吧。

朱寨散文的文士情结

阎 纲

读罢朱寨同志刚刚出版的《中国现代文化名人纪实》一书颇为动情。这是一本薄书,九万多字,但是厚重。海南出版社在该书的内容介绍中写道:"作为活生生的人,你了解这一批中国现代文化名人吗?该书既是优美的散文,又有宝贵的史料价值。研究中国现代文学史,不可不读。"何其芳、钟惦棐、俞平伯、周立波、陈荒煤,还有葛洛、赵老师、自评、井岩盾等,一个个活了起来,重演各自的身世,述说往日的痛史,非常吸引人读,读着读着又不忍再读下去。终于,在痛苦的审美中,读完朱寨心血凝成的文字。

在这本散文集里,朱寨将他的记述散文提高到一个新的水平,特别在人物刻画方面。这本书里的作品全是对名人亡灵的寻访。尽管朱寨从不以散文家自命,这本文辞精当的好书在他的心目中不过"纪实"而已,然而,他潜心于准确的精致、细微的传神,以致调用现实主义小说典型雕镂的艺术手法严格地写真,功

朱寨散文的文士情结

夫之深,用力之大,可想而知。他写钟惦棐,用笔非常简练,轻轻一点,一个有创见而且有骨头的学者兼战士的鲜活形象在我们面前复活。小范围秘密传达了赫鲁晓夫的秘密报告之后,于无声中,钟惦棐却说:"斯大林把当年的老布尔什维克,一个个都整下去,令人不解。"80年在昆明会上,他说他经常觉得自己不是自己而是一条被鞭打的驴子。他公开撰文指出"没有'流'就没有文学现象。尽管源头喷薄,但它终究还不是文学。""真正从生活中汲取题材,它本身就是不同质的,还有什么多样化、少样化的问题呢?"按时间推论,"反思文学"是钟惦棐最早提出来的。"他一夜睡下、起来,反反复复,经常为了一个句子、一个措词而半夜起来。我惊讶他居然能成眠。他说他有一个秘诀,就是夜间不看表,不与时间相见,在与时间的捉迷藏中窃取了时间。"朱寨最后写道:"他是向时间预支了生命的人。他以呕心沥血的生命结晶偿还了时间,时间将证明他生命仍在。"书里写入的佳篇当数"何其芳素描"三则。"他脚步急促仿佛有一股看不见的气流推拥着,仿佛有一个向往的目标吸引着他。他双脚像秒针一样奔走,两眼像时针一样凝注。像幼童放步人生,像初生的安泰脚站大地,欣喜激动,因抢步而踉跄,不时鞋擦地面,踢拖有声。"

"从这个窑洞到那个窑洞,他像工蜂从这个工房飞到那个工房。找了这个同学又找那个,他像园丁巡索在林圃中。"

"他不是带着彻夜脑力劳动的疲惫和倦意,而是带着黎明给予他的清醒和精力,投入工作。"

"当青年同志送文章给他的时候,他常常迫不及待,接过来,摘掉眼镜就读。突出的眼球和鼻尖贴着纸面,似乎视觉和嗅觉双

记忆依然炽热

管齐下，一字不漏。'这个意见不错！'、'这段文字精彩！'，更令人感动的是他这种不嫌糠菜的饕餮口胃。"

他"常常亲自钻进书库查找图书资料。有时用手杖挑着扛在肩上回家，像一个山中下来的樵夫。他伏案执笔的姿势和神态，完全像一个雕刻师。他握笔的拳头像老虎钳子咬物一样。一个个如雕如刻的蝇头小字是从那暴着筋管、发着亮光的前额中迸发出来的思想火花。他本身就是一个动人的艺术雕像。"

延安时期，毛主席送给何其芳两个字的评语；"认真"，遵命编撰《不怕鬼的故事》并序后，毛主席当面鼓励他说；"你比延安少了些书生气。"所以他在姚文元的《评新编历史剧〈海瑞罢官〉》发表之后毫不隐瞒地说："简直岂有此理！太牵强附会了！太不实事求是了！"他瘸着拐着，老态龙钟，狼狈不堪，像一个被革出教门的圣徒，神父不接受他的忏悔，戒律又不允许他向神祈祷，满腹虔诚无处诉说，但他要配享这"认真"；不能不说。到死，他仍然三尺微命、一介书生，终未脱书生气。

朱寨是文学理论家、评论家，在总结我国当代文学尤其是新时期文学方面颇有建树，但他同时又是散文家，早在16岁就执笔为文。他的谦称为"散文之类的作品"，大部分收入1981年出版的《鹿鸣集》中。《中国现代文化名人纪实》比前者更精致、厚重和亲切可信。在这部作品里，朱寨的选题着眼于士人的名节，文人的遭逢，特别是"文革"时期文学家的历史命运，苦其心志，萦绕于心的是深藏心底浓得化不开的延安情和"文革"恨。"悟已往之不谏，知来者之可追；实迷途之未远，觉今是而昨非。"饱经离乱、洞明世事、似老非老的朱寨自觉有一种责任感，

朱寨散文的文士情结

就是推倒愚昧和无知，推出名节和骨气，把真相和真情留给后人，见贤思齐，以理性的顽强还我血迹斑斑的民族脊梁。然而，悲剧不仅在于不该继承的继承了，而且在于该继承的没有很好继承。重晤母校鲁艺，朱寨看到什么呢？是"当年的教堂如垂幕聋哑老人，以它的断裂倾斜暗示文化历史的断裂倾斜"。

这本薄书的艺术追求是十分明显的。他以史家的清醒臧否他崇敬的人物，以画家的斑斓描绘他喜爱的人物。即使对于他再熟悉不过的人，他也为选取其个性特点而绞尽脑汁，即使有现成的文字可以达意，他也为安妥一字终日面壁。他状写何其芳热情主动提供的会议室的家室宛若"车厢"，何其芳的书房就是何其芳的卧室，简陋得像个"车间"。朱寨对何其芳的"车厢"、"车间"个性化的描绘程度，让人感到只有这里才是何其芳真正的家，是何其芳个性的物化，世界上甭想找出第二个来。他对周立波的回忆从鲁艺讲解"名著选读"开始。基调是轻快的、抒情的，极力渲染其真诚、单纯、风趣和略带女性的羞涩妩媚。30年后，在北京，立波竟然有意回避他，"很像他讲解的托尔斯泰笔下的一个细节描写，用细微的行动掩盖复杂曲微的心情"。——"声音依然是那么诚挚深刻，但再没有看到他的羞涩妩媚的微笑。"他对荒煤的突出印象是"平易近人"，有关荒煤的平易近人，他从延安鲁艺和学员们一起没大没小，一直写到身为文化部副部长的崔嵬可以抱怨"荒煤这小子也不来看我！"再到"文革"劫后任文学研究所副所长时瘦骨嶙峋地忙碌和如泣如诉地怀念总理，然后叹息：

"我常发现他独自陷入沉思，眼睛里充满忧郁，再说话时声音颤哑，即使笑，也是苦笑，激动起来，那连接着泪囊的两道

记忆依然炽热

深刻的毅力纹,却像干涸的河床在痉挛……在那平易近人的后面还有一个更内在的他。"朱寨的散文愈到后来愈深沉,愈精到,愈耐看。

试观今人如文界渐入老境某仁者;或因劫后余生而苟活,或因极左祸国而怒起,或因牛老车破而鼎革,或因个人崇拜而忌器。或因身单力薄而图强,或因文狱无情而独善,或因历史捉弄而沉吟。积极进取者有之,清静无为者有之,清白自守者有之,颐情趋时者有之,发挥余热者亦有之,深思熟虑者更有之。朱寨似着意于先贤的精神、战友的情谊、名士的名分、学者的气度、大家的风骨,散文成为他通向人格的桥梁,从中获得沉痛思虑的美感。他用自己的散文和这样的作家文人区别开来——他们"既离民众,渐入颓唐","退居于宁静的学者,用自己所手造的和别人所制造的墙,和时代隔绝了。"(见鲁迅《关于太炎先生二三事》与《再论"文人相轻"》)二文。

后　记

　　1997年，我曾在海南出版社出版过一本《中国现代文化名人纪实》。我自己起初取的书名比较笼统一般，大约是"脚印"、"足迹"之类，不吸引人"眼球"。出版社大概出于市场效应考虑，当时正是"文化热"，擅自改为这个有些耸人听闻的书名。其中有几篇我是作为师长来写的，而他们又确实是"现代文化名人"。阎纲的《朱寨散文的文士情结》一文，评论的就是这本文集。后来我又陆续写了几篇真正的"现代文化名人"的纪实文章，如《茅盾先生的延安情结》、《走在人生边上的钱钟书》、《应该给予胡风恰当的历史定位》、《周扬的独语》、《追思光年同志》、《重情爱才的冯牧》等，单独成册分量不够，拟请海南出版社再版前书时将这几篇也收入。时过境迁，"文化热"已被"经济大潮"淹没，"名人"效应已被"明星"代替，自己也就自知其趣，放弃此妄想。不过，总觉得，是遗憾，企望能加以弥补。这样的诉求被中国社会科学出版社编辑张小颐得知，得到她的同情，转呈出版社领导，又得到了慨允，才有了这本书出版的机会，至少

记忆依然炽热

弥补了个人的遗憾。感谢的话就不必谈了。同时，还必须声明，对海南出版社毫无怨言。

收入此集的文章都曾在报刊上发表，有的还曾收入过其他文集，此次编入时又都作了文字的订正和修改。有的增改稍多，但没有基本的修改。需要大改的宁可抽掉，如已定收入的《立波羞涩微笑的消失》，因为内容单薄，又不可能大增大改，所以决定撤下来，留待以后重写。

作如此的修改，一是为了对得起所写对象，尽量不要把人歪曲；把事虚假。二是对得起自己，尽量做到自己问心无愧。归根结底是对得起读者。

原来我写文章是不大修改的。我对人说：自己的文章都不想看第二遍。这话不知怎么被何其芳同志听到了，他作为所长，特意为此批评我说："连自己都不想看第二遍的文章，怎么能送到读者面前?!"他说这话时并不严厉，还面带微笑，语声温和。我却觉得是严斥冷嘲自感羞耻。从此以后，我写好的文章总是自己看过第二遍才送出去，而且养成了修改的习惯。

人们常把"观众是演员的衣食父母"套用在读者与作者的关系上。其实两者之间的关系岂止是"衣食"的关系。没有读者的作品是"废品"。《论语》如果没有读者，它也只是孔子个人的私语，有了读者作品才成为社会的存在。写给自己的日记、私信都不能称为作品。作品通过读者的阅读，产生思想感情的撞击、共鸣而产生社会效应。作品的价值是通过社会效应实现了，又经过社会效应来检验。尊重读者，也就是尊重社会和自身。

本集所以用《炽热的记忆》作"代序"，因为这个标题符合

后　记

本集"师恩友情铭记"的内容，它又是我这方面的第一篇文字。除此之外还有特殊的因由，文章中所历述的这段经历，对我个人来说有特殊的意义，从此提升了我这个革命青年对革命圣洁的自觉。榜样的力量是无穷的，这成为我后来行为的楷模。如果说在我这个老年人身上还有可取的一面：平易近人，对人尊重，就是来自为这次权迁的感受。

集子中收录了白烨和阎纲的文章。前者本来是我建议用对话的形式，披露些文艺界内部的情况，请他出面担当提问和发表议论的角色。他出于过分的自谦，擅自改成这样的"访问"。阎纲文章的那些溢美之辞，我不敢掠美。他那细心的审读和揠苗助长之情令我感动，我能领受。所以把他们的文章也收录在这里，主要是出于精神的约会，作为友谊的存念。

最后，我不能不说：出版社特意外聘的编辑毛晓平女士，作为责编，她尽责尽力，作了大量细致的核改，在此，我深表感谢！

2010年7月高温中